U0870721

唐五代两宋词简析

刘永济◎编著

人民文学出版社

图书在版编目(CIP)数据

唐五代两宋词简析/刘永济编著.
—北京:人民文学出版社,2018
(恋上古诗词:版画插图版)
ISBN 978-7-02-013576-9

Ⅰ.①唐… Ⅱ.①刘… Ⅲ.①词(文学)-诗词研究-中国-唐代 ②五代词-诗词研究 ③宋词-诗词研究 Ⅳ.①I207.23

中国版本图书馆 CIP 数据核字(2017)第 307366 号

责任编辑 **甘 慧 尚 飞**
装帧设计 **高静芳**

出版发行 **人民文学出版社**
社　　址 **北京市朝内大街 166 号**
邮政编码 **100705**
网　　址 **http://www.rw-cn.com**

印　　刷 **莱芜市圣龙印务有限责任公司**
经　　销 **全国新华书店等**

开　　本 **890 毫米×1240 毫米 1/32**
印　　张 **11.25**
插　　页 **2**
字　　数 **230 千字**
版　　次 **2018 年 6 月北京第 1 版**
印　　次 **2018 年 6 月第 1 次印刷**

书　　号 **978-7-02-013576-9**
定　　价 **49.00 元**

如有印装质量问题,请与本社图书销售中心调换。电话:010-65233595

目录

唐五代两宋词简析

微睇室说词

唐五代两宋词简析

总　论

词体的形成，约有四源：第一，是六朝以来尤其是南朝的小乐府；第二，是唐人的律诗、绝句；第三，是民间的新曲（《宋史·乐志》说："民间作新声者甚众。"又政和间乐府奏言："燕乐之诸宫调多不正，皆里俗所传。"今人从敦煌收集的《云谣集杂曲子》，更是唐代民间流传的曲子）；第四，在音乐方面，除原有的乐调外，有许多来自边疆民族的词调。这四个来源中，从形式和作法方面说，则唐人律、绝的影响要算是最直接的了。唐人唱律诗和绝句，起初是由乐工采取诗人的诗，加以裁截重叠，成为长短句，方始合律。至宣宗李忱时代，始有诗人按谱式为长短句者，如白居易有《忆江南》三首，刘禹锡题"春去也"二词曰"和乐天春词，依《忆江南》曲拍为句"，即其明证。

五代、十国是我国历史上最紊乱、最黑暗的时代。那时唐朝在黄巢起义以前，中央大权早已移于强豪军阀手中。自朱全忠（国号后梁，传二主凡十六年）篡位以后，李存勖（国号后唐，传四主凡十三年）、石敬瑭（国号后晋，传二主凡十一年）、刘知远（国号后汉，传二主凡四年）、郭威（国号后周，传三主凡九年），相继篡夺，这就是所谓五代。他们轮流占据中原地区，直到宋太祖赵匡胤才统一。此外，边区则有刘崇（国号北汉，传四主凡二十九年，据有太原十州）、王建（国号前蜀，传二主凡三十五年，据有川汉六十四州）、孟知祥（国号后蜀，传二主凡四十年，据有山南及剑南四十六州）、高季兴（国号荆南，传五主凡五十七年，据有荆、归、峡三州）、马殷（国号楚，传六主凡五十七年，据有湖南北十州）、杨行密（国号吴，传四主凡四十六年，据有江淮二十八州）、李昪（原名徐知诰，国号南唐，传三主凡三十九年，据有长江下游二十一州）、钱镠（国号吴越，传五主凡八十六年，据有浙东西十一州）、王审知（国号闽，传六主凡四十九年，据有闽中五州）、刘隐（国号南汉，传五主凡六十七年，据有岭南、北四十七州），分别割地自主，这就是所谓十国。还有北方的契丹也乘隙侵入，燕、蓟十六州就是这时被石敬瑭割给契丹的。

这些大大小小的国君互相争夺，在他们的统治区内，赋税苛重，兵役繁兴，甚至专以严刑重罚，杀人立威。当时人民的生活非常痛苦。有时因战争关系，人民至于绝食，军士至于吃人。惟边区十国比中原安稳些，赋役也比较轻些，而江南与四川地方肥沃，生产力渐次发达，加以南唐与西蜀的国君颇爱文学，自能填词，所以文人才士都萃聚于这两处。西蜀词人最多，后蜀赵崇祚编辑的《花间集》，共收词人十八家，词五百首，其中除温庭筠、皇甫松为唐人外，大多数是蜀人或游宦在蜀的。（只和凝是梁、唐、晋、汉、周五朝人，张泌是南唐人，孙光宪是荆南人。）南唐作家则无总集，然而影响宋代的词人却在南唐，如李后主煜及他的宰相冯延巳都是与北宋词有密切关系的人。我们于五代词人中应当特别注意他们二人。

五代、十国的紊乱如前所述,那时的词所反映的多是荒淫享乐的景象,反映人民生活、社会状况的,几乎没有。我们从统治者的荒淫享乐这一面,便可知被统治者痛苦的一面。又有些文人,因生当极乱的时代,无心也无法挽救统治者的堕落,又不能洁身而退,于是也以醇酒妇人陶醉自己,不知不觉便成了一般的风气。于是那时的词便都是用来描写男女相悦的情事,内容不出悲欢离合四字。但是他们各出心裁,用各种不同的写法来表达同样的主题,形成五光十色的景象。我们比较读来,在艺术上会看到许多表达情感的方式。并且齐、梁小乐府和民间歌曲以及唐人入乐的律、绝,本来多是描写男女情爱的,因之,五代的词可算是它们的继承者。还有一点,在五代的词中看不出作者个人的情思,其中只有少数人,例如南唐李后主,因为他先为国主,享受荣华,后来身遭亡国惨祸,所以他的一部分词中有国家兴亡之感;又如李珣,因为他的祖先是汉化的波斯人,不曾爬上最高政治舞台,所以他的一部分词中带有隐逸的气味。此外,还有李珣、欧阳炯的风土词,具有特殊地方风俗的色彩。这些都是在描写男女相悦之外扩大了词的视野的作品。

北宋初期的词仍离不了五代的风气,那时的词通常是士大夫燕客时歌唱来娱宾的,所以称词乐为燕乐。但是在这些作品中,有时也可把作者对政治的情绪和他的人生观连带流露出来。这就是后人所谓"流连光景,及时行乐"的情绪。这种情绪,从好的方面说来,是和《楚辞》中"恐年岁之不吾与""恐美人之迟暮"

一样的。这是感觉人生倏忽，恐盛年一过，则所学、所志皆付之流水，愿及时有为的意思，不过直说嫌于自炫，故托之及时行乐。从坏的方面说来，就不免有“今朝有酒今朝醉”的颓废思想了。这两种如何分别呢？那就得把作者的地位、行为、学术以及与当时政治的影响，各方面联系起来看，不能孤立地看。大概宋初词人都是士大夫阶层，他们都各有一肚皮的经济才（这原是经世济民的意思，至是否真能这样，乃另一问题，与现今所说的有所不同），但是实行起来，每每遇到挫折，就不免有些感慨。加之原来统治阶级内部矛盾很多，始终是党同伐异，使有为之士不能久于其位，例如范仲淹、晏殊、欧阳修、王安石等虽居高位，都不免于此。苏轼在那时是因反对新法病民，受党祸最烈的一人。与他交游的，如秦观、黄庭坚等也同陷入党祸之中，遭到谪贬而死。苏轼的词在北宋是一大家。他的词风就是“一洗绮罗香泽之态”，把自己整个面貌、胸怀和学术都呈现出来。在宋初，词的品格是提高了，范围是扩大了，提高、扩大到和诗相等。同时有柳永，他这个人落拓不羁，功名不得志，因而生活放荡，专在勾栏中混，替妓女作了许多言情说爱的词给她们唱，他自己也与她们有了感情。他顺着五代抒写爱情的小令把词发展成长调。因为长调更比小令便于描写，所以他的词是长于铺叙的。在他的一些词中，也反映了北宋未乱以前社会经济的繁荣、市民生活的逸乐。他有首《望海潮》词，把杭州的都会繁华写得很具体，甚至有人把金主亮的起兵南侵说成是因为听到唱这首词而引起垂涎。这当然只是一个传说，但说明他的铺叙能力是很高明的。他的词还有一点值得注意的，是尽可能采用了人民口头语言，所以流行最广泛，人民都爱唱，那时就说“凡有井水饮处，即能歌柳词”。这一来也就把专供士大夫燕乐的词风大体上改变了。所以在词坛上与苏轼有对等的地位。一个是代表学人，一个是代表才人。一个是以豪放为主，一个是以柔丽为宗。一个把词拉上去与诗同等，一个为后来的曲开了门径。以后的词人不能越出这两派的范围，因之他两家可算是发展词体的代表。

填词在宋代已经从诗的领域中分割出一片疆土来，成为独立的文体，是新兴的文体，所以它能取得代表一个朝代文学的资格。在宋代，上自帝王，下至士庶，都能填词，影响所及，连金主完颜亮也能填词。由上述两大派中，又有滑稽一派发生。这种词，在苏、柳两家的作品中也有，两家以外的作者中如秦、黄诸人也都有一些。但以此出名的，如仁宗元祐间的王齐叟，徽宗政和间的曹元宠，皆以滑稽语有名于河朔。他们全用人民口语填词，内容又以滑稽调笑为主，而滑稽调笑是后来散曲成分之一，由此可知此派与元曲不无关联。它与里俗新曲为近，与文人学士的雅调不同，因此不为他们所重而流传极少。（这其中或许埋没了一些与人民生活有关的作品，今已无从收集。但通俗的词，后来词人集中往往有之，可能是此派的余波。）论理，此时词的旧形式应有所变更，但除了上述两点外，无大改动，直至元曲家方始把新形式和新内容统一起来，因而元曲又与宋词分疆独立，在我国文学史上发出异彩。我们研究滑稽派之所以不能大变词体的原因，除不为文士所重外，旧的势力这时还很强，也是原因之一。

旧派中的周邦彦既长文学，又善音律，他的词是与柳永相近的，所以后人把周、柳并称。他虽也写放荡生活，却大体上归之文雅，又音律谐切，技巧精工，因之他的影响在南宋最大。把他的词全部和作的有方千里、杨泽民、陈允平三家，即此可见他的影响之大了。滑稽派不能与之相敌。又当其时国势日衰，外族入侵，中原已成极乱之局，结果赵宋失掉了半壁河山，偏安江左。当时词家多为爱国热情所激动，填词便转入慷慨激昂的路数，滑稽词派也就被压倒。这种为爱国情绪所激动的词，是与苏轼的词派接近的。其中最显著的作者是辛弃疾，后人因此把苏、辛并称。在辛前有岳飞、张元干、叶梦得、朱敦儒诸人。辛弃疾本山东人，金人入侵，山东沦没。后来金主亮南侵被弑，金国内乱，山东义民起而反正。他是山东忠义军耿京的书记，奉耿命南归纳土。他虽想恢复中原，而南宋君臣偷安苟且，含耻忍辱，称臣称侄，献金献帛，一味求和，在宁宗开禧年间虽曾一度北伐，结果又因主战者韩侂胄无能而失败，从此不敢言战。辛弃疾的一生志愿便始终不曾实现。他的词可分为两类：一类是慷慨激昂的；一类是悠游恬淡的。两类之不同，是由于他的一生出处无常。出则献身国事，填词多为慷慨之音；处则浮沉乡里，填词便有恬淡之趣。他与苏轼并不全同，大抵内容之富，苏尚不如他，这是两人所处的时代有所不同的缘故。我们可以称辛弃疾是词中豪杰，苏轼则只是学人而已。与辛弃疾时代相同的作家，如张孝祥、杜旟、陆游、陈亮等都有慷慨悲歌的词。这些人一方面是受时代的激动，一方面又是受了辛弃疾的影响，因此把词体更解放了。宋代词风，至此又一变。当南、北宋之间，还有一女词人李清照，这里可以附带提一提。后人论词，每喜把李清照同李煜并称为二李，原因是他们所遭遇的时代都是由盛而衰，都是经过国破家亡的惨痛，又都是能用寻常的语言表达深婉的情感。李清照词学甚深，在宋代词人中是能独树一帜者。虽一个是国主，一个不过是贵妇人，在词坛上是曾经取得同等地位的。

南宋末年，国力日削，那时文人的作品，大都气格衰飒，即有愤慨国事的，也都带悲凉意味。如宋未亡前之德祐太学生，宋亡后遗民中之张炎、刘辰翁、刘将孙、邓剡，被虏人中之文天祥、王清惠等，皆不能如辛弃疾之豪雄，正是所谓“亡国之音哀以思”。这时有些词人把忧国之情寄托在咏物之中，其中如王沂孙便最有名。他的词从技巧上说是长于比兴的，然而辞气不振，故宋亡以后，他不免屈节元朝。言为心声，于此可见。在他前后的作家，如姜夔、史达祖、周密、吴文英等，也还各有内容，各有成就；其他的人便不免专讲声音色泽之美了。从文学史整个过程来看，各种文体到了专讲求形式之美，便要僵化，词体到了这时，一般作者就渐归衰退，无甚可观了。

总结起来，词在唐、五代方始萌芽，体制短狭，内容简单，到了北宋渐次发展，苏、柳两家为主要人物。中间虽然出现滑稽一派，却是变而未成。周邦彦出而重整词体，他是与柳永相近的。辛弃疾出，更恢张词境，是近于苏轼的。自此以后，近周的有姜、史、王、吴等人，近辛的有张、杜、陆、陈诸家。从大体上考察，仍不出柔丽与豪放两大流派。但是以前的词家都认柔丽为正宗，豪放为别派，因为词体是以柔丽开宗的。我们现在研究起来，柔丽一派的词多是抒写才情，而豪放一派则可见作者的思想。柔丽派内容狭隘，往往局限于作者个人的生活，不如豪放派的恢宏，不当以后者为别派而轻视它。又宋代许多词人皆非专门词家，他们心目中认词为“小道”，每每以作诗的余力为词，故词体有“诗余”之称。有此二因，所以词中的社会意义和人民生活便显得比诗不如。然而在这方面有当说明的两点：一是被它的形式局限着，不如杜甫、白居易他们的新乐府，字句无定，可以任意发挥；二是被它的艺术性局限着，它是以比兴为主的，不如用赋体的可以明显叙说。因此，我们如果要知道词中所包含的人民生活和社会意义，有时要从它表现的反面，或者从它的文字之外去体会，以作者所处的时代去印证。以前文论家所谓“言外之意”，所谓“言在此而意在彼”，便成了读词的方法。再者，南、北两宋词还有一大区别，就是：北宋词人不谙音律，词之入乐，皆由乐工，是先有调然后按调制词，故曰“填词”；南宋有名词人多善音律，能自制曲调，因之就音律精切而言，是北不如南的。在宋代，词是音乐文学。尽管它有本身的局限性，从文学发展史的角度来看它的价值和地位，它是继承唐代乐府而来的，由它产生了宋代的歌舞剧，又由它过渡到元人的散曲和杂剧，它在文学发展史上是不可忽视的一环。

凡　例

一、本书之作，用意在将唐、五代、两宋词的主要流派，系统地介绍于读者，或者有助于了解祖国文学遗产中此体之内容及形式，以为创作现代文学作品之借鉴。所选录之作品与对作品之分析，必有未当者，姑存之以待专家之批评。

二、注释的文字不用语体而用浅近文言者，因以语体解词，比用文言有困难之处，且用语体的文字必三四倍于用文言者，又不免有过繁之弊。

三、本书释义中，于前人词话有可资以说明词学上某一问题，或可使读者对某一作家的了解得到明确的观念者，方始采用。采用之词话，未及注明某人、某书者，用意不在此也。且选者之意，以为前人词话未必全书皆佳，如未精研作品，先看词话，不知辨别，往往被引入歧途。又此类书籍亦非秘本，好学之士求之不难故也。

四、本书选录之标准，总论略有说明。未及入选的作家、作品，佳者尚多，好学之士自可泛览及之，本书原不求备也。

一、唐五代各家闺情词

附敦煌石室所出唐时民间词曲

温庭筠

庭筠本名岐，字飞卿，太原人。唐宣宗李忱大中年间，累应进士试不第。庭筠才思艳丽，每入试，押官韵作赋，凡八叉手而成八韵，时号温八叉，又最善鼓琴吹笛。宣宗好微行，常于旅店中遇温。温傲然问曰："公非长史司马之流？"宣宗曰："非也。"又问曰："得非六参簿尉之类？"曰："非也。"又宣宗喜唱《菩萨蛮》，宰相令狐绹请温代作二十首以进，并戒勿泄。温乃扬言于外，且讥之曰："中书堂内坐将军。"又令狐绹曾以旧事访之庭筠。对曰："事出《南华》，非僻书也。或冀相公，燮理之暇，时宜览古。"绹因积怒，乃奏庭筠有才无行，不予登第，终于方城尉。唐词，在庭筠前，诗人偶尔为之。庭筠专力此体，始有专集。其集名《金荃》，今无传本。朱孝臧刻温词名《金奁集》，共一百四十七首，不尽温作，真温词六十二首，加《尊前集》真温作《菩萨蛮》四阕，实得六十六首。

菩萨蛮

小山[1]重叠金明灭[2]，鬓云[3]欲度香腮雪。懒起画蛾眉，弄妆梳洗迟。　照花前后镜，花面交相映。新帖绣罗襦[4]，双双金鹧鸪[5]。

〔1〕小山：枕屏上所画之景。〔2〕金明灭：屏上之金碧山水，因日久剥落，故或明或灭。〔3〕鬓云：唐时妇女挽鬓作环如云之状。〔4〕襦：短衣也。〔5〕金鹧鸪：以金线绣鹧鸪鸟于短衣上。

此调本二十首，今存十四首，此则十四首之一。二十首之主题皆以闺人因思别久之人而成梦，因而将梦前、梦后、梦中之情事组合而成。此首则写梦醒时之情思也。首言思妇睡梦初醒，见枕屏而引动离情。"小山重叠"，兴起人远之感；"金明灭"，牵动别久之思。次句言睡余之态。三、四句，梳妆也；曰"懒"、曰"迟"，以见梳妆时之心情。五、六句，簪花也；花面交映，言其美也。七、八句，着衣也；"双双"句，又从见衣上之鸟成双引起人孤单之感。全首以人物之态度、动作、衣饰、器物作客观之描写，而所写之人之心情乃自然呈现。此种心情，又为因梦见离人而起者，虽词中不曾明言，而离愁别恨已萦绕笔底，分明可见，读之动人。此庭筠表达艺术之高也。

菩萨蛮(小山重叠金明灭)

前调

翠翘[1]金缕[2]双鸂鶒[3]，水文细起春池碧。池上海棠梨[4]，雨晴红满枝。　　绣衫遮笑靥[5]，烟草黏飞蝶。青琐[6]对芳菲，玉关[7]音信稀。

〔1〕翠翘：鸟尾长毛也。〔2〕金缕：本金线，此比言鸟毛也。〔3〕鸂鶒：水鸟。〔4〕海棠梨：即海棠花。〔5〕靥：面颊也。〔6〕青琐：刻有青色连琐纹之门。〔7〕玉关：玉门关，在今甘肃敦煌西北，唐时西边重地也。唐代闺情诗，多言妇人思念久戍边疆之夫婿，故词家亦以此作题材。

此亦十四首之一。此首追叙昔日欢会时之情景也。上半阕描写景物，极其鲜艳，衬出人情之欢欣。下半阕前二句补明欢欣之人情。后二句则以今日孤寂之情，与上六句作对比，以见芳菲之景物依然，而人则音信亦稀，故思之而怨也。

皇甫松

松，一作嵩，字子奇，睦州人，工部郎中湜之子也。松自称檀栾子，遂以名其集。王国维从《花间》《尊前》及《全唐诗》共辑得其词二十二首。

采莲子

菡萏[1]香连十顷陂举棹，小姑贪戏采莲迟年少。晚来弄水船头湿举棹，更脱红裙裹鸭儿年少。

前调

船动湖光滟滟[2]秋举棹，贪看年少信船流年少。无端隔水抛莲子举棹，遥被人知半日羞年少。

〔1〕菡萏：荷花也。 〔2〕滟滟：秋水光明也。

此二首中之"举棹""年少"，皆和声也。采莲时，女伴甚多，一人唱"菡萏香连十顷陂"一句，余人齐唱"举棹"和之。第二、三、四句亦同。此二首写采莲女子之生活片段，非常生动，读之如见电影镜头，将当日采莲情景摄入，有非画笔所能描绘者。盖唐时礼教不如宋以后之严，妇女尚较自由活泼也。

韦　庄

庄字端已，杜陵人。唐昭宗李杰乾宁元年登进士第，官左补阙，奉使宣谕西川节度使王建，为建所留。及建据蜀称帝，庄为之规划制度，后官至吏部尚书同平章事。庄有宠姬，姿质艳丽，兼擅词翰。建闻之，托以教内人，强夺去。庄徒追念悲伤而已。后姬人得庄所作《小重山》词，不食死。五代国君之荒淫、文士之软弱以及妇女之被凌辱而能以死自明，于此可见。

女冠子

四月十七，正是去年今日，别君时。忍泪佯[1]低面，含羞半敛眉[2]。　　不知魂已断，空有梦相随。除却天边月，没人知。

前　调

昨夜夜半，枕上分明梦见，语多时。依旧桃花面，频低柳叶眉。　　半羞还半喜，欲去又依依。觉来知是梦，不胜悲。

〔1〕佯：伪也。　〔2〕敛眉：蹙眉也。

此二首乃追念其宠姬之词。前首是回忆临别时情事；后首则梦中相见之情事也。明言“四月十七”者，姬人被夺之日，不能忘也。“忍泪”“含羞”，皆迫于强权、抑制情感之状。魂断、梦随，则情感萦系无已之语。次首乃从梦后忆梦中。“分明”二字，言记忆甚真也。“羞”与“喜”并在一句，“欲去”与“又依依”亦并在一句，遂使心中复杂矛盾之情均能表达，既喜又羞，既不敢留又不忍去，写来甚工细而出语却自然。此种手法，与温飞卿异曲同工，故后人以之与飞卿并称温、韦。

小重山

一闭昭阳〔1〕春又春。夜寒宫漏〔2〕永，梦君恩。卧思陈事〔3〕暗消魂。罗衣湿，红袂有啼痕。　歌吹隔重阁〔4〕。绕庭芳草绿，倚长门〔5〕。万般惆怅〔6〕向谁论？凝〔7〕情立，宫殿欲黄昏。

〔1〕昭阳：本汉殿名，此借指王建之宫。〔2〕宫漏：古时宫中以铜壶滴漏计时早晚。〔3〕陈事：陈旧之事也。〔4〕重阁：宫门也。〔5〕长门：汉宫名，汉武帝陈皇后失宠退居长门宫，此处借用。〔6〕惆怅：想望失意也。〔7〕凝：本水凝结成冰也，此言情凝结不开解也。

此代其姬人抒离情也。“春又春”，不止一年也。“梦君恩”，攀昔日韦之恩情也。下即因梦而更细思前事，不禁痛哭湿衣袂也。“歌吹”句，言别殿正在作乐；而己则独倚长门，满腹忧愁，无人可语，但凝情而对黄昏耳。细观此词，表面乃写汉陈皇后退居长门故事，实则代其姬人抒情，因恐犯王建之忌，故托言之也。其姬人能通文词，深知此意，故为之不食而死。

和　凝

凝字成绩，后唐时为翰林学士，知制诰。石晋天福年中拜中书侍郎同中书门下平章事。后汉时加太子太傅，封晋国公。周显德中卒，赠侍中。凝好为曲子，契丹号为曲子相公。集名《红叶稿》。

采桑子

蝤蛴[1]领上诃梨子[2]，绣带双垂。椒户[3]闲时，竞学摴蒱[4]赌荔支。　　丛头鞋子[5]红编细，裙窣[6]金丝。无事嚬眉[7]，春思翻教阿母疑。

〔1〕蝤蛴：蝎虫也，体白而长，诗人以比妇人之颈。　〔2〕诃梨子：诃梨花白子黄，似橄榄而有六路，妇人绣作衣领上花饰。　〔3〕椒户：以椒末涂户，取其香也。　〔4〕摴蒱：古代博戏也。　〔5〕丛头鞋子：妇女鞋头作花丛起，所以约束裙幅，便行步也。　〔6〕窣：行时裙作响也。　〔7〕嚬眉：蹙眉也。

此写才动春情之少女也。一、二句，上身服饰也。三、四句，言其闺中嬉戏之事。五、六句，下身服饰也。末二句，少女烦闷之情，已为阿母所觉也。此词体会少女生活，极其细致，而用语不多，故是能手。

牛　峤

峤字松卿，一字延峰，陇西人，唐宰相牛僧孺之后。僖宗李儇乾符五年进士，历官拾遗、补阙、校书郎。王建镇蜀，辟为判官。后事蜀为给事中。王国维从《花间集》录出峤词三十二首为一卷。

忆江南

衔泥燕，飞到画堂前。占得杏梁安稳处，体轻惟有主人怜，堪羡好因缘。

前　调

红绣被，两两间鸳鸯。不是鸟中偏爱尔，为缘交颈睡南塘，全胜薄情郎。

此二首乃借咏物以写闺人之怨情。前首羡燕子得人怜而安稳住在杏梁,以见人之不如燕。后首骂“薄情郎”不及被上所绣之鸳鸯,两两交颈不相离也。凡咏物之词,非专止描写物态,必须寄托人情。此二词,前三句皆写物态,两尾句点明人情,最为生动。词家论咏物有“不黏不脱”之说。此二首前三句,不脱也;后一句,不黏也。

菩萨蛮

玉楼冰簟〔1〕鸳鸯锦〔2〕,粉融香汗流山枕〔3〕。帘外辘轳〔4〕声,敛眉含笑惊。　　柳阴烟漠漠,低鬟蝉钗〔5〕落。须作一生拚〔6〕,尽君今日欢。

〔1〕冰簟:凉簟也。　〔2〕鸳鸯锦:锦被织有鸳鸯图案也。　〔3〕山枕:古人用屏风围枕,谓之枕屏,屏上画有山水,故词家称山枕;亦或枕上绣有山水也。亦或指两端突起似山之凹形枕。　〔4〕辘轳:井上汲水用之转轮木也。　〔5〕蝉钗:钗上饰以金蝉也。　〔6〕拚:舍弃也。

此首写男女欢会之私情。观七、八两句,有舍弃一切、拼却一生以求暂时之乐之意,可知此女必为封建制度所束缚,以致情爱无从自由发抒。正如《西厢记》之莺莺,一遇张生,便倾心相许也。三、四句,言欢情正洽,天已将明,早晨汲井之声,将其惊起。而第四句五字之中,表达三种态度,写生之妙,非画笔所能相比。后半阕所写乃临别片时之情事。柳烟漠漠,正天方晓之景色。

"低鬟"句,则临别片时低头沉思之态度。"须作一生拚",又情感倾泻之语也。末两句虽止十字,可抵千言万语。

西溪子

捍拨〔1〕双盘金凤〔2〕,蝉鬓〔3〕玉钗摇动。画堂前,人不语,弦解语。弹到《昭君怨》〔4〕处,翠蛾〔5〕愁,不抬头。

〔1〕捍拨:拨琵琶弦之器也。 〔2〕双盘金凤:琵琶上刻镂金凤花纹也。 〔3〕蝉鬓:妇女鬓发如蝉翼也。 〔4〕《昭君怨》:琵琶曲名。 〔5〕翠蛾:眉如蛾而翠色也。

此从旁观者眼中写琵琶乐妓之幽怨也。首句,言琵琶。次句,言弹琵琶时态度。三、四、五句,听琵琶时之情况,因弹得好,人皆静听也。六、七、八句,言弹者自感曲调而引出本身之怨情,不觉低眉寻思而生愁也。

魏承班

承班,字、里无考。《历代诗余》谓其父弘夫为王建养子,赐姓名王宗弼,封齐王。承班为驸马都尉,官至太尉。王国维从《花间集》《全唐诗》辑出承班词二十一首为一卷。

满宫花

寒夜长，更漏永，愁见透帘月影。王孙[1]何处不归来，应在倡楼酩酊[2]。　　金鸭[3]无香罗帐冷，羞更双鸾[4]交颈。梦中几度见儿夫[5]，不忍骂伊薄幸[6]。

〔1〕王孙：出淮南小山《招隐士》赋，其词曰“王孙游兮不归，春草生兮萋萋”，本招隐士出仕也。此借以指其夫。　〔2〕酩酊：醉甚貌。　〔3〕金鸭：香炉形如鸭。　〔4〕双鸾：指绣有双鸾之被。　〔5〕儿夫：古女人称夫之词。〔6〕薄幸：薄行之声转，犹言薄情也。

此写寒闺思妇之情也，从唐人《醉公子》诗来。言其夫浪游倡家，闺人思之，不能无怨，然因犹得梦中相见，故“不忍骂”他薄情。以形容思念之切。得见梦中，聊胜不见也。表怨情而从不忍怨说，故更加深切。

顾　夐

夐，字、里不传，前蜀时官刺史，后事孟知祥，累迁至太尉。王国维辑其词五十五首为一卷。

诉衷情

永夜抛人何处去？绝来音。香阁掩，眉敛，月将沉，争[1]忍不相寻？怨孤衾。换我心，为你心，始知相忆深。

〔1〕争：即怎之平读也。

此亦闺人怨情之词。“换我心”三句，乃人人意中语，却能说出，所以可贵。

欧阳炯

《历代诗余》谓炯益州人，事王衍为中书舍人，后事孟知祥及孟昶，官翰林学士，进侍郎门下同平章事，从昶归宋，授左散骑常侍。王国维考其《花间集序》，知其为舍人在孟昶时，并从《花间集》《尊前集》辑出炯词四十八首。

定风波

暖日闲窗映碧纱，小池春水浸晴霞。数树海棠红欲尽。争忍，玉闺深掩过年华。　　独凭[1]绣床方寸[2]乱，肠断，泪珠穿破脸边花[3]。邻舍女郎相借问，音信？教人羞道未还家。

〔1〕凭：音平，此读去声，依靠也。〔2〕方寸：指心也。〔3〕脸边花：脸美如花也。

此词前半阕之“忍”字，从上三句春日丽景生出，下句即不忍之事，言好景不忍虚过，隐喻青春不忍空度之意。后半阕因邻女见其落泪，问有无音信回来。又不愿说音信亦无，故曰“教人羞道”，情思极其曲折。表怨情而从不愿人知说，故更婉约。

更漏子

玉栏干，金甃[1]井，月照碧梧桐影。独自个[2]，立多时，露华浓湿衣。　　□一向[3]，凝情望，待得不成模样。虽叵耐[4]，又寻思，怎生[5]嗔得伊。

〔1〕甃：井砖也。〔2〕个：语尾助词。〔3〕一向：或作一晌，或作一饷，常时也。〔4〕叵耐：叵，不可二字合音也。〔5〕怎生：怎么也。生字无义，唐人习惯用作语尾助词。

此词上半阕写夜景。“立多时”，即下所谓“凝情”也。“待得不成模样”，相思之苦，瘦损容貌也，末三句。言虽难忍耐，却不能怪他。由此可知其夫之不归，必有不得已之事，如兵役或因公事也。表怨情而从原谅他说，故更深厚。此词换头五字，考各家皆作三字两句，平仄无定，或作平仄仄，或作仄平仄。此处疑开首脱一平声字，或系空字。按万树《词律》亦疑脱一字。“向”字是韵，脱首字无疑。

张　泌

泌一作佖，字子澄，淮南人。南唐时官句容尉，上书陈治道。后主李煜征为监察御史，历考功员外郎，进中书舍人，改内史舍人。后随后主降宋，仍入史馆，迁郎中，归家毗陵，有集一卷。《花间集》收泌词二十七首，《全唐诗》同。

江城子

碧栏干外小中庭。雨初晴，早莺声。飞絮落花，时节近清明。睡起卷帘无一事，匀面〔1〕了，没心情。

前　调

浣花溪上见卿卿〔2〕。脸波〔3〕明，黛眉〔4〕轻。高绾绿云，低簇[5]小蜻蜓[6]。好是问他来得么？和笑道："莫多情。"

〔1〕匀面：傅粉也。〔2〕卿卿：男对女之爱称。〔3〕脸波：眼波也。〔4〕黛眉：画眉也。〔5〕簇：丛聚也。〔6〕蜻蜓：此处指蜻蜓形之钗饰。

此词相传有实事。盖泌少时与邻浣衣女相爱，后女嫁别人，泌寄以一诗云："别梦依依到谢家，小廊回合曲阑斜。多情只有春庭月，犹为离人照落花。"浣衣女得诗，流泪而已。封建社会，婚姻不得自由，如此事者甚多。此二首或追叙少时相爱情事。前首写其居处及妆罢自怜之情；后首则写初会面时之事。末作对话，词中甚不多见。"莫多情"三字，含意甚深而天真可爱。

孙光宪

光宪字孟文，贵平人。唐时为陵州判官。后唐李嗣源天成初，避地江陵。高季兴据荆南，署为从事，历事三世，累官荆南节度副使、检校秘书兼御史中丞。后劝高继冲降宋。宋太祖授以黄州刺史，将用为学士，未及而卒。其词，《花间集》录六十一首。王国维从《全唐诗》补二十三首为一卷。

谒金门

留不得！留得也应无益。白纻[1]春衫如雪色，扬州初去日。　轻别离，甘抛掷，江上满帆风疾。却羡彩鸳三十六[2]，孤鸾[3]还一只。

〔1〕白纻：白而细之麻织物。〔2〕彩鸳三十六：古诗："鸳鸯七十二，罗列自成行。"汉霍光园中开大池，养鸳鸯三十六对，望之烂若锦绣。七十二即三十六对也。〔3〕孤鸾：凤类，一曰即凤凰之异名。

此写别情而特为强烈。首句言不可留，留亦无益，语中已带愤怒意。次言去者初离时之衣衫如雪者，眼中之人，记得甚分明也。下半阕前二句，即证明上半阕二语之意，曰"轻"、曰"甘"，责其毫无留意，所以留亦无益也。"江上"句，又从去舟之速证明其毫无留意。此虽不合理，然确是怨极之词。去者未必便真如此，怨者必有此想法也。末二句，言鸾虽美于鸳鸯，而常孤飞，则反不如鸳鸯犹得双飞、双宿也。

浣溪沙

风递残香出绣帘，团窠金凤[1]舞襜襜[2]。落花微雨恨相兼。　何处去来狂太甚，空推宿酒[3]睡无厌。争教人不别猜嫌？

〔1〕团窠金凤：帘上所绣之团花凤也。〔2〕襜襜：摇动貌。〔3〕宿酒：前时所饮酒也。

上半阕写风雨中景，景中衬出恨情，故曰“相兼”。下半阕写人虽回家，却推酒醉，沉睡不醒，似此情况，安得不令人生疑。盖写妒情也。

【附】敦煌石室所出唐时民间词曲

敦煌石室中有唐代旧藏《云谣集杂曲子》一卷，朱孝臧刻入所辑《彊村丛书》中。原伦敦博物馆所收残本，止十八首，后以巴黎图书馆所藏残本补之，共得三十首。此外，从写于各种书卷中及书卷纸背上收集者为多。王重民总辑成《敦煌曲子词集》三卷，但文字多有残阙及讹误者。此类词曲，皆无作者名氏。其中不尽是写男女情爱之作，亦有“边客游子之呻吟，忠臣义士之壮语，隐君子之颐情悦志，少年学子之热望与失望，以及佛子之赞颂，医生之歌诀”（王重民《敦煌曲子词集》自序）。文句有极朴拙可喜者，亦有藻饰文雅者，大抵出自民间无名文人之手，或本民间口唱之词，经其加工写以文字者，实为词体之雏形。兹选数首，皆言情之作，亦溯河寻源之意也。

菩萨蛮

霏霏点点回塘雨，双双只只鸳鸯语。灼灼野花香，依依金柳黄。　　盈盈江上女，两两溪边舞。皎皎绮罗光，轻轻云粉妆。

此首描写江上女子在春光鲜丽中歌舞之景色，甚为生动。每句皆用偶字作成，而不嫌板滞。

前　调

枕前发尽千般愿，要休且待青山烂。水面上秤塠浮，直待黄河彻底枯。　　白日参辰现，北斗回南面。休即未能休，且待三更见日头。

此男女情誓也。此词，句中有衬字，须加辨别，第三句中之“上”字及第四句、末句中之“直待”“且待”，皆衬字。“塠”应作锤。休者，两情不相爱而罢休也。“水面”二句，言要休除非秤锤能浮，黄河水枯，合上“青山烂”，皆必无之事也。“白日”二句，言白日见星，北斗出于南方，合末句“三更见日（原误作‘月’）头”，亦必无之事，皆以见休之不能也。

望江南

天上月，遥望似一团银。夜久更阑风渐紧，为奴吹散月边云，照见负心人。

此怨词也，写怨情而带怒意。奴乃妇人自称，或作儿，音亦同奴。“云”原误作“银”。第二句中“似”字乃衬字。

鹊踏枝

叵耐灵鹊[1]多谩语，送喜何曾有凭据？几度飞来活捉取，锁上金笼休共语。　　比拟好心来送喜，谁知锁我在金笼里。欲他征夫早归来，腾身却放我向青云里。

〔1〕灵鹊：古人以鹊灵能报人之喜。

此亦怨词。后半阕作鹊对语，颇朴拙，如古乐府。“谩”原误作“满”。“谁知”句中之“我”字及末句中之“却”字、“向”字皆衬字。“比拟”当是“本拟”之误。

天仙子

燕语啼时三月半，烟蘸[1]柳条金线乱。五陵[2]原上有仙娥，携歌扇，香烂漫，留住九华[3]云一片。

犀玉满头花满面，负妾一双偷泪眼。泪珠若得似真珠，拈不散，知何限，串向红丝应百万。

〔1〕蘸：本以物投水也，此以言烟染于柳条上。〔2〕五陵：汉五帝之陵地也。汉徙强豪子弟以处之，故后世称五陵豪侠。李白《少年行》“五陵年少金市东，银鞍白马度春风”，是也。〔3〕九华：九华山在今安徽青阳县西南。

此亦怨词也。末尾设想甚奇。

二、变新词风作家李煜及开宋风气作家冯延巳 附隐逸词及风土词

李　煜

煜字重光，中主李景第六子，在位十五年，降宋，封违命侯。宋太宗赵光义登极，封陇西公。后因七夕在赐第作乐，太宗闻之怒，更得其“小楼昨夜又东风，故国不堪回首月明中”词，赐牵机药死。

忆江南

多少恨，昨夜梦魂中。还似旧时游上苑[1]，车如流水马如龙，花月正春风。

前　调

多少泪，沾袖复横颐。心事莫将和泪滴，凤笙[2]休向月明吹，肠断更无疑。

〔1〕上苑：苑乃古帝王养禽兽、植蔬果之地。汉时有上苑、下苑，此借用。

〔2〕笙：笙有参差十三管，形如凤翼。

此二首为李煜降宋后作。前首因梦昔时春游苑囿车马之盛况，醒而含恨。后首乃念旧宫嫔妃之悲苦，因而作劝慰之语，故曰“莫将”“休向”。更揣其此时必已肠断，故曰“更无疑”。后主已成亡国之“臣虏”，乃不暇自悲而慰人之悲，亦太痴矣。昔人谓后主亡国后之词，乃以血写成者，言其语语真切，出于肺腑也。

相见欢

林花谢了春红，太匆匆。无奈朝来寒雨晚来风！　胭脂泪，相留醉，几时重？自是人生长恨水长东。

前　调

无言独上西楼，月如钩。寂寞梧桐深院锁清秋。　剪不断，理还乱，是离愁。别是一般滋味在心头。

相见欢（无言独上西楼）

此亦李煜降宋后作。前首上半阕表面似惜花，实乃自悲如林花已谢，且谢得“太匆匆”，而朝雨、晚风尚摧残之不已，故曰“无奈”。下半阕因念，今日虽欲求如临别之时泪眼留醉亦不可得矣，何况重返故国，故曰“人生长恨”如“水长东”。后首上半阕言所处之寂寞。下半阕满腹离怨，无语可以形容，故朴直说出。“别是”句，尤为沉痛。盖亡国君之滋味，实尽人世悲苦之滋味无可与比者，故曰“别是一般”。

此二首表面似春、秋闺怨之词，因不敢明抒己情，而托之闺人离思也。

浪淘沙

帘外雨潺潺〔1〕，春意阑珊〔2〕。罗衾不耐五更寒。梦里不知身是客，一晌贪欢。　独自莫凭栏！无限江山，别时容易见时难。流水落花春去也，天上人间。

〔1〕潺潺：本水流貌，此以形容雨。 〔2〕阑珊：凋落也。

此亦托为别情，实乃思念故国之词。“流水”句，以比“见时难”也。“流水”“落花”“春去”，三事皆难重返者，当未流、未落、未去之时，比之已流、已落、已去之后，有如天上之比人间，以见重见别后之江山，其难易相差，亦如此也。

虞美人

春花秋月何时了？往事知多少！小楼昨夜又东风，故国不堪回首月明中！　　雕栏玉砌应犹在，只是朱颜改。问君能有几多愁？恰似一江春水向东流。

此词明言“故国”，明言“雕栏玉砌”，故宋太宗闻之，即赐牵机药以死之。

浣溪沙

红日已高三丈透，金炉次第添香兽〔1〕，红锦地衣〔2〕随步皱。　　佳人舞点〔3〕金钗溜，酒恶〔4〕时拈花蕊齅〔5〕，别殿遥闻箫鼓奏。

〔1〕香兽：以香末和炭作兽形，供烧炉之用。　〔2〕地衣：犹今之地毯也，以锦为之。　〔3〕点：读去声，音店，舞态倾斜也。　〔4〕酒恶：酒醉时心中作恶。　〔5〕齅：同嗅，嗅花蕊以解酒也。

此南唐未亡前李煜所写宫中行乐之词。此时江南，生产力已发达，统治者享受极其侈靡。锦作地衣，即其证。

菩萨蛮

花明月暗笼轻雾，今宵好向郎边去。刬袜[1]步香阶，手提金缕鞋。　　画堂南畔见，一晌偎人颤。奴为出来难，教君恣意[2]怜。

〔1〕刬袜：脱去鞋以袜行也。　〔2〕恣意：尽情也。

此非泛写闺情之词，乃后主记与小周后幽会之事。马令《南唐书》载后主继室周后，即昭惠后之妹也。昭惠感疾，后尝在禁中，先与后主私，后主作《菩萨蛮》云云。按此词，后主自记，情景甚真。偎人颤者，又惊又喜之态也。

冯延巳

延巳一名延嗣，字正中，广陵人。事南唐二主，累官中书侍郎、左仆射同平章事，后改太子太傅。有《阳春集》。延巳为人敏给而险诈，初谄事宋齐丘，与弟延鲁、陈觉、魏岑、查文徽号“五鬼”，互相连结，排斥正人如常梦锡、严续等。延巳好大言，常谓人主躬亲庶务，宰相备位而已。元宗悉以庶政委之，又无所措施。又常云：烈祖丧师数千而辍食咨嗟者旬日，此田舍翁耳；今上暴师数万于外而宴乐击鞠不辍，此真英雄主也。其议论如此。后国力日衰，湖湘之地尽失，始引咎自劾。其词却极佳，词中表达之情极其复杂，有猜疑者，有希冀者，有留恋者，有怨恨者，有放荡者，而皆能随意写出，艺术甚高。宋初词人，皆受其影响。

谒金门

风乍起，吹皱一池春水。闲引鸳鸯芳径里，手挼〔1〕红杏蕊。　　斗鸭栏〔2〕干独倚，碧玉搔头〔3〕斜坠。终日望君君不至，举头闻鹊喜。

〔1〕挼：手搓摩也。〔2〕斗鸭栏：古人养鸭于栏，使斗以为游戏。〔3〕搔头：妇人发饰，钗之类，可用以搔头痒，故名。

此闺情词也。上半阕写一闺人行于池旁芳径中，且行且以红杏花蕊抛入水中，引鸳鸯为戏。下半阕写其行至斗鸭栏边，忽闻鹊噪，举头而听，不觉搔头坠地。盖鹊能报喜，因思行人或将归来也。全首如观电影之活动镜头，闺中少妇之行动、情思、态度，历历呈现，极其生动。相传中主李景见冯此词问曰：“‘吹皱一池春水’，干卿甚事？”冯对曰：“未如陛下‘小楼吹彻玉笙寒’。”中主乃悦。此事昔人以为南唐君臣以词相戏，不知实乃中主疑冯词首句讥讽其政务措施，纷纭不安，故责问与之何干。冯词首

谒金门（风乍起）

句，无端以风吹池皱引起，本有讽意，因中主已觉，故引中主所作闺情词中佳句，而自称不如，以为掩饰。意谓我亦作闺情词，但不及陛下所作之佳耳。二人之言，针锋相对，非戏谑也。试以史称冯作相时，不满于"人主躬亲庶务，宰相备位"之语证之，二人言外所指之意，自然分明。此虽词家故事，而吾人读词之法亦可于此得之。盖讽刺之作，往往意在言外，所谓"言在此而意在彼也"。但必须先明了作者之地位、行为与其时代背景之后，方能证明其言外之意，否则必同于猜谜矣。此其一。又词中言外之意，止于一二句，不可以全首句句比附来说，否则必然牵强附会失作者原意。此其二。

南乡子

细雨湿流光，芳草年年与恨长。烟锁凤楼〔1〕无限事，茫茫，鸾镜〔2〕鸳衾两断肠。　　魂梦任悠扬，睡起杨花满绣床。薄幸不来门半掩，斜阳，负你残春泪几行。

〔1〕凤楼：晋宫阙有仪凤楼、翔凤楼，又洛阳有凤凰楼、丹凤楼。此乃泛指闺人住处。　〔2〕鸾镜：相传鸾见镜中影而舞，故古人镜台上雕作鸾形。

此亦托为闺情以自抒己怨望之情。观"烟锁"句，所谓"无限事”，所谓“茫茫”，言外必有具体事在，特未明言耳。“鸾镜”指朝朝，“鸳衾”指夜夜，此言朝朝夜夜思之断肠也。后半阕即就闺思描写怨望之情事，“杨花满绣床”，是一片迷离景象，与“悠扬”之“魂梦”正相合，亦即前半“茫茫”二字之意，总之皆写心事之纷纭复杂也。末句则无可奈何之词，写得幽怨动人，与和凝、欧阳炯辈之纯作艳情词不同，不可并论。

蝶恋花

几度凤楼同饮宴。此夕相逢，却胜当时见。低语前欢频转面，双眉敛恨春山〔1〕远。　蜡烛泪〔2〕流羌笛怨〔3〕。偷整罗衣，欲唱情犹懒。醉里不辞金爵〔4〕满，《阳关》〔5〕一曲肠千断。

〔1〕春山：指美人眉色。　〔2〕烛泪：烛油下流如泪也。　〔3〕羌笛怨：羌人吹笛往往引起戍边者思归之情，故曰“羌笛怨”。　〔4〕金爵：饮器也。爵，雀也，刻其形于器上，故名饮器为爵。　〔5〕《阳关》：王维所作《送元二使安西》诗，名《渭城曲》，又名《阳关曲》。阳关在今甘肃敦煌县西南古董滩附近。

此首所表之情，极其复杂。首句，念昔日之旧欢也。二、三句，则今日之新欢。四、五句，又由今日相会之欢追想昔日别离之苦。后半阕则专就今日临别言。“醉里”句，因不胜今别之苦，希图从“醉里”作别，或可减少苦情也。冯延巳曾两度作宰相，此词表面以欢会与惜别为言，其中实有得失之心，但一托之闺情，便觉缠绵宛转。故张惠言评此首与后“几日行云”一首曰：“忠爱缠绵，宛然《骚》《辩》之义。延巳为人，专蔽嫉妒，又敢为大言。此词盖以排间异己者，其君之所以信而弗疑也。”此论甚是。昔人论文，每以“言为心声”，似当表里如一。然苟作者艺术甚高，则必能为巧言以饰其伪，故读者必当联系作者之行为与时代背景，全面观察，而后可得其真相。盖巧伪之言，可以欺当世，不可以欺后世也。

前　调

几日行云〔1〕何处去？忘却归来，不道春将暮。百草千花寒食〔2〕路，香车系在谁家树？　　泪眼倚楼频独语。双燕来时，陌上相逢否？撩乱春愁如柳絮，悠悠梦里无寻处。

〔1〕行云：宋玉《高唐赋序》言神女“旦为朝云，暮为行雨，朝朝暮暮，阳台之下”。后人遂以男女欢会为“行云”“行雨”。此言心中之人不知在何处与人寻欢也。　〔2〕寒食：去冬至一百五日谓之寒食，古人是日禁火。

此词因心中所思之人久出不归，遂疑其别有所欢，故曰“香车系在谁家树”。后半阕前三句，言消息不知；后二句，言愁思甚苦也。其中既有猜忌，又有留恋与希冀之意。其情感极其曲折，此张惠言所谓“忠爱缠绵”，能使其君信而弗疑也。

采桑子

昭阳〔1〕记得神仙侣，独自承恩，水殿灯昏，罗幕轻寒夜正春。　　如今别馆添萧索，满面啼痕，旧约犹存，忍把金环别与人。

〔1〕昭阳：汉殿名。

此托宫怨之词也。前半阕言昔日之恩情，后半阕言今日幽怨，末句猜疑嫉妒之语也。

虞美人

玉钩鸾柱〔1〕调鹦鹉，宛转留春语。云屏〔2〕冷落画堂空，薄晚春寒无奈落花风。　　搴帘燕子低飞去，拂镜尘鸾舞。不知今夜月眉弯，谁佩同心双结〔3〕倚栏干？

〔1〕玉钩鸾柱：鹦鹉架也，玉、鸾，言其华饰。　〔2〕云屏：画云纹之屏风。

〔3〕同心双结：结作同心形，妇人佩带多作此种结，示双心相爱也。

此亦妒词也，而托之闺情。上半阕言所居之凄寂，下半阕以帘燕、镜鸾，形其孤单。末二句则猜疑之词也。

金错刀

双玉斗，百琼壶[1]，佳人欢饮笑喧呼。麒麟[2]欲画时难偶，鸥鹭[3]何猜兴不孤。　歌婉转，醉模糊，高烧银烛卧流苏[4]。只销几觉懵腾[5]睡，身外功名任有无。

〔1〕玉斗、琼壶：皆饮器也。　〔2〕麒麟：汉有麒麟阁，其中图画功臣，自霍光等至苏武凡十一人之像。　〔3〕鸥鹭：指同列之人。　〔4〕流苏：帐也，以盘结绘绣之球，五色错杂为同心而下垂者也。　〔5〕懵腾：昏睡态也。

正中本功名之士，而故为此放任旷荡之言。本多猜忌，而曰“鸥鹭何猜”；本于国政无所措施，而曰“麒麟欲画时难偶”；本贪禄位，而曰“身外功名任有无”。如只读其词，必为所欺。故孟子论诵诗读书者当知人论世也。知人，则考其人之生平行事；论世，则证以所处之时世背景。如此，则纵有诡诈巧言，而无从逃过读者之目矣。

【附】隐逸词及风土词

李　珣

珣字德润，先世本波斯人，家于梓州，蜀主王衍昭仪李舜絃之兄也。为蜀秀才，常与宾贡，有《琼瑶集》一卷。王国维从《花间集》录出珣词三十七首，补以《尊前集》之十七首为一卷。

渔　父

水接衡门[1]十里余，信船归去卧看书。轻爵禄，慕玄虚，莫道渔人只为鱼。

前　调

避世垂纶不计年，官高争得似君闲？倾白酒，对青山，笑指柴门待月还。

前　调

棹警鸥飞水溅袍，影随潭面柳垂绦[2]。终日醉，绝尘劳，曾见钱塘八月涛。

〔1〕衡门：衡，古通横，二字出《诗经·陈风》“衡门之下，可以棲迟”。注：“衡门，横木为门，言浅陋也。棲迟，游息也。”〔2〕绍：同缘，编丝绳也。

此皆托渔父之闲适，以见作官受禄者终日尘劳为不如。衡门乃浅陋之门，言贤者居之，不出仕也。

渔歌子

楚山青，湘水绿，春风澹荡[1]看不足。草芊芊[2]，花簇簇，渔艇棹歌相续。　　信浮沉，无管束，钓回乘月归湾曲。酒盈尊，云满屋，不见人间荣辱。

前　调

荻花秋，潇湘夜，橘洲[3]佳景如屏画。碧烟中，明月下，小艇垂纶初罢。　　水为乡，蓬作舍，鱼羹稻饭常飧也。酒盈杯，书满架，名利不将心挂。

〔1〕澹荡：水摇动貌。　〔2〕芊芊：草茂也。　〔3〕橘洲：在长沙县湘江中。

此亦以渔父自由为可乐也。

定风波

志在烟霞慕隐沦[1]，功成归看五湖春。一叶舟中吟复醉，云水，此时方认自由身。　花鸟为邻鸥作侣，深处，经年不见市朝[2]人。已得希夷[3]微妙旨，潜喜，荷衣蕙带绝纤尘。

〔1〕隐沦：沦，没也。隐者藏名没声故曰沦。　〔2〕市朝：市为交易之场，朝乃施政之所，此统言人世尘劳之地也。　〔3〕希夷：二字出《老子》。老子曰“视之不见名曰夷，听之不闻名曰希”，所谓微妙之道也。

此以范蠡功成，扁舟泛于五湖为高尚，故咏其事以见己志也。

南乡子

归路近，扣舷[1]歌，采真珠处[2]水风多。曲岸小桥山月过，烟深锁，豆蔻花[3]垂千万朵。

前　调

倾绿蚁[4]，泛红螺[5]，闲邀女伴簇笙歌。避暑信船轻浪里，闲游戏，夹岸荔支红蘸水。

前　调

渔市散，渡船稀，越南云树望中微。行客待潮天欲暮，送春浦，愁听猩猩啼瘴雨。

前　调

相见处，晚晴天，刺桐[6]花下越台前。暗里回眸深属意，遗双翠，骑象背人先过水。

前　调

双髻坠，小眉湾，笑随女伴下春山。玉纤遥指花深处，争回顾，孔雀双双迎日舞。

前　调

山果熟，水花香，家家风景有池塘。木兰舟[7]上珠帘卷，歌声远，椰子酒倾鹦鹉盏[8]。

〔1〕舷：船边也。〔2〕采真珠处：古珠崖郡因崖边出真珠得名。又合浦郡土地垅埆，无田可耕，百姓以采珠为业。〔3〕豆蔻花：豆蔻生南方，其花密集成穗状，色淡黄。〔4〕绿蚁：浊酒有滓如蚁浮于酒面。〔5〕红螺：以螺为饮器。〔6〕刺桐：桐之一种，体有刺，实如枫。一名海桐。〔7〕木兰舟：据《述异记》载："木兰川在浔阳江中，多木兰树。……七里洲中，有鲁班刻木兰为舟。"〔8〕鹦鹉盏：酒盏雕作鹦鹉形。

六阕所写皆南方风俗，其草木鸟兽皆南土产物。即此可见当时南方比较中原为安谧，故人民生活尚比较优裕。第三首"送"字疑误，此处应用平声字。尝见陆游《题杨廷秀寄〈南海集〉》诗有曰"飞卿数阕峤南曲，不许刘郎夸《竹枝》"，原注："温飞卿《南乡子》九首，其工不减梦得《竹枝》。"考今存飞卿六十六阕中，不见此调，而李德润《琼瑶集》中此调多至十七阕，其中咏南峤风土者十一阕，疑温词有混入者，记此以存疑。闽、广等处，统可以南峤称之，故放翁称飞卿咏南方风土之词为"峤南曲"。《竹枝》，系唐人咏风土之绝句。刘禹锡之《竹枝词》最有名。

欧阳炯

字、里见前。

南乡子

嫩草如烟，石榴花发海南天。日暮江亭春影绿，鸳鸯浴，水远山长看不足。

前　调

画舸停桡，槿花篱外竹横桥。水上游人沙上女，□回顾，笑指芭蕉林里住。

前　调

远岸沙平，日斜归路晚霞明。孔雀自怜金翠尾，临□水，认得行人惊不起。

前　调

路入南中，桄榔[1]叶暗蓼花红。两岸人家微雨后，收红豆[2]，树底纤纤抬素手。

〔1〕桄榔：榔本作根，出南方，皮如棕树，为常绿乔木。　〔2〕红豆：生岭南，花似皂荚，荚似扁豆，朱红色，或有黑色斑点，或半红半黑，可嵌首饰。一名相思子。

此亦咏南峤风土者。第二首缺字疑是争，第三首缺字疑是绿。

三、宋初各家小令

晏　殊

殊字同叔，临川人。仁宗赵祯朝官至集贤殿大学士，同中书门下平章事，兼枢密使，卒谥元献。殊七岁能文，性刚简，文章富丽，为诗闲雅有情思，虽自奉清俭而喜宾客，每宴客必佐以乐歌，尤喜冯延巳词，其所自作亦不下于延巳。今存《珠玉词》。

玉楼春

绿杨芳草长亭路，年少抛人容易去。楼头残梦五更钟，花底离愁三月雨。　无情不似多情苦，一寸还成千万缕。天涯地角有穷时，只有相思无尽处。

此词有一段故事。相传殊幼子叔原尝语蒲传正曰："先君一生小词，未尝作妇人语。"传正曰："'绿杨芳草长亭路，年少抛人容易去'，岂非妇人语？"叔原曰："因公言乃解乐天诗'欲留"所欢"待富贵，富贵不来"所欢"去'。"传正笑而悟其言之失。今观此词首句记别时、别地，次句言作别之人，三句言“残梦”，四句言“离愁”。后半阕首句言“多情苦”，末句言“相思无尽处”。故蒲传正举以为作妇人语之证。叔原不以为然，引乐天诗“欲留年少待富贵，富贵不来年少去”，以“所欢”代“年少”。意谓其父此词之年少亦同于乐天诗，讥蒲误以为妇人称其“所欢”也。通过此故事，可知宋初诸公虽非不作闺情词，但出语不欲如五代诸家之藻饰艳丽，一也。宋初诸公之闺情词，乃托闺情以抒己情，与五代诸家之纯写闺情别无寄托者不同，二也。晏殊此词合下录之《踏莎行》二阕读之，便可知其为托闺情以抒己情，非专作妇人思其夫之语。盖因所托之情，关涉朝政，不便明言，故托之闺情也。叔原深知此词所托之意，亦不便明言，故引乐天诗以讥传正使之自悟。传正闻叔原言，亦体会出叔原之意，知己之前言，但见表面，未得作者本意，故笑而悟其言之失。于此又可知宋初词家之所以于五代诸家中独喜冯延巳词之故。盖冯词即托闺情以言己情者，前选冯词可证也。李煜之词除宫中行乐诸词外，亦有托闺情以写悲痛者。故此二人在五代诸家中影响宋词特大也。

踏莎行

细草愁烟，幽花怯露，凭阑总是销魂[1]处。日高深院静无人，时时海燕双飞去。　带缓[2]罗衣，香残蕙炷，天长不禁迢迢路。垂杨只解惹春风，何曾系

踏莎行（细草愁烟）

得行人住。

前　调

小径红稀，芳郊绿遍，高台树色阴阴见。春风不解禁杨花，濛濛乱扑行人面。　翠叶藏莺，珠帘隔燕，炉香静逐游丝转。一场愁梦酒醒时，斜阳却照深深院。

〔1〕销魂：江淹《别赋》："黯然销魂者，惟别而已矣。" 〔2〕带缓：带松也，愁多腰瘦，则带松缓也。

此二首表面皆写闺情，而言外寄托之意固甚为分明。前首言垂杨只知招惹春风，却不能留住行人。古人临行有折柳赠别之习，故诗人用杨柳与离别有关。后首说春风不知禁止杨花，以致杨花濛濛乱扑行人之面。两首之"春风""行人"皆同，惟前首用"垂杨"，后首变而用"杨花"者，因所托之意有不同也。考仁宗朝朋党之祸已兴，晏殊与孔道辅、范仲淹、余靖、尹洙、欧阳修相善，而与吕夷简不合。及夷简为相，就因故贬逐孔、范、余、尹诸人。此二词当即暗指此事。前首之垂杨似指同党之谏官，言谏官虽犯颜谏诤皇上（春风），何尝能留住被逐之人（行人）。后首则言皇上（春风）不能禁止异党之小人（杨花），致使彼辈纷纷排斥同党之正人(濛濛乱扑行人面)。其余各句,则不过从景物中衬出离别后之情感而已。由此可知前《玉楼春》词所描写别离之人,即此二词之"行人";《玉楼春》词之"离愁"和"相思",即此二词之"销魂"和"愁梦"也。前人有因此便句句比附来说者,太觉牵强,不可从。

破阵子

燕子来时新社〔1〕,梨花落后清明〔2〕。池上碧苔三四点,叶底黄鹂一两声,日长飞絮轻。　巧笑东邻女伴,采桑径里逢迎。疑怪昨宵春梦好,原是今朝斗草〔3〕赢,笑从双脸生。

〔1〕社:旧时春季之一节日。农家于此日祭土地之神,且以祈岁之丰穰。相传燕子亦于此日开始从南方来。　〔2〕清明:农历之一节日。此日士女皆出游郊野,宋时此风尤盛。　〔3〕斗草:古时女子郊游,各采异草,互相比赛,以为戏乐。

此乃纯用旁观者之言描写春日游女戏乐之情景,因见游女斗草得胜之笑,而代写其心情。言今朝斗草得胜,乃昨宵好梦之验,可谓能深入人物之内心者。此种词虽无寄托,而描绘人情物态极其新鲜生动,使读者如亲见其人、其事,而与作者同感其乐,单就艺术性说来，亦有可采之处也。

范仲淹

仲淹字希文，吴县人。仁宗朝历任枢密副使，参知政事，陕西、河东宣抚使，知邠、邓、荆南、杭、青等州，卒谥文正。

渔家傲

塞下秋来风景异，衡阳雁〔1〕去无留意。四面边声连角〔2〕起。千嶂里，长烟落日孤城闭。　浊酒一杯家万里，燕然〔3〕未勒归无计。羌管〔4〕悠悠霜满地。人不寐，将军白发征夫泪。

〔1〕衡阳雁：旧传雁南飞至衡阳而止。　〔2〕角：古军中所用之乐器。〔3〕燕然：后汉窦宪大破北单于，刻石勒功于燕然山，纪汉威德。　〔4〕羌管：竹管有七孔，羌人所用之乐器。

此词写边塞征人思归之情与边地苍凉之景。仲淹久任边帅，防御西夏元昊。羌人至呼为“龙图老子”而不名，范时官龙图阁学士也。此词虽有思归之情而无怨尤之意。盖抵御侵略，义不容辞，然征夫久戍，亦非所宜，故词旨虽雄壮而取境却苍凉也。

相传欧阳修见范此词，戏呼为“穷塞主”。及王素出守平凉，欧亦作《渔家傲》送之。其末句曰：“战胜归来飞捷奏，倾贺酒，玉阶遥献南山寿。”顾谓王曰：“此真元帅之事也。”后人有谓范词可使人主知边庭之苦，欧词止于阿谀人主耳。此论甚正，然范词乃自抒己情，欧词乃送人出征，用意自然不同也。

欧阳修

修字永叔，庐陵人。仁宗朝累官翰林学士，枢密副使，参知政事。神宗赵顼朝迁兵部尚书，以太子少师致仕卒，谥文忠。修晚年自号六一居士，有《六一词》。

采桑子

群芳过后西湖好〔1〕，狼藉〔2〕残红，飞絮濛濛，垂柳栏干尽日风。　笙歌散尽游人去，始觉春空，垂下帘栊〔3〕，双燕归来细雨中。

〔1〕西湖：指颍州（今安徽阜阳县）之西湖。　〔2〕狼藉：零乱也。〔3〕栊：窗户格也，又栏槛也。

此词虽意在写暮春景物，而作者胸怀恬适之趣，同时表达出之。作者此词皆从世俗繁华生活之中渗透一层着眼。盖世俗之人多在群芳正盛之时游观西湖;作者却于飞花、飞絮之外,得出寂静之境。世俗之游人皆随笙歌散去;作者却于人散、春空之后,领略自然之趣。其后苏轼作词,皆直写胸怀,因而将词体提升与诗同等。此种风气,欧阳修已开其端,特至东坡方大加发展,遂令词风为之一变。盖风气之成,必有其渐,非可突然而至也。

踏莎行

候馆梅残,溪桥柳细,草薰风暖摇征辔〔1〕。离愁渐远渐无穷,迢迢不断如春水。　　寸寸柔肠,盈盈粉泪,楼高莫近危栏〔2〕倚。平芜〔3〕尽处是春山,行人更在春山外。

〔1〕辔:牵马之索也。〔2〕危栏:高楼上栏干也。〔3〕平芜:草原之通称。

此亦托为闺人别情,实乃自抒己情也,与晏殊《踏莎行》二词同。上半阕行者自道离情;下半阕则居者怀念行者。此词之行者,当即作者本人。欧阳修因作书责高若讷不谏吕夷简排斥孔道辅、范仲淹诸人,被高将其书呈之政府,因而被贬为夷陵令。

少年游

栏干十二独凭春，晴碧[1]远连云。千里万里，二月三月，行色苦愁人。　　谢家池[2]上，江淹浦[3]畔，吟魄与离魂。那堪疏雨滴黄昏，更特地[4]忆王孙[5]。

〔1〕晴碧：草色也。　〔2〕谢家池：谢灵运梦见其弟惠连，醒而得句曰："池塘生春草，园柳变鸣禽。"〔3〕江淹浦：江淹《别赋》曰："春草碧色，春水绿波。送君南浦，伤如之何。"〔4〕特地：犹言特别也。　〔5〕王孙：淮南小山《招隐士》赋曰"王孙游兮不归，春草生兮萋萋"，言贤者不出仕而招之也。

此咏春草之词也。上半阕前四句言草生之地与时，结句联系行人。后半阕三用春草故事，吟魄指谢诗，离魂指江赋，以见谢池、江浦之草虽亦感人，不如疏雨黄昏中之草，使人更特别思念王孙，隐喻时衰则思贤更切也。

晏几道

几道字叔原，号小山，晏殊之幼子。神宗元丰年间，监颍昌府许田镇。有《小山词》。黄庭坚序其词集，目为"人英"，举其生平痴绝处有四:一曰“仕宦连蹇,而不能一傍贵人之门”;二曰“论文自有体,不肯一作新进士语”;三曰“费资千百万,家人寒饥,而面有孺子之色”;四曰“人百负之而不恨,己信人,终不疑其欺己”。即此可见叔原之为人。盖叔原本贵公子,才气飞扬,在朝皆其父友,而不能低首下之,故沉于下位。又为文不趋时尚,不为新进士语。凡此皆以见其不慕富贵。而人百负之而不恨,己信人而终不疑,尤为难能。其词能于小令之中,具有长调之气格。查慎行有诗曰:“收拾光芒入小诗。”叔原可谓能收拾光芒入小词者。昔人评其词“清壮顿挫”,亦因其能“收拾光芒”,故能“清壮顿挫”也。

浣溪沙

日日双眉斗画长,行云飞絮共轻狂,不将心嫁冶游郎〔1〕。溅酒滴残歌扇〔2〕字,弄花熏得舞衣香,一春弹泪说凄凉。

〔1〕冶游郎:浪荡之人也。 〔2〕歌扇:古者舞妓有扇,上记所能之歌曲名,故曰歌扇。

此词乃写一舞妓之内心矛盾,亦即其内心之痛苦。于上、下两阕之前两句,极力写出此舞女之日常轻狂生活,而于两结句写其心理之痛苦,更从其生活与心理之矛盾上显出其个性。上半阕结句，言其不轻以身许人，则其上二句所言妆饰之美、举止之狂，非以媚人，实自怜也。下半阕结句，言其一春弹泪，则其上二句所言溅酒、弄花、歌舞之乐，非真感乐，实慰苦也。作者将此一舞女之生活和内心写得如此酣畅，其自身几已化为此女。盖由作者自身亦具有此种矛盾之痛苦，亦同有此舞女之个性，故能体认真切。此舞女，直可认为作者己身之写照。此种写法，又较托闺情以抒己情者更加亲切，因之更加动人。论者称其词顿挫，即从此等处看出也。

前　调

二月和风到碧城〔1〕，万条千缕绿相迎，舞烟眠雨过清明。妆镜巧眉偷叶样〔2〕，歌楼妍曲借《枝》名〔3〕，晚秋霜霰〔4〕莫无情。

〔1〕碧城：仙人有碧霞城，此借用。　〔2〕巧眉偷叶样：古妇人眉样有柳叶眉。　〔3〕妍曲借《枝》名：歌曲有《杨柳枝》。　〔4〕霰：俗谓之雪子，大雪之先，雨凝成冰子下降也。

此词通首咏柳，细味之皆含讽意。上半阕言其盛时。下半阕一、二句，言趋附者之多也。末句似讽、似怜、又似以盛衰无常警戒之。盖柳盛于二月时而衰于晚秋，似得势者有盛必有衰也。作者意中必有所指之人，必系权势煊赫于一时者。考宋仁宗朝，吕夷简权势最盛，子公绰、公弼、公著、公孺皆荣显。《宋史·吕夷简传》论曰："吕氏更执国政，三世四人，世家之盛，则未之有也。"神宗朝王安石得君虽专，然不如吕氏之三世执政。此词所讽，当指吕氏。

贺 铸

铸字方回，卫州人，孝惠皇后之族孙也。元祐中通判泗州，后为太平倅。贺为人有侠气，虽显贵权倾一时者，有不合，诋之不少假借，因之沉在下位。晚年退居庆湖，自号庆湖遗老。有《东山寓声乐府》。其词与小晏为近，世之词人多称道之。

芳心苦

（即《踏莎行》调，贺喜立新名，故名其词集为《寓声乐府》。）

杨柳回塘，鸳鸯别浦，绿萍涨断[1]莲舟路。断无蜂蝶慕幽香，红衣[2]脱尽芳心苦。　返照迎潮，行云带雨，依依似与骚人[3]语。当年不肯嫁春风[4]，无端却被秋风误。

〔1〕绿萍涨断：绿萍满生则采莲之舟如被遮断去路。　〔2〕红衣：荷花瓣

也。〔3〕骚人：屈原有《离骚》，后人因以为诗人之通称。〔4〕不肯嫁春风：凡花皆盛于春，荷花非春时之花，如女子之不肯慕虚荣而以身轻许不知己之人也。

此词表面系咏荷花，实则以荷花自比。此又在托闺词以抒情之外别立一格，古所谓"索物言情"也。上半阕前三句，言荷开之地。"绿萍"句，似言己为人障蔽，不得行其志。结二句，托意显然，言荷有幽香而非蜂、蝶所慕，盖荷花开时无蜂、蝶也。"芳心苦"，莲子心苦也，句意与宋玉《九辩》之"惆怅兮而私自怜"同。下半阕前三句，言荷开之时。"依依"句，似言世无可与语者，可语只有"骚人"，因屈原有"制芰荷以为衣"之句也。结二句，言本不慕富贵，故"不肯嫁春风"，今则不开于春而开于秋，故曰"无端却被秋风误"。盖贺以卑位无知其才者，故不乐仕进也。杜甫寄薛璩、毕曜诗云："不嫁惜娉婷。"陈师道用其意作《放歌行二首》曰："春风永巷闭娉婷，长使青楼误得名。不惜卷帘通一顾，怕君著眼未分明。""当年不嫁惜娉婷，抹白施朱作后生。说与旁人须早计，随宜梳洗莫倾城。"张先有《一丛花令》，末句曰："沉恨细思，不如桃杏，犹解嫁东风。"晏几道有《蝶恋花》词，亦咏荷花。其前半阕结句曰："照影弄妆娇欲语，西风岂是繁华主。"后半阕结句曰："朝落暮开空自许，竟无人解知心苦。"张之"嫁东风"，即贺之"嫁春风"也。晏之"西风岂是繁华主"，即贺之"却被秋风误"，而"竟无人解知心苦"，即贺之"红衣脱尽芳心苦"也。于此可说明一事。古称"士为知己者死，女为悦己者容"，言贤者不轻以身许人，亦如佳人不轻以身嫁人者同。杜、陈之诗是也。张、晏、贺三人则又以花比人，言贤者不肯轻慕荣华，亦如荷花之不开于春风桃杏竞放之时，此从贤者立身高洁者言之也。若不考其人之生平果贤否，而以为此等语言正其慕荣华而不得者之表现，则亦恐厚诬古人。盖贤者非不欲上进，非不欲用世，但不愿轻于上进，亦即不愿趋附显贵以求上进，不是慕荣华而求上进。必在上者亦为贤者，又能知贤善任，而后可以身相许也。且此所谓相许，亦非以身许在上者个人，而是以身许国也。此中分别甚微，而结果甚相远。吾人论世知人，极当严辨。故于此词详论之如此。

四、发展词体作家苏轼及柳永

苏　轼

轼字子瞻，号东坡，眉山人。仁宗嘉祐二年进士，累官至翰林学士，礼部尚书。哲宗赵煦绍圣初，因坐讪谤贬惠州，徙昌化，徽宗赵佶即位，赦还。卒于常州，谥文忠。词集有《东坡乐府》传世。东坡之词，昔人称其“一洗绮罗香泽之态”，又谓其“无意不可入，无事不可言”。词至东坡，内容大加扩充，因之形式得以解放，使词体与诗同等，为北宋词一大转变。后世学人之词，以豪放为主者，皆其流派也。

念奴娇　赤壁怀古

大江东去，浪淘尽、千古风流人物〔1〕。故垒〔2〕西边，人道是、三国周郎赤壁〔3〕。乱石崩云，惊涛裂岸，卷起千堆雪。江山如画，一时多少豪杰。　　遥想公瑾〔4〕当年，小乔〔5〕初嫁了，雄姿英发〔6〕。羽扇纶巾〔7〕，谈笑间〔8〕、强虏灰飞烟灭。故国神游，多情应笑我，早生华发[9]。人间如梦，一尊还酹[10]江月。

〔1〕风流人物：凡人之才华或行为照耀一时，声名为群众所企慕不及者，曰风流人物。〔2〕故垒：旧时驻军防守之营舍。〔3〕周郎赤壁：汉献帝刘协建安十三年，曹操攻入荆州，孙权遣周瑜等，会合刘备、诸葛亮等迎击于赤壁，大破曹军。赤壁山本即今湖北武昌县西赤矶山，黄州有赤鼻矶，世人讹传为破曹军之赤壁山。东坡在黄州作《赤壁赋》及此词，亦沿俗传说以为即赤壁山，故曰“人道是、三国周郎赤壁”。〔4〕公瑾：周瑜之字也。〔5〕小乔：孙策攻皖得桥公二女，皆国色，策自纳大桥，周瑜纳小桥，世称二桥。桥通作乔。〔6〕英发：英才焕发也。〔7〕羽扇纶巾：此指诸葛亮也。纶巾为青丝制之头巾。亮在军中常执羽扇、戴纶巾也。一说此句承前三句，仍指周瑜。〔8〕间：读去声。〔9〕华发：白发也。〔10〕酹：古时祭神以酒沃地口酹酒。

苏轼在神宗朝以作诗讥讽新法，贬黄州团练副使本州安置。此词即在黄州所作。词中主题虽系怀古，而于怀念古代英豪之中，写感叹自身失意之情。但东坡胸怀豁达，故才一涉己身，便以“人间如梦”推开，不欲发泄胸中牢骚，亦有鉴于前此因诗得罪也。此词首韵二句，笼罩全首，而“浪淘尽”句，将南朝人物一齐包括其中，以便下文独提出赤壁战中之豪杰，使主题更为分明。盖黄州有赤鼻矶，世人讹传为破曹军之赤壁山，东坡亦即以赤壁当之，故曰“人道是、三国周郎赤壁”。赤壁一战，三国英豪皆在，故曰“一时多少豪杰”。后半阕更从“多少豪杰”中独提出最典型之周瑜及诸葛亮二人，而以“强虏”包括曹操。写周瑜则以“小乔初嫁”衬托周之少年“英发”。写诸葛亮则以“羽扇纶巾”显示其气象雍容，而以“谈笑间”三字结合周瑜，言二人共谋御敌时有如此闲暇之情状。凡此皆以细节表示全体之写法也。而“强虏”句，却将曹操之败写得十分狼狈，更以见周瑜、诸葛亮之军事才能为不可及，使二人之典型性特别突出。下文落到己身，又设想周瑜、诸葛亮之英灵如于此时来游故国，必笑我头白无成。文情至此已带感慨，便以“人间如梦”四字推开，而以“酹江月”作结，盖此游至月上时也。

定风波

三月七日，沙湖道中遇雨，雨具先去，同行皆狼狈，余独不觉。已而遂晴。故作此。

莫听穿林打叶声，何妨吟啸且徐行。竹杖芒鞋轻胜马，谁怕，一蓑烟雨任平生。　　料峭[1]春风吹酒醒，微冷，山头斜照却相迎。回首向来萧瑟[2]处，归去，也无风雨也无晴。

〔1〕料峭：微寒貌。　〔2〕萧瑟：寒凉之意。

东坡时在黄州，此词乃写途中遇雨之事。中途遇雨，事极寻常，东坡却能于此寻常事故中写出其平生学养。上半阕可见作者修养有素，履险如夷，不为忧患所摇动之精神。下半阕则显示其对于人生经验之深刻体会，而表现出忧、乐两忘之胸怀。盖有学养之人，随时随地，皆能表现其精神。东坡一生在政治上之遭遇，极为波动，时而内召，时而外用，时而位置于清要之地，时而放逐于边远之区，然而思想行为不因此而有所改变，反而愈遭挫折，愈见刚强，挫折愈大，声誉愈高。此非可幸致者，必平日有修养，临事能坚定，然后可得此效果也。

浣溪沙

徐州石潭谢雨，道上作五首。潭在城东二十里，常与泗水增减，清浊相应。

照日深红暖见鱼，连村绿暗晚藏乌，黄童白叟聚睢盱[1]。麋鹿逢人虽未惯，猿猱闻鼓不须呼，归来说与采桑姑。

前　调

旋抹红妆看使君，三三五五棘篱门，相排踏破茜[2]罗裙。老幼扶携收麦社[3]，乌鸢翔舞赛神村，道逢醉叟卧黄昏。

前调

麻叶层层檾[4]叶光，谁家煮茧一村香？隔篱娇语络丝娘。垂白杖藜抬醉眼，捋[5]青捣䴵[6]软[7]饥肠，问言豆叶几时黄？

前调

簌簌衣巾落枣花，村南村北响缲车[8]，牛衣[9]古柳卖黄瓜。　　酒困路长惟欲睡，日高人渴漫思茶，敲门试问野人家。

前调

软草平莎过雨新，轻沙走马路无尘，何时收拾耦耕[10]身。　　日暖桑麻光似泼[11]，风来蒿艾气如薰，使君元是此中人。

〔1〕睢盱：朴质貌。〔2〕茜：染绛色之草。〔3〕社：封土以祭地神之处也。〔4〕檾：麻类，可绩作布。〔5〕捋：取植物之子也。〔6〕䴵：以麦蒸磨作屑也。〔7〕软：同软。〔8〕缲车：从茧取丝出曰缲。缲车，取茧丝之器

也。〔9〕牛衣：编乱麻所成之衣。〔10〕耦耕：二人为耦。古以人耕，二人共挽一犁而耕为耦耕。此借言归农也。〔11〕泼：本弃水也。此言桑、麻叶雨后光泽如泼水其上也。

此五词乃东坡为徐州太守因谢雨写途中所见农村景象。凡劳动人民生活各方面均写到，如收麦、赛神、缫丝、煮茧、捣麨、卖瓜等事，皆带有雨后人民喜悦与农作物欣欣向荣之意。凡农村景物，如池鱼、树乌、枣花、桑、麻、蒿、艾等，皆带有雨后日出，非常鲜洁色彩。而农家妇女争看太守下乡，太守口渴，敲门求饮等事，又将官民一片融洽之情，轻轻写出。第五首更将太守本来自田间一层意思点明作结，尤见有一体相关之意。细读之，觉此时东坡但有与民同乐之感想，而无丝毫以官长自居之态度。古语有"民吾同胞，物吾同与"之说，此五词颇具此意味。词至东坡手中，已不可目为"诗余"矣。

满庭芳

元丰七年四月一日，余将去黄移汝〔1〕，留别雪堂〔2〕邻里二三君子，会李仲览自江东来别，遂书以遗之。

归去来兮〔3〕！吾归何处？万里家在岷峨〔4〕。百年强半〔5〕，来日苦无多。坐见黄州再闰〔6〕，儿童尽、楚语吴歌。山中友，鸡豚社酒〔7〕，相劝老东坡。　云何，当此去？人生底事，来往如梭？待闲看秋风，洛水[8]清波。好在堂前细柳，应念我、莫翦柔柯。仍传语，江南父老，时与晒渔蓑。

〔1〕去黄移汝：神宗元丰七年，命东坡由黄州移汝州安置。 〔2〕雪堂：轼谪居黄州年余，生活日困，马梦得代请得故营地数十亩躬耕其中。其地名东坡。后又于东坡废圃中筑堂五间。堂成于大雪中，因画雪于四壁，名曰东坡雪堂，始自号东坡居士。 〔3〕归去来兮：用陶潜《归去来辞》首句也。 〔4〕岷峨：四川有岷山、峨眉山，东坡四川眉山人也。 〔5〕百年强半：韩愈诗："年皆过半百，来日苦无多。"〔6〕黄州再闰：东坡谪居黄州五年，阴历三年一闰，故曰"再闰"。 〔7〕鸡豚社酒：古时农家最重社日，此日邻里相邀结集，以鸡豚饮酒为乐。 〔8〕洛水：洛水出弘农，经洛阳，与汝州近。

此词乃东坡留别黄州邻里父老所作。首用渊明《归去来辞》，表示思归西蜀故里，但移汝乃君命，此时仍在待罪之中，不能自由归去也。次言在黄州久与其地邻里友爱甚洽，表示不忍别去之意。下半阕言不得不去，因叹人生无定，来往如梭。末则留恋黄州雪堂也。渔蓑乃东坡在雪堂钓鱼所服。全首词气和平，情致温厚，如见此老当日情事。盖东坡被罪谪黄，人皆知其冤，黄州父老皆敬爱之，故临去有此依依之情也。

柳　永

永字耆卿，初名三变，崇安人。仁宗景祐年间举进士，官屯田员外郎。有《乐章集》。永为人放荡不羁。仁宗方提倡理道，不喜浮艳之文。柳为艳词传播四方，有“忍把浮名，换了浅斟低唱”之句。及举进士，仁宗特落之，曰：“此人风前月下好去‘浅斟低唱’，何要‘浮名’？且填词去！”永因此自称“奉旨填词”。观此事，一面知统治阶级以科举笼络人才，见有不爱“浮名”者，则不喜之；一面知永之性格，与统治阶级不相容，故宁愿向“烟花巷陌”寻访“意中人”，不要“浮名”。其词长于铺叙，因之所作长调特多，词体发展更大。后来论者多不满其浮艳，然东坡当日评其《八声甘州》曰：“世言柳耆卿曲俗，非也。如《八声甘州》云‘霜风凄紧，关河冷落，残照当楼’，此语于诗句不减唐人高处。”可见耆卿非不能作文雅之词。其通俗之作，本代歌妓抒情，自必为此辈所喜闻乐道者，故其所作，传布极为广泛。世人所谓“凡有井水饮处，即能歌柳词”，非虚美也。又相传柳卒后，家无余财，群妓合金葬之，每年清明上冢，谓之吊柳会。可见其为此辈喜爱之深。柳词除此类外，又多写羁旅离别之苦及节序风物之丽，后世惟周美成可以并美，故有周、柳之目。

八声甘州

对潇潇[1]暮雨洒江天，一番洗清秋。渐霜风凄紧[2]，关河冷落[3]，残照当楼。是处[4]红衰翠减，冉冉[5]物华[6]休。惟有长江水，无语东流。　不忍登高临远，望故乡渺邈[7]，归思难收。叹年来踪迹，何事苦淹留？想佳人、妆楼颙望，误几回、天际识归舟[8]。争知我、倚栏干处，正恁凝愁[9]。

〔1〕潇潇：风雨声。〔2〕凄紧：风凉而疾也。〔3〕冷落：寒冷寂寞也。〔4〕是处：处处也。〔5〕冉冉：渐渐也。〔6〕物华：物色芳华也。〔7〕渺邈：远也。〔8〕天际识归舟：谢朓诗："天际识归舟，云中辨江树。"〔9〕凝愁：凝结愁思也。

此为羁旅离别之词。盖旅人每遇节候迁移，景物变换，即动归思，而秋气萧索，尤易生人悲感。故《楚辞·九辩》独于秋生悲。此词上半阕因秋雨引起离愁。"霜风"三句，乃秋雨望中远景，写得壮阔，故东坡称之。"红衰翠减"，即"物华休"，乃秋雨望中近景。"长江"二句，见景物皆变，不变者惟有"长江"耳。下半阕即写引起之归思。"年来"二句，言客中情味索然，以见归之不可缓。"想佳人"以下，又从对面着想，写家人念游人，不知游人此时亦正思家人也。观倚"栏干处"句，知首句"对潇潇暮雨"以下所见远近景物，皆倚栏干时眼中之物象也。全首布置井井，正其巧于铺叙之处。

鹤冲天

黄金榜[1]上，偶失龙头[2]望。明代暂遗贤、如何向[3]！未遂风云[4]便，争不恣游狂荡？何须论得丧，才子词人，自是白衣[5]卿相。　烟花巷陌[6]，依约[7]丹青[8]屏障。幸有意中人、堪寻访。且恁偎红倚翠[9]，风流事[10]、平生畅。青春都一饷，忍把浮名，换了浅斟[11]低唱。

〔1〕黄金榜：宋代进士榜上用金字题新进士名。　〔2〕龙头：状元也。〔3〕如何向：宋时俗语，向乃语尾声，与"奈何向"意同，即奈何也。宋词中有作"怎奈向""怎向""奈向"者，皆怎奈何之意。徐伸《转调二郎神》有云"动是愁端如何向"，黄庭坚《好女儿》有云"拟待不思量，怎奈向日下栖惶"，秦观《鼓笛慢》有云"使何人细与丁宁问呵，我如今怎向"，卢祖皋《洞仙歌》有云"更奈向月明露浓时候"，是也。　〔4〕风云：古称君臣遇合为风云际会，此处用之指以龙头登金榜也。　〔5〕白衣：无官职者之服。　〔6〕烟花巷陌：娼楼妓馆所在地之通称。　〔7〕依约：犹言仿佛也。　〔8〕丹青：画图也。　〔9〕偎红倚翠：红翠指妓女之服饰，偎倚乃与之亲昵之意。　〔10〕风流事：冶游之事。　〔11〕斟：酌酒也。

此词即仁宗据以落柳永之第者。封建时代，如有失意于科第之人，便生不重视科第之念，乃人主所深恶。此词乃永初试不及第所作，语皆狂放。相传永初名三变，至景祐中及第，改名永，始得磨勘转官。是柳永于科第曾几经挫折而后始得者，其"才子词人，自是白衣卿相"之说、"忍把浮名，换了浅斟低唱"之语，乃失意后自傲之言，未必真能轻视科第、不屑求名者。然如柳之市民阶级狂放性格与统治者仁宗伪崇理道之心理，究竟矛盾，此于其应制作老人星见之词可以知之。仁宗时太史奏老人星见。仁宗甚喜，命左右词臣作乐章夸耀其事。内侍以属柳永。永谱《醉蓬莱》调奏上。仁宗见其首句有“渐”字，已不悦，读至“宸游凤辇”句，乃与仁宗御制真宗挽词暗合，不觉惨然，及读至“太液波翻”，曰：“何不言‘波澄’？”遂怒投之于地，自此后不复擢用。今就此事观之，仁宗之怒，即柳之不善阿谀。柳之不善阿谀，即柳狂放之才不善作应制官样之文也。然则，即使擢用，亦未必终合统治者之要求，此其所以毕生落拓也。

雨霖铃

寒蝉凄切，对长亭晚，骤雨初歇。都门帐饮〔1〕无绪，方留恋处，兰舟〔2〕催发。执手相看泪眼，竟无语凝噎〔3〕。念去去、千里烟波。暮霭〔4〕沉沉楚天阔。

多情自古伤离别，更那堪、冷落清秋节！今宵酒醒何处？杨柳岸、晓风残月。此去经年，应是、良辰好景虚设，便纵有、千种风情〔5〕，更与何人说！

〔1〕帐饮：送别之宴也。〔2〕兰舟：木兰舟也。出处见前。〔3〕凝噎：中情凝结，言语哽塞也。〔4〕暮霭：日暮时之雾气。〔5〕风情：风流情事，或风流心情。

雨霖铃(寒蝉凄切)

此乃别京都恋人之词，当是出为屯田员外郎时所作。上半阕叙临别时之情景；下半阕乃设想别后相思之苦。从今宵以至经年均一时想到。“今宵”二句，传诵一时，盖所写之景与别情相切合。今宵别酒醒时恰是明早舟行已远之处，而“杨柳岸、晓风残月”又恰是最凄凉之景，读之自然使人感到一种难堪之情，故一时传诵以为名句。

慢卷紬

闲窗烛暗，孤帏夜永，攲[1]枕难成寐。细屈指寻思，旧事前欢，都来[2]未尽，平生深意。到得如今，万般追悔，空只添憔悴。对好景良辰，皱著眉儿，成甚滋味。　红茵[3]翠被，当时事、一一堪垂泪。怎生得[4]依前，似恁[5]偎香倚暖，抱著日高犹睡。算得伊家，也应随分[6]，烦恼心儿里。又争似[7]从前，淡淡相看，免恁[8]牵系。

〔1〕攲：斜靠也。〔2〕都来：都，总也。都来，犹今言总算起来也。〔3〕茵：褥也。〔4〕怎生得：生，语尾词，言怎得也。〔5〕似恁：犹言像那样也。〔6〕随分：随所接触之事物。〔7〕争似：怎似也，怎平读便成争。〔8〕免恁：犹言免得如此也。

此乃别后追念旧欢之情。上半阕从独处无寐引起回忆，觉从前共处之时，总算起来，还是未尽相爱之情，今日追悔，但使人消瘦，即遇良好时光，也皱眉不乐。下半阕先言旧时欢事，今日思之皆生悲感，怎得如从前之共同欢乐，因而想对方之人，亦必多所苦恼。像这样，倒不如从前淡淡相看，免得如此牵挂。前言旧日，不够尽情，后又言不如淡淡相看者，凡情到极深时，必然会有此矛盾心理也。五代闺情词皆写女性相思之苦，柳词换写男性，却也能委婉屈折如此，可称抒情能手。还有当注意者，封建社会重男轻女，男子每玩弄女性，况妓女之社会地位甚低，根本是供男子寻乐之用者，而柳词中之男性对女性却无此种痕迹。即如此词表情极为真挚而深厚，绝无轻薄之语，故不可以浮艳目之也。

定风波

自春来、惨绿愁红[1]，芳心是事可可[2]。日上花梢，莺穿柳带，犹压香衾卧。暖酥[3]销，腻云[4]亸[5]，终日厌厌[6]倦梳裹。无那，恨薄情一去，音书无个。　　早知恁么[7]，悔当初、不把雕鞍锁。向鸡窗[8]、只与蛮笺象管[9]，拘束教吟课。镇[10]相随，莫抛躲[11]，针线闲拈伴伊坐。和我，免使年少，光阴虚过。

〔1〕惨绿愁红：红、绿，花、柳也。惨、愁，有离恨者见花柳而惨愁也。〔2〕是事可可：对任何事都不感兴味之意。〔3〕暖酥：面脂也。〔4〕腻云：鬓发也。〔5〕亸：垂下貌。〔6〕厌厌：音淹，厌倦貌。〔7〕恁么：犹今言这般么。〔8〕鸡窗：书窗也。鸡者，言其鸡鸣而起，勤读之意。〔9〕蛮笺象管：古称蜀笺曰蛮笺；象管指以象牙作笔管之笔。〔10〕镇：镇有定止义，此则俗语"镇日"之省，镇日，言常常也。〔11〕抛躲：宋时方言，抛弃躲避也。

此代妓女抒写离情之词。词意极明，当是为妓女歌唱而作者。

木兰花慢

拆桐花烂漫，乍疏雨，洗清明。正艳杏烧林，缃桃[1]绣野，芳景如屏。倾城，尽寻胜赏，骤雕鞍绀幰[2]出郊坰[3]。风暖繁弦脆管，万家竞奏新声。 盈盈，斗草踏青[4]，人艳冶，递逢迎。向路旁往往，遗簪堕珥[5]，珠翠纵横。欢情，对佳丽地，任金罍[6]罄竭玉山倾[7]。拚却明朝永日，画堂一枕春酲[8]。

〔1〕缃桃：缃，浅黄色也。汉武帝上林苑中有缃核桃。〔2〕绀幰：绀，青中带赤之色；幰，古时车上所张之幔。〔3〕坰：古分都邑外之地为五：邑外曰

郊，郊外曰牧，牧外曰野，野外曰林，林外曰坰。此泛言郊外也。〔4〕踏青：唐以来，遇清明日，士女出城郊游，名曰踏青。〔5〕珥：耳饰也。〔6〕金罍：酒尊上刻有云雷纹者。〔7〕玉山倾：《世说新语·容止》形容嵇康醉倒“若玉山之将崩”。〔8〕酲：酒病也，一曰酒醉而酲也。

此词反映汴京清明节日，男女游乐之事也。首二韵写春初景物鲜丽。次写郊游车马、音乐之盛况。下半阕写妇女嬉游之事。“遗簪堕珥”，见其服饰之侈靡；“金罍”“玉山”，写其酒食之酣畅。“拚却”二句，言不管明日酒困倦卧，且图今日尽情狂乐也。《东京梦华录》记：“清明节，……四野如市，往往就芳树之下或园圃之间，罗列杯盘，互相劝酬，都城之歌儿舞女，遍满园亭，抵暮而归。”可证此词皆为实写。又可知北宋之初，上下晏安景象，固由生产发达、商业繁盛所致，而富家豪室如此奢侈淫靡，亦足以召乱致亡。后来辽、金入侵，未必不与此有关也。

望海潮

东南形胜〔1〕，江吴都会，钱塘自古繁华。烟柳画桥，风帘翠幕，参差十万人家。云树绕堤沙。怒涛卷霜雪，天堑〔2〕无涯〔3〕。市列珠玑〔4〕，户盈罗绮竞豪奢。　重湖叠巘〔5〕清佳，有三秋桂子，十里荷花。羌笛弄晴，菱歌泛夜，嬉嬉钓叟莲娃。千骑拥高牙[6]。乘醉听箫鼓，吟赏烟霞。异日图将好景，归去凤池[7]夸。

〔1〕形胜：地势胜便也。〔2〕天堑：堑本绕城水，古称长江为天堑，言其天然险要也。〔3〕无涯：无边也。〔4〕玑：小珠也。〔5〕巘：山峰也。〔6〕高牙：古者大将出，立牙旗前导，旗上以象牙为饰。〔7〕凤池：晋荀勖由中书监迁尚书令，不乐。人有贺者。荀曰："夺我凤凰池，诸君何贺也？"后人遂以中书省为凤池。

柳永初与孙何为布衣交。及孙守杭州，门禁甚严，柳不得入见，乃作此词令名妓楚楚于孙宴会时歌之。孙问知系柳作，遂延与共宴。词皆铺叙杭州风景人物之富美。传金主亮见其"三秋桂子，十里荷花"之句，兴投鞭渡江之志。淳熙中谢处厚有诗曰："谁把杭州曲子讴？荷花十里桂三秋。那知卉木无情物，牵动长江万里愁！"即咏此事也。末句祝孙他日内召也。

五、女词人李清照

李清照

清照，济南人，晚自号易安居士。有《漱玉词》。清照为京东提刑李格非之女，嫁太学生赵明诚。明诚父挺之官至宰相。明诚好聚金石书画，藏书甚富。及金人南侵，丧失略尽。清照有《金石录后序》，言之甚详。当高宗赵构南渡之初，金兵渡江之时，明诚宦死建康。清照失偶后，由台州往越州、衢州，复回越州，往杭州，终依其弟迒于金华。如此流转中，其生活至为悽苦，可以想见。清照善为诗文，复工画，词学造诣甚深。昔人称其能以平常言语入之声律，与南唐后主同称二李。尝评宋初各家之词，俱中肯綮。清照好讥弹人，由是怨家造为诽语，谓其改嫁张汝舟，复以讼事被张遗弃。清俞正燮作《易安居士事辑》，特辨其诬。吴衡照、陆心源、李慈铭、况周颐亦有文证其非实。盖宋世无赖文人，每有此恶习，如对欧阳修之名德，尚诬其盗甥，且伪作小词以污蔑之。清照寡居无助，尤易被人欺侮。而赵彦卫《云麓漫钞》、胡仔《苕溪渔隐丛话》、李心传《建炎以来系年要录》，均不加考核，竟笔之于书，故俞、吴、陆、李诸人为之辨白，亦词家一故事也。

永遇乐

落日镕金，暮云合璧[1]，人在何处？染柳烟浓，吹梅笛怨[2]，春意知几许！元宵佳节，融和天气，次第[3]岂无风雨？来相召、香车宝马，谢他酒朋诗侣。　中州[4]盛日，闺门多暇，记得偏重三五[5]。铺翠冠[6]儿，捻金雪柳[7]，簇带[8]争济楚[9]。如今憔悴，风鬟雾鬓[10]，怕见夜间出去。不如向、帘儿底下，听人笑语。

〔1〕暮云合璧：江淹拟僧惠休《别怨》诗："日暮碧云合，佳人殊未来。"〔2〕吹梅笛怨：笛曲有《梅花落》。〔3〕次第：意犹接下去或转眼间。〔4〕中州：河南为中州，宋代建都开封，故曰中州。〔5〕三五：即正月十五日。〔6〕铺翠冠：宋贵妇人冠也。〔7〕捻金雪柳：唐宋时妇女春时团柳花成球以为首饰。〔8〕簇带：装饰也。〔9〕济楚：济读上声，济济，本众盛貌，楚楚，本鲜明貌，合言之则为济楚，指妇女装饰盛美也。〔10〕风鬟雾鬓：风雾言风尘漂泊，鬟鬓不整，即上文憔悴也。

此建炎三年春清照南下时与赵明诚同居建康作。元宵节同居建康，惟此一年。清照因明诚病于建康，再来，乃七月间。八月，明诚病亡。柳、梅皆初春之物，见景物依然好也。"香车宝马”，即“酒朋诗侣”“来相召”出游也。下半阕因今日之元宵，追忆汴京之元宵，两两比较，自有今昔盛衰之感。而“听人笑语”，又有人己苦乐不同之意。

声声慢

寻寻觅觅，冷冷清清，凄凄惨惨戚戚。乍[1]暖还寒时候，最难将息[2]。三杯两盏淡酒，怎敌他、晚来风急？雁过也，正伤心，却是旧时相识。　满地黄花堆积，憔悴损，如今有谁堪摘？守著窗儿，独自怎生得黑？梧桐更兼细雨，到黄昏、点点滴滴。这次第[3]，怎一个愁字了得。

〔1〕乍：刚才也。　〔2〕将息：犹言保重也。　〔3〕这次第：此处犹言这一过程或这种情况。

此清照逃难至南方，其夫死后所作。一种凄苦难堪之情，自肺腑中喷薄而出，似浅而深，沉痛无比。昔人称清照能以寻常言语入之音律，抒写深切之感情，不假雕饰，自然动人，与李后主相同，故有词家二李之称。此词首用十四个叠字，后又用两个叠字，昔人称为难能。然此十四叠字，亦有一定层次，首四字尤非有深切情感者不易道出。《古诗十九首》中有一首可作此四字注

声声慢（寻寻觅觅）

解。古诗曰:“明月何皎皎,照我罗床帏。忧愁不能寐,揽衣起徘徊。客行虽云乐,不如早旋归。出户独彷徨,愁思当告谁。引领还入房,泪下沾裳衣。”此诗写一人愁思不寐,披衣出户,彷徨久之,复行入房,即此词所谓“寻寻觅觅”也。简言之,即心中如有所失。盖独处伤心之人,确有此情况也。“冷冷清清”者,境之凄寂也。“凄凄惨惨戚戚”者,心之悲苦也。“乍暖还寒”,固是秋末气候,而愁苦之人当此时候,又感适应不易,故曰“最难将息”。“雁过”而曰“旧时相识”者,雁逢秋而南下,清照亦北人南来,故与雁为旧识也,且以比独处凄寂之况。“满地黄花”二句,与其盛时所作《醉花阴》词“帘卷西风,人比黄花瘦”句,有今昔不同之感。“守著窗儿”以下,更因黄昏细雨,增人悲感,故曰“这次第,怎一个愁字了得”也。一个愁字不能了,故有十四个叠字,十四个叠字不能了,故有全首。总由生活痛苦,不得不吐而出之,绝非无此生活而凭空想写作者可比也。

武陵春

风住尘香花已尽,日晚倦梳头。物是人非事事休,欲语泪先流。　　闻说双溪[1]春尚好,也拟泛轻舟。只恐双溪舴艋舟[2],载不动、许多愁。

〔1〕双溪:在今浙江金华县境。　〔2〕舴艋舟:小舟也。

此清照五十三岁依其弟迒于金华时所作。其词情悽恻，不但有故乡之思，且寡居悽寂之情，亦跃跃纸上。

清平乐

年年雪里，常插梅花醉。挼尽梅花无好意，赢得[1]满衣清泪。　　今年海角天涯，萧萧两鬓生华[2]。看取[3]晚来风势，故应[4]难看梅花。

〔1〕赢得：犹言只有也。〔2〕两鬓生华：两鬓有白发也。〔3〕看取：古言看取，即看也，犹今言听取即听也。〔4〕故应：犹言自应该也。

此词亦清照老年所作。细观末二句，似指当时南宋情势甚恶，今年老漂泊天涯，看此情势，即有梅花，自应难以赏玩。其词情如此迫切者，盖南渡之初，偏安之局尚未稳定，大有朝不保夕之势。如就个人而言，则有年事已老，恐不及看花开之意。

六、柔丽派词人周邦彦及其同派各家

周邦彦

邦彦字美成，钱塘人，少不自检束，不为乡里所重，而博涉百家之书。元丰初，游京师，献《汴都赋》，自太学生一命为正。居五年，出为庐州教授，知溧水县，还京为国子主簿。哲宗赵煦朝，官至直龙图阁，知河中府。徽宗赵佶复召入拜秘书监，提举大晟府，出知顺昌府，徙处州，卒。邦彦通乐律，能自度曲，有《清真集》。北宋词至东坡以后，渐与音乐相远，清照所谓“句读不葺之诗耳，又往往不协音律”。至滑稽派作家，复不讲词采，流于俚俗。邦彦既知音，又长于文学，其所作词，音律流美，词采和雅，故一时词体，复归于正，影响南宋词学甚大，如方千里、杨泽民、陈允平皆追和其词。吴文英所作与清真同者五十八调，音律悉依清真，其严如此。清真亦喜抒写丽情，长于叙述羁旅离别之苦，故昔人以与柳永并称周、柳。然写物之工、叙情之雅，耆卿比之，似尚不及。至词情飞动，措语自然，则柳又胜周也。

华胥引 秋思

川原澄映，烟月冥濛，去舟如叶。岸足沙平，蒲根水冷留雁唼[1]。别有孤角吟秋，对晓风鸣轧[2]。红日三竿[3]，醉头扶起还怯。　离思相萦，渐看看、鬓丝堪镊[4]。舞衫歌扇，何人轻怜细阅。点检[5]从前恩爱，有凤笺[6]盈箧。愁翦灯花，夜来和泪双叠。

〔1〕唼：鸟食物作声也。〔2〕鸣轧：角声也。〔3〕三竿：日出如三竹竿之高也。〔4〕镊：拔发之器曰镊，此作动词用。〔5〕点检：犹今言检查也。〔6〕凤笺：笺纸有凤凰花文者，李商隐诗："收将凤纸写相思。"凤笺上原缺一字，戈载选本补有字，今从之。

此美成出知顺昌府时所作。前半阕离京后舟中之见闻。"川原"三句，见之远者；"岸足"二句，见之近者。"孤角"则此时所闻也。前结用"醉头"，盖昨夜饯行之酒今尚未醒，以引起后半阕之"离思"。后半阕即就"离思"著笔。"舞衫歌扇"，所思之人也；"凤笺盈箧"，所思之事也。"和泪双叠"，正孤独无聊之情况。此词与柳永《雨霖铃》词，情事相同，写法各别，可以参看。

解语花 上元

风销绛蜡[1]，露浥[2]红莲[3]，灯市光相射。桂华[4]流瓦，纤云散、耿耿[5]素娥[6]欲下。衣裳淡雅，看楚女[7]、纤腰一把。箫鼓喧，人影参差，满路飘香麝。　　因念都城放夜[8]，望千门如昼，嬉笑游冶。钿车[9]罗帕[10]，相逢处、自有暗尘随马[11]。年光[12]是也，惟只见、旧情衰谢。清漏[13]移，飞盖[14]归来，从舞休歌罢。

〔1〕绛蜡：红蜡烛也。〔2〕浥：湿也。〔3〕红莲：莲花灯也。〔4〕桂华：古传神话言月中有桂树，华者，光华也，此以代月光。〔5〕耿耿：明也。〔6〕素娥：古神话言月中有嫦娥，此以代月。〔7〕楚女：清真在荆南作此词，荆南楚地，故谓游女为楚女。〔8〕放夜：京都平时禁夜行，惟元宵前后各一夜不禁，曰放夜。〔9〕钿车：嵌蚌壳于木中曰螺钿，车上有此饰，故曰钿车。〔10〕罗帕：用覆鞍上者。〔11〕暗尘随马：苏味道诗："暗尘随马去。"〔12〕年光：犹言年华也。〔13〕清漏：古以铜壶滴漏计时。〔14〕盖：古官长出外，车上有圆盖，以色别尊卑，用以遮日也。

此清真在荆南遇元宵节观灯所作，可与李清照《永遇乐》词参看。此词前半阕写荆南之元宵。首三句，元宵之灯；"桂华"二句，元宵之月；"衣裳"二句，元宵之游女；"箫鼓"三句，元宵之音乐及游人也。后半阕追忆汴京元宵之盛况。"年光"以下，见年华如旧而人情已衰，归到自己。"清漏"下结束一日之游乐。按宋时京都元宵，灯火极盛，上自帝王，下至士庶，皆出游观，故宋人诗词多喜写此事。外州繁盛都会，亦有此风。《晁氏客话》记一事可以作此词之证。《客话》谓蔡君谟守福州，上元日，命民间一家点灯七盏。有陈烈者作大灯长丈余，其上大书一诗曰："富家一盏灯，太仓一粒粟。贫家一盏灯，父子相对哭。风流太守知不知，犹恨笙歌无妙曲。"君谟见之，还舆罢灯。即此一事观之，可得如下之结论：一、统治者以灯多为乐，遂强派人民点灯；二、人民迫于威势，至有点灯一盏，父子相对而哭者；三、由此可知外州太守可以此强迫人民，则京都之帝王卿相更可以此强迫人民。然则统治者此三夜之娱乐，不知人民父子相对而哭者几多家。词人但写富豪游乐之盛，而不见人民被迫之苦，岂非阶级不同者，但知其事之可乐，而忘其病民耶？陈烈一诗，可谓能反映人民苦痛者矣。

早梅芳 别恨

花竹深，房栊好，夜阒[1]无人到。隔窗寒雨，向壁孤灯弄余照。泪多罗袖重，意密莺声小。正魂惊梦怯，门外已知晓。　　去难留，话未了，早促登长道。风披宿雾[2]，露洗初阳射林表。乱愁迷远览，苦语萦怀抱。谩回头，更堪归路杳！

〔1〕阒：静无人也。〔2〕宿雾：夜雾也。

此别恋人之词也。前半阕写临别之前;后半阕从别时写至别后。窗雨壁灯,房内天晓之景;“泪多”“意密”,所别之人之情也。“风披”“露洗”,户外晨时之景;“乱愁”“苦语”,作别之人之情也。全首用情、景相间写法,将所别之人与作别之人所处之境地与其情状,都表现得极其真切。

蝶恋花 早行

月皎惊乌棲不定。更漏将阑,轣辘〔1〕牵金井〔2〕。唤起两眸清炯炯〔3〕,泪花落枕红绵〔4〕冷。 执手霜风吹鬓影。去意徘徊,别语愁难听。楼上阑干〔5〕横斗柄〔6〕,露寒人远鸡相应。

〔1〕轣辘:井上车水转轮转动声。 〔2〕金井:井口用铁阑作围,故曰金井。 〔3〕炯炯:光明也。 〔4〕红绵:枕内棉絮,染以红色者。 〔5〕阑干:横斜貌。 〔6〕斗柄:北斗星之柄也。

此亦别情词也。前半阕写将别之人闻乌惊声、车水声,知天已晓,唤起所别之人。而此时所别之人睡梦初醒,尚不及知即将离别。“两眸清炯炯”五字,刻画此种神情,非常逼真。“泪花”句,则已觉知别在即刻之情况也。后半阕写别时与别后一段情事。写别时极尽依依难舍之状。写别后以天方晓之景作结，衬出人去后之情。全首一直写下，与前词写法又别，而各极其妙，盖皆能写出真情真景也。

姜夔

夔字尧章，鄱阳人，长于音律，尝著《大乐议》，欲正庙乐。宁宗赵扩庆元三年，诏付奉常有司收掌，令太常寺与议，不合，且嫉其能。乃归鄱阳，后流寓吴兴，与白石洞天为邻，自号白石道人。有《白石道人歌曲》传世。夔词音律之美，与清真同，而风格雅健，则或过之。盖白石人格颇高，当韩侂胄伐金败后，史弥远为相，一味求和，白石往来维扬，深感外患日逼，内政不修，因之其词有《黍离》之悲。周止庵评其词变稼轩之雄健为清刚，黄花庵则称其精妙不减清真。盖其清同周，而其刚则近辛也。

扬州慢

淳熙丙申至日，予过维扬[1]。夜雪初霁，荠麦弥望。入其城，则四顾萧条，寒水自碧，暮色渐起，戍角悲吟。予怀怆然，感慨今昔，因自度此曲。千岩老人[2]以为有《黍离》[3]之悲也。

淮左[4]名都，竹西[5]佳处，解鞍少驻初程。过

扬州慢(淮左名都)

春风十里，尽荠麦青青。自胡马、窥江去后[6]，废池乔木，犹厌言兵。渐黄昏、清角吹寒，都在空城。　杜郎[7]俊赏，算而今、重到须惊。纵豆蔻词[8]工，青楼梦[9]好，难赋深情。二十四桥[10]仍在，波心荡、冷月无声。念桥边红药[11]，年年知为谁生？

〔1〕维扬：即扬州。〔2〕千岩老人：萧东夫号千岩。〔3〕《黍离》：周大夫至西周，过宗庙宫室，尽为禾黍，感而作《黍离》之诗。〔4〕淮左：扬州位于淮河之左，因称淮左。〔5〕竹西：扬州府城东北，有竹西亭，杜牧《题扬州禅智寺》诗曰“谁知竹西路，歌吹是扬州”，是也。〔6〕胡马窥江去后：高宗赵构绍兴三十一年，金主亮大举渡淮南侵，宋江淮军大败。及亮为其臣下所弑，宋复收两淮州郡。姜词序称丙申，乃孝宗赵昚淳熙三年，距江淮之败已十六年。〔7〕杜郎：杜牧也。〔8〕豆蔻词：杜牧在扬州《赠别》诗曰：“娉娉袅袅十三余，豆蔻梢头二月初。春风十里扬州路，卷上珠帘总不如。”〔9〕青楼梦：杜牧诗：“十年一觉扬州梦，赢得青楼薄幸名。”〔10〕二十四桥：杜牧《寄扬州韩绰判官》诗曰：“青山隐隐水迢迢，秋尽江南草未凋。二十四桥明月夜，玉人何处教吹箫？”桥皆在府内，悉用城市坊巷为名，盖隋时所造。〔11〕红药：黄庭坚芍药诗：“红药梢头初茧栗，扬州风物鬓成丝。”

此尧章过扬州感怀之词也。扬州自隋开运河后已成南北运输要道，因之商贾云集，歌楼舞榭，林立其间。及宋南渡，与金隔河相守，于是昔日繁华都会，一变而成边徼。自绍兴三十一年，完颜亮大举渡淮以后，已残破不堪。至尧章作此词时，已十六年矣。此词序所谓“感慨今昔”也。此词首言小驻“名都”。“过春风”以下，极形其荒芜之状，而“空城”“清角”，尤足引人悲感。后半阕设想杜牧重来，深情难赋。盖唐末杜牧曾游此地，有诗歌记事，故下文即用杜牧诗事。“二十四桥”遗迹虽存，而波心冷月，景象凄凉；吹箫玉人固已不见，而“桥边红药”，年年犹生。曰“知为谁生”者，伤“俊赏”无人也。言外更有举国无人、危亡可惧之意，不但感一地之盛衰也。词中之“重到”“杜郎”，盖尧章自谓也。尧章尝喜以杜牧自比，如《鹧鸪天》词有句曰：“东风历历红楼下，谁识三生杜牧之？”《琵琶仙》词有句曰：“十里扬州，三生杜牧，前事休说！”盖杜牧生当唐末，其诗多伤时闵乱语，又其人风流儒雅，尧章所企慕也。

暗　香

辛亥〔1〕之冬，予载雪诣石湖〔2〕，止既月〔3〕，授简〔4〕索句，且征新声，作此两曲。石湖把玩不已，使工伎〔5〕隶习之，音节谐婉，乃名之曰《暗香》《疏影》〔6〕。

旧时月色，算几番照我，梅边吹笛？唤起玉人，不管清寒与攀摘。何逊〔7〕而今渐老，都忘却、春风词笔。但怪得、竹外〔8〕疏花，香冷入瑶席〔9〕。　江国，正寂寂。叹寄与路遥[10]，夜雪初积。翠樽易泣，红萼无言耿相忆。长记曾携手处，千树压、西湖寒碧。又片片、吹尽也，几时见得。

〔1〕辛亥：光宗赵惇绍熙二年。〔2〕石湖：范成大，吴郡人，罢官后居石湖，自称石湖居士。〔3〕既月：既，尽也。既月，尽一月也。〔4〕简：古者以竹简书字，后世用纸，此袭用旧名也。〔5〕工伎：乐工也。〔6〕此词与后词，皆尧章自制新调。调名用林逋《山园小梅》“疏影横斜水清浅，暗香浮动月黄昏”诗句也。〔7〕何逊：梁何逊为扬州法曹，有《咏早梅》诗。〔8〕竹外：苏轼梅诗：“竹外一枝斜更好。”〔9〕瑶席：古人坐地，以席为荐，美之则曰瑶席，字出屈原《九歌》。〔10〕寄与路遥：陆凯与范晔相善，自江南寄梅一枝至长安与晔，并赠诗曰：“折梅逢驿使，寄与陇头人。江南无所有，聊赠一枝春。”

此绍熙二年冬，尧章至石湖所作，与后《疏影》词为尧章集中有名之作。词虽咏梅而非敷衍梅花故实。盖寄身世之感于梅花，故其辞虽不离梅而又不黏著于梅。此首前半阕就作者本身言；后半阕则其感于世事之词。“月色”而曰“旧时”，一起即有今昔之感。“梅边吹笛”“玉人”“攀摘”，皆旧时赏梅情事也。“何逊而今渐老”以下，则今日观梅之情。何逊以自比也。今何逊虽“忘却春风词笔”，然逢花遇酒，亦不能不兴感。后半阕即就所感著笔。“江国，正寂寂”句，言外有南宋朝政昏暗之意。“寄与路遥”，虽暗用陆凯寄梅故事，实追指被金人掳去之二帝、后妃及宗室而言。“路遥”“夜雪”皆北地也。思念及此，故有“翠樽”之

“泣”,与“红萼”之“忆”。翠樽非能泣,红萼非能忆,泣与忆皆此饮翠樽与观红萼之人也。而“千树压西湖”与“片片吹尽”句,则又以昔盛今衰作结,仍归到梅花。此种写法,在技术上,合于诗人比兴之义,而以身世之感贯穿于咏梅之中,似咏梅而实非咏梅,非咏梅又句句与梅有关,用意空灵,此石湖所以“把玩不已”也。

疏　影

苔枝缀玉，有翠禽〔1〕小小，枝上同宿。客里相逢，篱角黄昏〔2〕，无言自倚修竹〔3〕。昭君不惯胡沙远〔4〕，但暗忆、江南江北。想佩环、月夜归来〔5〕，化作此花幽独。　　犹记深宫旧事〔6〕，那人正睡里，飞近蛾绿。莫似春风，不管盈盈，早与安排金屋〔7〕。还教一片随波去，又却怨、玉龙哀曲〔8〕。等恁时、重觅幽香，已入小窗横幅〔9〕。

〔1〕翠禽:隋赵师雄迁罗浮,日暮,于林间酒肆旁舍见美人素妆出迎,与语,言极清丽,芳香袭人,与之叩酒家共饮。一绿衣童子歌于侧。师雄醉寐,东方既白,就视梅花树上有翠羽剌嘈相顾,所见盖花神。此暗用其事。〔2〕黄昏:用林逋诗:“暗香浮动月黄昏。”〔3〕倚修竹:杜甫《佳人》诗:“天寒翠袖薄,日暮倚修竹。”〔4〕昭君不惯胡沙远:用徽宗赵佶被掳在北所作《眼儿媚》

词:“花城人去今萧索,春梦绕胡沙。家山何处?忍听羌管,吹彻《梅花》。” 〔5〕佩环月夜归来:杜甫《咏怀古迹》诗:“环佩空归月下魂。” 〔6〕深宫旧事:宋武帝刘裕女寿阳公主卧含章殿檐下,梅花落公主额上,拂之不去。皇后留之,自后有梅花妆。此亦暗用其事。 〔7〕金屋:汉武帝刘彻为胶东王时,长公主指女阿娇问其得妇如此好否,帝笑曰:“若得阿娇,当作金屋贮之。” 〔8〕玉龙哀曲:玉龙,笛名。罗隐诗:“玉龙无主渡头寒。”笛调有《梅花落》,此以指落梅,故曰哀曲。 〔9〕小窗横幅:画中梅花也。

此词更明显为徽、钦二帝作。起数句,暗用赵师雄梦见花神事以形容梅花之丽。“客里”三句,以梅花比倚竹美人,“无言”者,见其情岑寂也。“昭君”二句,明用徽宗《眼儿媚》词语。徽宗此词有故国之思,故曰“暗忆江南江北”。“佩环”二句,言魂归故国,此时徽、钦二帝均死于北地也。后半阕一起点明“深宫旧事”,乃追念北宋未亡前,徽宗荒淫逸乐之事。“睡里”者,正斥其醉生梦死也。“莫似”三句,又责其不重国事,而以不能惜花相比。“一片”二句,则言其国亡被掳,空托词语以念家国。“玉龙哀曲”,即指徽宗《眼儿媚》词中“忍听羌管”语也。“等恁时”二句,则表面言梅花落后,只有向画中寻觅,言外却悲国事已坏,欲重如旧时之盛,惟有空想而已。此首比前首更为悲愤,但皆以梅花托言,故非个中人知当时事如范成大者,不能感受其深意所在也。此词后人误解甚多,大都不知“昭君”句之用意何在,故说来多不莹彻。

史达祖

达祖字邦卿，汴人，为韩侂胄堂吏，凡奉行文字、拟帖、撰旨，皆出其手。有《梅溪词》。其词妥帖轻圆，清新闲婉。张镃序其词，称其“分镳清真，平睨方回”。其人不得第进士，屈为权相堂吏。韩败，被黥面，人每以此轻之。今读其《双双燕》词“看足柳昏花暝”句与《满江红》词“好领青衫，全不向诗书中得”，“三径就荒秋自好，一钱不值贫相逼”等句，则亦非不自爱惜者。特无守贫之操，遂不免投身权门，虽能自悔悟，而不能决然引去也。

双双燕 咏燕

过春社了，度帘幕中间，去年尘冷。差池[1]欲住，试入旧巢相并。还相雕梁藻井[2]，又软语、商量不定。飘然快拂花梢，翠尾分开红影。　芳径，芹泥[3]雨润。爱贴地争飞，竞夸轻俊。红楼归晚，看足柳昏花暝。应自棲香正稳，便忘了、天涯芳讯[4]。愁损翠黛双蛾，日日画栏独凭。

〔1〕差池：《诗·邶风》：“燕燕于飞，差池其羽。” 〔2〕藻井：汉时殿上作藻井，以压火灾。按藻井即殿顶中央作深洞倒垂，上绘菱藻之属。 〔3〕芹泥：杜甫诗：“芹泥随燕嘴。” 〔4〕天涯芳讯：燕子春社从南来，秋社去，故谓之社

燕。此指燕子一去便忘了芳讯也。

此邦卿咏燕之作，古今词家所盛称者。其词曲尽燕子之情状，然非纯咏燕，乃托燕以写闺情，写闺情又即自抒情也。但观其“红楼归晚，看足柳昏花暝”之句，言外盖有所指。考邦卿为韩侂胄中书省堂吏，凡韩有所作为，邦卿无不知者，其间不少昏暝之事，皆邦卿所“看足”也。又邦卿“看足”此种昏暝之事，乃不早自引去，卒与同败，实由“归晚”。观此语，则邦卿亦非全无感觉者，但意志不坚耳。此等处是否作者无意流露心事，虽不可知，然证以作者另一首《满江红·书怀》词“一钱不值”之句，则其悔悟之心亦甚深刻。此词前半阕全描画燕子初来定巢之情状。后半阕直至“柳昏花暝”句，始将题中燕字写毕。“应自”以下，乃盼望燕子之词。“愁损”二句，始出盼望燕子归来之人。细味此词结尾各句，实闺人想望心中人，托燕以抒情也。“棲香正稳”，“忘了天涯芳讯”，谓之指社燕可，谓之指游人亦可。且从此二句体会，则以上所写之燕，乃此闺人所设想之燕，燕实未归来也。全词运思非常空灵，笔势亦如燕子之“轻俊”，至尾句始出闺情，真有画龙点睛之妙，故此词为古今传诵不绝。后人有谓为堂吏被黥面乃一与邦卿同姓名之人，此或爱其词因而欲护其过者之言，实无根据，故今不之从。

七、豪放派爱国词人辛弃疾及其同派各家

附宋遗民词

辛弃疾

弃疾字幼安，号稼轩，济南人。南宋高宗赵构绍兴三十一年，金主完颜亮大举南侵，为其臣下所杀，中原人民纷起抗金。时济南人耿京起兵，节制山东、河北诸路忠义军。辛为耿掌书记，劝耿南归，耿乃于次年命辛奉表南归。高宗授辛承务郎，命其以天平节度使印告召京。耿部将张安国时已杀耿降金，辛即率其众入金营，擒张归宋斩之。后由承务郎累官至湖北、江西、湖南、福建及浙东安抚使。辛南归初意，欲以国家力量，恢复中原，故其在安抚任内，务储军实，练乡兵为北伐准备。乃自韩侂胄冒昧北伐失败以后，朝廷日谋与金议和，不惜称臣、称侄。朝野上下一意苟安，不思恢复，而嫉辛者复多方攻击之，因之恢复之策终不得行。其词务为慷慨激发以达其忠义之志，而亦有恬淡闲适之作。此则一方面由其内心之矛盾，一方面由其遭际之多变。词体因此乃更恢宏，同时作家多受其影响，与周邦彦一派并辔分驰，各极其致，成为词学上两大主流。虽音律精切、词藻秀丽不及邦彦，而爱国之情、忠义之气，自有此体以来，殆无可与

相比者。今存《稼轩长短句》。

永遇乐 京口[1]北固亭[2]怀古

千古江山，英雄无觅，孙仲谋[3]处。舞榭歌台，风流总被，雨打风吹去。斜阳[4]草树，寻常巷陌，人道寄奴[5]曾住。想当年、金戈铁马[6]，气吞万里如虎。 元嘉[7]草草[8]，封狼居胥[9]，赢得仓皇[10]北顾。四十三年[11]，望中犹记，烽火扬州路。可堪回首，佛貍[12]祠下，一片神鸦[13]社鼓[14]。凭谁问、廉颇[15]老矣，尚能饭否？

〔1〕京口：今江苏镇江市。 〔2〕北固亭：亭在镇江城北江岸北固山上。梁武帝萧衍改名北顾，示不忘中原也。 〔3〕孙仲谋：孙权字仲谋。赤壁之战，曹操败后，权曾驻京口。 〔4〕斜阳：刘禹锡诗："朱雀桥边野草花，乌衣巷口夕阳斜。旧时王谢庭前燕，飞入寻常百姓家。" 〔5〕寄奴：南朝宋武帝刘裕小名。裕曾率兵北伐，消灭南燕及后秦。 〔6〕铁马：被甲战马。 〔7〕元嘉：宋文帝刘义隆年号。 〔8〕草草：轻率也。 〔9〕封狼居胥：封，筑土成堆以为纪念也。狼居胥，山名，约在今内蒙古自治区境内。西汉大将军霍去病大破匈奴，追过戈壁，登此山，于其上筑土纪功。 〔10〕仓皇：慌忙也。 〔11〕四十三年：辛自渡江归宋至作此同时，恰为四十三年。 〔12〕佛貍：北魏太武帝拓跋焘之小名。 〔13〕神鸦：鸦于乡民祭社神时飞来求食者。 〔14〕社鼓：乡民迎神赛会之鼓。 〔15〕廉颇：赵将名。赵使颇攻秦，秦以反间之计，使赵

王以赵括代颇。颇遂奔魏。赵以数为秦兵所困，复思用颇，颇亦思复用于赵。赵王因颇老，使人视颇，尚可用否。颇乃一饭斗米，肉十斤，被甲上马，以示可用。

此词乃稼轩知镇江府时所作。词意乃即景生感，因以寄其忠愤也。起三句，言江山犹昔，而当时之英雄如孙权者，则已不见，言外有无人可御外侮之意。“舞榭”三句，言不但英雄无觅处，即其遗迹亦不可见，言外有江山寂寞、时势消沉之意。“斜阳”三句，暗用刘禹锡吊古诗意，以见与此江山有关之英雄去后，其故居都呈一片荒凉之象。“想当年”二句，极写刘裕北伐时之声威，表示仰慕，以见己抗敌情切。“元嘉”三句，言欲恢复中原必须先有准备，否则必致败亡，因举宋文帝故事以见此意。宋文帝欲恢复中原，王玄谟迎合其意，大言可行。文帝因谓侍臣曰：“闻玄谟陈说，令人有封狼居胥意。”次年，即分命王玄谟等率师北伐，卒乃大败。北魏太武帝遂大举南侵，直抵扬州，江南震动。文帝自登建康幕府山观望形势，故曰“草草”，曰“仓皇北顾”。考此词作于宁宗开禧元年韩侂胄定议伐金之时。稼轩以此事准备不足，近于冒昧，与玄谟贪功相同，故举宋元嘉往事而言。稼轩为各州安抚使时，必储粮练兵以为用兵准备，今见韩氏无备而举事，不免忧虑，故于登览山川之际，感慨及之。或谓侂胄北伐之议，稼轩所赞成，观此词知其不然。“四十三年”三句，则由今忆昔，有“美人迟暮”之感。盖四十三年之前率众南归，其时具有大志，思凭国力恢复中原，乃今老矣，登亭远望，山川如故而国事日非，能无感叹！“可堪回首”三句，更由此而惊心。盖江北各地沦陷已久，民俗安于外族之统治，故于“佛貍祠下”迎神赛会，如此热闹。此稼轩远闻鼓声不觉惊起之故也。末二句，有廉颇思复用于赵之志，无奈朝廷无复用己之心，故以廉颇自比，而言外叹其不如也。

摸鱼儿

淳熙〔1〕己亥〔2〕，自湖北漕〔3〕移湖南，同官王正之置酒小山亭，为赋。

更能消〔4〕、几番风雨，匆匆春又归去。惜春长怕花开早，何况落红无数。春且住！见说道、天涯芳草无归路。怨春不语。算只有殷勤，画檐蛛网，尽日惹飞絮。　长门〔5〕事，准拟佳期又误，蛾眉〔6〕曾有人妒。千金纵买相如赋，脉脉〔7〕此情谁诉？君莫舞！君不见、玉环〔8〕飞燕〔9〕皆尘土。闲愁最苦。休去倚危栏，斜阳正在，烟柳断肠处。

〔1〕淳熙：南宋孝宗赵昚年号。　〔2〕己亥：淳熙六年也。　〔3〕漕：水道运输谷米曰漕。宋时简称转运使曰漕司，此又漕司之简称。　〔4〕消：消受也，禁当也。　〔5〕长门：孝武帝陈皇后因妒退居长门宫，愁闷悲思，闻蜀郡司马相如工为文，奉黄金百斤求其文。相如为作《长门赋》以悟武帝，陈皇后得复幸。　〔6〕蛾眉：《离骚》：“众女嫉余之蛾眉兮。”　〔7〕脉脉：含情未申之貌。

〔8〕玉环：杨贵妃小名。 〔9〕飞燕：赵飞燕，汉成帝刘骜后，与妹合德专宠后宫，多所贼害，成帝死后自杀。

此词所写身世之感极深。起首一句，虽不过惜春一意，然观"更能消"三字，知如此风雨残春，经过已多，还能消受几次。曰"又归去"者，示春残不止一次，故可伤也。"惜春"二句，以春前珍惜春花尚且如此，何况今已春归花落，此情何堪。"春且住"二句，乃于无可奈何之中强作留春之语，然如此天涯，春归何处，故曰"无归路"。"怨春不语"者，留春而春仍不住，故不免"怨春"。"算只有"三句，言无有留春者，有之惟"画檐蛛网，尽日惹飞絮"而已。此半阕以惜春、留春、怨春三层意思曲折说来，总之不过感"美人"之"迟暮"。至"美人"何以如此"迟暮"，其中必有无限具体之事在，特不愿明说，故借春发抒。词人大抵喜以春比盛时，在身则为少壮之光阴，在世则指有为之时势。然则此处之意，实可作双关身、世观，但只可从抽象联系，而不当作机械比附。后半阕用古来人事比说今日本身所遭遇，词意分明而具体。"长门"五句，言希望又成空也，而成空之故，在有人谗害。谗害甚深，故纵然求得为己申辩之人，而此被谗之情亦无法自明。"君莫舞"二句，则警戒谗人终必毁灭，以见憎恨之深刻。最后四句，则抛开己身之遭遇，说到国家局势之危急，"斜阳"以比国势之衰微，"烟柳"则此朝政之昏暗，此正所以令人"断肠"之处也。观结尾之意，可知所惜之春非止一身之遭遇，实乃身、世双关。此词颇似屈子《离骚》。盖谗谄害明，贤人失志，为古今所同慨也。相传孝宗赵昚见此词颇不悦，然终未加罪。

贺新郎 赋琵琶

凤尾龙香拨[1]，自开元、《霓裳曲》[2]罢，几番风月？最苦浔阳江头客[3]，画舸亭亭待发。记出塞[4]、黄云堆雪。马上离愁三万里，望昭阳[5]宫殿孤鸿没。絃解语，恨难说。　辽阳驿使[6]音尘绝。琐窗寒、轻拢慢捻[7]，泪珠盈睫。推手含情还却手[8]，一抹《梁州》[9]哀彻。千古事、云飞烟灭。贺老[10]定场[11]无消息，想沉香亭[12]北繁华歇。弹到此，为呜咽。

〔1〕凤尾龙香拨：苏轼诗："数絃已品龙香拨，半面犹遮凤尾槽。"唐天宝中宦官白秀正使西蜀回，献双凤琵琶，以逻逤檀为槽，以龙香板为拨，润若圭璧，有金缕红纹蹙成双凤，杨贵妃每自奏于梨园。　〔2〕《霓裳曲》：唐玄宗李隆基开元时所作曲名。　〔3〕浔阳江头客：白居易为江州司马，夜送客至浔阳，闻邻舟琵琶声，为作《琵琶行》以叙沦落之苦。　〔4〕出塞：汉时匈奴单于请婚，元帝刘奭以明君配之，明君出塞时于马上弹琵琶以叙离思。　〔5〕昭阳：汉宫殿名。　〔6〕辽阳驿使：司空图诗："辽阳音信近来稀。"沈佺期诗："十年征戍忆辽阳。"盖此地为戍边之所，故有驿使往来。驿，传递之馆也。　〔7〕轻拢慢捻：拢、捻，弹琵琶之手法也。白居易《琵琶行》："轻拢慢捻抹复挑。"　〔8〕推

手、却手：凡弹琵琶推手前曰琵，引手后曰琶，引手后即却手。〔9〕《梁州》：琵琶曲名。〔10〕贺老：唐琵琶名手贺怀智。〔11〕定场：凡奏乐至最妙时，使场中人皆静听，曰定场。〔12〕沉香亭：唐玄宗与杨贵妃坐沉香亭，召李白进新乐章。李白诗："解释东风无限恨，沉香亭北倚栏干。"

此词虽题为《赋琵琶》，言外仍是借琵琶以写其所怀也。观其起结皆用开元琵琶事，以见盛衰之感，而结以时无贺老，暗指朝中无人，国势衰微，故有"弹到此，为呜咽"之句。中间历叙琵琶故事。上半阕用《霓裳曲》、浔阳江上妓及昭君三琵琶事，后半阕则虚用戍边人家室之琵琶，皆与怨思有关者，而总以"千古事、云飞烟灭"一句结束之。文家原有托物以言情之法，所托之物，虽无一定，然所托之情，为何种情，则其间大有区别。此词以琵琶乃抒写怨思之物，故历举琵琶故事皆与怨思有关，又借时无琵琶能手如贺怀智者，一弹可以"定场"，以托其忧国无人之情，虽题曰《赋琵琶》，实非但描写琵琶也。

清平乐 独宿博山[1]王氏庵[2]

绕床饥鼠，蝙蝠翻灯舞。屋上松风吹急雨，破纸窗间自语。　　平生塞北江南，归来白发苍颜。布被秋宵梦觉，眼前万里江山。

〔1〕博山：在今江西广丰县境内，辛弃疾家居上饶时常往游览。

〔2〕庵:小草屋也。

此词乃辛弃疾罢去江西安抚使任,家居上饶时所作。此词有“烈士暮年,壮心未已”之慨。前半阕从眼前景物,写出凄寂难堪之境,因而引起心情中之矛盾。盖抱有热烈之志之人不能堪此种境界也。后半阕即写因此种境界而引起之感慨。辛本先在北后归南,故曰“平生塞北江南”。此词作于辛年近五十岁时,故曰“白发苍颜”。言外有年岁已老,志业未成之意。“布被”二句,为一梦初醒时之感觉,即此“眼前万里江山”六字,已大足表见辛弃疾无时忘却祖国江山。而此“万里江山”,乃在凄寂之境中倏现“眼前”,其情之悲愤如何,读者不难想象。

鹧鸪天 代人赋

陌上柔桑破嫩芽,东邻蚕种已生些。平冈细草鸣黄犊,斜日寒林点暮鸦。　山远近,路横斜,青旗沽酒有人家。城中桃李愁风雨,春在溪头荠菜花。

此词乃作者退居时所作。词中鲜明画出一幅农村生活图象,而末尾二句,可见作者之人生观。盖以“城中桃李”与“溪头荠菜”对比,觉“桃李”方“愁风雨”摧残之时,而“荠菜”则得春而荣茂,是桃李不如荠菜,亦即城市生活不如田野生活也。此词与东坡《望江南》后半阕“微雨过，何处不催耕？百舌无言桃李尽，柘林深处鹁鸪鸣，春色属芜菁”，用意相同，皆以城市繁华难久，不如田野之常得安适。再推言之，则热心功利之辈，常因失意而愁苦，不如无营、无欲者之常乐。此种思想与道家乐恬退、安淡泊之理相合。盖稼轩出仕之时，历尽尘世忧患，退居以来，始知田野之可乐，故见溪头荠菜而悟及此理也。

前　调　戏题村舍

鸡鸭成群晚未收，桑麻长过屋山[1]头。有何不可吾方羡，要底都无饱便休。　新柳树，旧沙洲，去年溪打[2]那边流。自言此地生儿女，不嫁余家即聘周。

〔1〕屋山：屋侧梁架，形如山字，曰屋山。　〔2〕打：宋时方言，犹向也。

此词全首皆描画农村生活图象，惟“有何不可”三句，透露作者对此图象所生之感情，与前首乐恬退、安淡泊一意。稼轩词中抒写此类思想感情者甚多，不及备选。

清平乐　博山道中即事

柳边飞鞚[1]，雾湿征衣重。宿鹭窥沙孤影动，应有鱼虾入梦。　　一川明月疏星，浣纱人影娉婷[2]。笑背行人归去，门前稚子啼声。

〔1〕鞚：马勒也。〔2〕娉婷：美貌。

此亦农村图画也。即事，乃即眼前所见之事有感于心者写之。此词“宿鹭”二句，虽系眼前实景，而作者对此体会极深刻。盖见睡熟之鹭，孤影摇动，因而体会其摇动之故，必系做梦；又从鹭鸟之梦，体会必系见着鱼虾。层层深入，心细于发。且即此又可见作者此时情感中，还带有讥笑热心名利者梦寐不忘得失之意。词人抒情，随事触发，若隐若现，不可拘泥看，亦不可简单看，必与其人之生活遭遇、学术思想、时代背景互相结合，而后不致武断傅会，流于主观。

岳　飞

飞字鹏举，汤阴人，徽宗宣和间应真定宣抚募，累立战功。南渡后，历官少保、河南北诸路招讨使，率兵北伐，大破金兵于朱仙镇。秦桧力主和议，召飞还，罢为枢密副使，寻诬陷之，毙于大理寺狱。孝宗赵昚淳熙六年，赠谥武穆。

满江红

怒发冲冠[1]，凭栏处、潇潇雨歇。抬望眼、仰天长啸，壮怀激烈。三十功名尘与土，八千里路云和月。莫等闲、白了少年头，空悲切。　靖康耻[2]，犹未雪。臣子恨，何时灭？驾长车踏破，贺兰山[3]缺。壮志饥餐胡虏肉，笑谈渴饮匈奴血。待从头、收拾旧山河，朝天阙[4]。

〔1〕怒发冲冠：《史记·廉颇蔺相如列传》："相如因持璧却立，倚柱，怒发上冲冠。"〔2〕靖康耻：靖康，宋钦宗赵桓年号。靖康二年春，金兵破汴京，虏徽宗、钦宗、后妃、王子、百官北去。〔3〕贺兰山：在今宁夏回族自治区西北边境与内蒙古自治区交界处，此借指金人所在地。〔4〕天阙：朝廷也。

此词乃作者直抒其痛愤国耻，期于复仇之志。情辞慷慨，至为明切。"三十"二句，盖言年已三十，功名未就，直同尘土之无价值，但空经过八千里路之云月，言远征无成也。"壮志"二句，正见其痛恨侵略者之深刻，故言之不觉激烈如此。飞力图恢复，大功可期，乃为桧贼所陷害，冤死狱中。后世正义之士，同深愤惋，多发为歌咏。明文征明有《满江红》词云："拂拭残碑，敕飞字、依稀堪读（高宗曾有手敕赐飞慰问）。慨当初、倚飞何重，后来何酷！果是功成身合死，可怜事去言难赎。最无辜、堪恨又堪悲，风波狱。　岂不念，中原蹙。岂不念，徽钦辱。念徽钦既返，此身何属？千载休谈南渡错，当时自怕中原复。笑区区、一桧亦何能，逢其欲。"最能说出高宗所以纵任秦桧诬杀岳飞之心理。此词，有人疑非岳飞作。

张元干

元干字仲宗，号芦川居士，长乐人。宋高宗绍兴八年，枢密院编修胡铨因上疏请斩秦桧，被谪监广州盐仓。元干作《贺新郎》词送之，为桧所嫉，除名。有《芦川词》传世。

贺新郎 送胡邦衡待制赴新州

梦绕神州路。怅秋风、连营画角，故宫离黍〔1〕。底事〔2〕昆仑倾砥柱〔3〕，九地黄流〔4〕乱注？聚万落〔5〕、千村狐兔。天意从来高难问〔6〕，况人情老易悲难诉！更南浦〔7〕，送君去。　凉生岸柳催残暑。耿斜河〔8〕、疏星淡月，断云微度。万里江山知何处？回首对床夜语〔9〕。雁不到〔10〕、书成谁与？目尽青天怀今古，肯儿曹〔11〕恩怨相尔汝〔12〕？举大白〔13〕，听《金缕》〔14〕。

〔1〕离黍：《诗经·王风·黍离》有“彼黍离离”句，盖周大夫见西周故宗庙宫室尽为禾黍，悲伤而作也。　〔2〕底事：犹言何事也。　〔3〕昆仑倾砥柱：砥柱山，在黄河中。此言河自昆仑山下流冲倒砥柱山，以喻宋政权之倾覆于金

也。〔4〕九地黄流：九地，九州之地；黄流，黄河之水。〔5〕落：人所聚居处。〔6〕天意从来高难问：屈原有《天问》篇。又杜甫诗："天意高难问，人情老易悲。"〔7〕南浦：《九歌》："送美人兮南浦。"江淹《别赋》："送君南浦，伤如之何。"〔8〕耿斜河：耿，明也。斜河，天河也。〔9〕对床夜语：韦应物诗："宁知风雨夜，复此对床眠。"〔10〕雁不到：相传雁南飞至衡阳回雁峰而止。〔11〕儿曹：犹言儿女子辈。〔12〕恩怨相尔汝：韩愈《听颖师琴歌》："昵昵儿女语，恩怨相尔汝。"〔13〕大白：大酒杯也。〔14〕《金缕》：《贺新郎》调又名《金缕曲》。

此词乃元干送胡铨被谪广州而作。铨因谏议和、请斩秦桧而得罪，故词中前半阕述时事，后半阕叙别情。其述时事则悲愤抑塞，叙别情则笃挚悱恻。上半阕述中原沦陷之惨状而托之梦者，因中原已陷不可去，其沦陷之惨但可于梦中见之也。"黄流""狐兔"，犹言洪水猛兽也。"天意"二句，言外有天高难测，何以衣冠华族沦于异种，实乃人事使然。"人情老易"句，言天意既难测，而人情老易悲。今有深仇而不思报，甚可悲悯；甚可悲悯，故曰"悲难诉"。后半阕"凉生"数句，别时景物，写得甚为衰飒。"万里"三句，言胡铨此去甚远，既难期"对床夜语"之乐，且寄书亦不易到也。"目尽"句，有四顾苍茫之慨。"肯儿曹"三句，言大丈夫不当效儿女子啼啼哭哭以恩怨相尔汝，且饮大杯，听我歌《金缕曲》，盖此别因国事而非私情也。史言胡被谪，人莫敢近，元干独作词送行。其不畏权势，主持正义如此。

张孝祥

孝祥字安国，历阳乌江人。高宗绍兴二十四年状元及第，孝宗朝历官建康留守，荆南、湖北路安抚使，进显谟阁直学士。卒年三十八。有《于湖词》传世。

六州歌头 建康留守席上作

长淮望断，关塞[1]莽然平。征尘暗，霜风劲，悄边声。黯销凝[2]。追想当年事，殆天数，非人力，洙泗[3]上，弦歌地，亦羶腥[4]。隔水毡乡[5]，落日牛羊下，区脱[6]纵横。看名王[7]宵猎，骑火一川明。笳[8]鼓悲鸣，遣人惊。　念腰间箭，匣中剑，空埃蠹，竟何成！时易失，心徒壮，岁将零。渺神京。干羽方怀远[9]，静烽燧[10]，且休兵。冠盖使[11]，纷驰骛，若为情？闻道中原遗老，常南望、翠葆霓旌[12]。使行人到此，忠愤气填膺[13]，有泪如倾。

〔1〕长淮、关塞：宋、金隔淮相持，故淮水为关塞。　〔2〕销凝：销魂凝神之义，合言之有一往情深，或魂伤意夺，或低徊踌躇之义。此处用为魂伤意夺也。　〔3〕洙、泗：二水名，在今山东境内，孔子设教之所，故曰“絃歌地”。〔4〕羶腥：羶，羊臭也。腥，臭也。此言为侵略者所污也。　〔5〕毡乡：毡，毛织

物，北人衣被所用，故曰毡乡。〔6〕区脱：边境上斥候之屋。〔7〕名王：匈奴王也，此借指金主。〔8〕笳：胡乐名。〔9〕干羽方怀远：干，盾也，羽，雉羽也，乐舞者所执。昔禹舞干戚而有苗来服。此言不用武力，但修文教，盖讥朝廷主和也。〔10〕烽燧：古者见敌则举烽，有难则焚燧，皆报警之烟火也。〔11〕冠盖使：朝廷所派通问之使者。〔12〕翠葆霓旌：饰以翠羽之车盖曰翠葆，绘以虹霓之旌旗曰霓旌，皆皇帝御用之物，此以代表皇帝。〔13〕膺：胸也。

此孝宗隆兴元年孝祥任建康留守时，因朝廷忍辱求和，愤慨而作。时张浚以都督江淮军事驻建康，孝祥于其宴席上作此词。张浚闻之，罢饮而入。张亦主战派也。此词音节苍凉，多三字句，读之有呜咽之声。起二句，即足引人悲愤，盖淮河流域本中国腹地，今则成为莽然边塞也。下三句，略写边塞景象。“黯销凝”七句，深慨华夏沦为异域。举“洙泗”者，见孔子设教之地亦沦陷也。“殆天数，非人力”，乃无可奈何，只得委之于天，意实谓造成此祸乱者，岂有天数而非人力有所未尽耶？“隔水”七句，极写敌势之盛，令人惊心，以见和不可恃，军备当修也。后半阕起七句，自念志不得伸，而时机易失，壮心虽在，而年岁已老也。“渺神京”以下七句，则深痛一味求和、不修边备之辈。用“干羽”“冠盖”等词，表面似歌颂和平，实乃正言若反。考《续通鉴》，隆兴元年十一月，投降派首领汤思退遣王之望使金求和；次年七月，尽撤两淮边备以示求和诚意。此词“静烽燧，且休兵”，即指此而言。然曰“且”，即表示不满之意，下文“纷驰骛”之“纷”字，亦有纷乱匆遽之意，而“若为情”三字犹言煞似有情，皆讥词也。“闻道”二句，则严正诉说遗民想望收复失地之心甚切，以见如能北伐，中原之人民定能响应也。然则和议为大失人心之举，不言可知矣。此所以有“忠愤气填膺”之句也。考宋史，自虞允文采石大捷，中原人心大奋，纷纷起义，抗击金兵。及张浚视师江淮时，淮北之来归者日不绝，山东豪杰，悉愿受其节度。可见孝祥“中原遗老”等句，乃当时真实情况。盖人民有抗敌之心，而统治者但图苟安，故有志之士引为深痛也。史称孝祥素为汤思退所知，后又为张浚所荐，出入二人之门，两持和、战之说，以此惜之。然孝祥入对孝宗，有“二相当同心戮力，以副陛下恢复之志”之言，又曰“靖康以来，惟和、战两言，遗无穷祸，要先立自治之策以应之”；则其意固欲整饬内政，修明军备，然后可战可和，然后和非苟安，战非冒险，不可曰持两端也。

陆　游

游字务观，号放翁，山阴人。孝宗隆兴初赐进士出身，官至秘书监、宝章阁待制，致仕，卒，年八十五。今传《放翁词》。游为南宋爱国诗人，临殁时尚作《示儿》诗曰：“死去原知万事空，但悲不见九州同。王师北定中原日，家祭无忘告乃翁。”读者至今怜之。其词多慷慨之音。

桃源忆故人 题华山图

中原当日三川震[1]，关辅[2]回头煨烬[3]。泪尽两河[4]征镇[5]，日望中兴运。　秋风霜满青青鬓[6]，老却新丰[7]英俊。云外华山千仞，依旧无人问。

〔1〕三川震：《国语·周语》曰："西周三川皆震。"注："三川，泾、渭、洛也。"〔2〕关辅：关中及三辅之总称，今陕西。〔3〕煨烬：犹言灰烬也。〔4〕两河：指黄河、渭河之间地区。〔5〕征镇：大将驻守之重镇。〔6〕霜满青青鬓：原为黑发，今白如霜也。〔7〕新丰：在今陕西临潼县境。此指马周未遇时困处新丰事。

此放翁感慨关辅人民日望恢复，而朝廷竟弃置不问也。

卜算子 咏梅

驿外断桥边，寂寞开无主。已是黄昏独自愁，更著风和雨。　无意苦争春，一任群芳妒。零落成泥碾作尘，只有香如故。

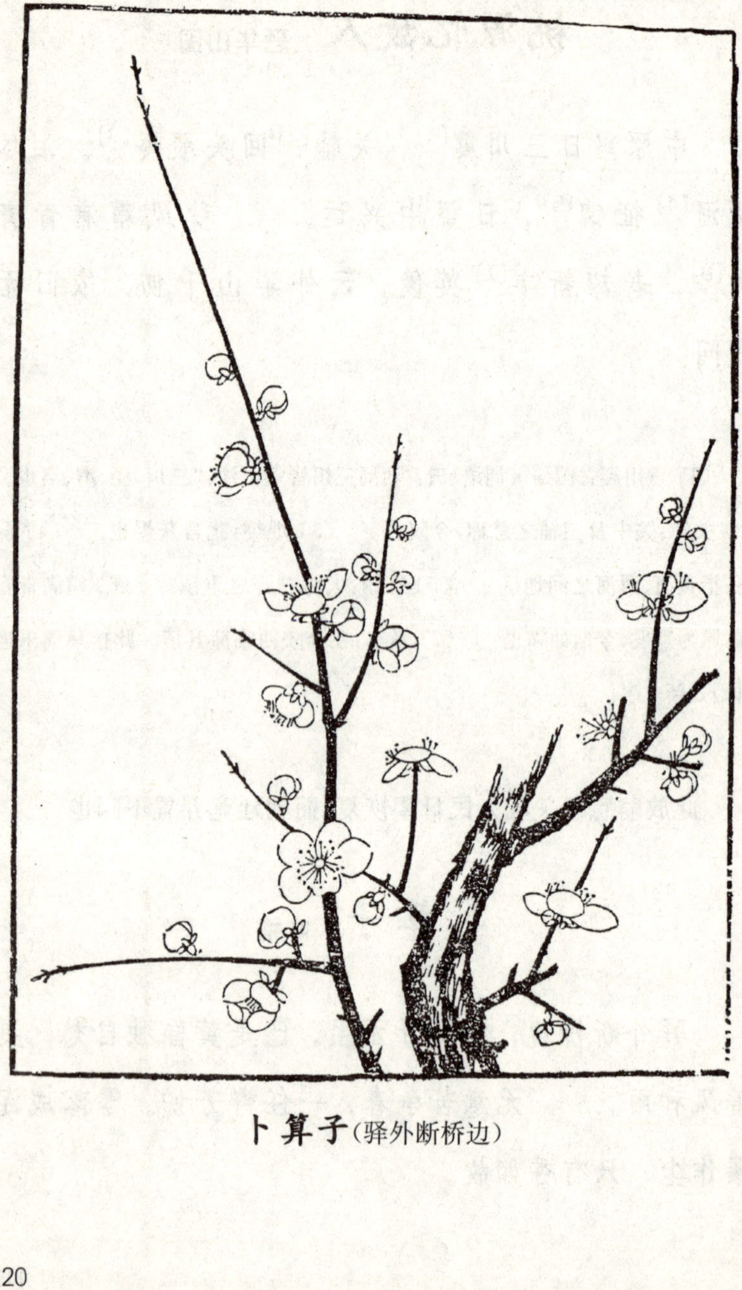

卜算子（驿外断桥边）

此亦作者身世之感，但借梅抒写出之。上半阕写所遇之世，如此堪愁。下半阕写其生平，不慕荣华而品质坚贞，如梅之耐寒，虽“零落成泥”而香不灭也。

陈　亮

亮字同父，婺州永康人。隆兴初，与金定和约，天下忻然幸得苏息，亮独持不可。婺州方以解头荐，因上《中兴五论》，奏入不报，乃归而讲学。孝宗即位，又诣阙上书，其警句有“今世之儒士，自以为得正心诚意之学者，皆风痹不知痛痒之人也。……今世之才臣，自以为得富国强兵之术者，皆狂惑以肆叫呼之人也。”孝宗命宰相询问，不合，再上书。孝宗欲官之。亮笑曰：“吾欲为社稷开数百年之基，宁用博一官乎！”急渡江归。亮家居累为人诬陷入狱，幸得救免。光宗赵淳朝策进士第一，授佥书建康府判官厅公事，未至官卒。有《龙川词》。

贺新郎　寄辛幼安和见怀韵

老去凭谁说！看几番、神奇臭腐[1]，夏裘冬葛。父老长安今余几？后死无仇可雪。犹未燥、当时生发[2]。二十五絃[3]多少恨，算世间那有平分月！胡妇弄，汉宫瑟。　树犹如此[4]堪重别。只使君、从来与我，话头[5]多合。行矣置之无足问，谁换妍皮痴骨[6]！但莫使、伯牙絃绝[7]。九转丹砂[8]牢拾取，管精金只是寻常铁。龙共虎[9]，应声裂。

〔1〕神奇臭腐：《庄子》："万物一也，臭腐化为神奇，神奇化为臭腐。" 〔2〕未燥当时生发：宋高祖遣中将军田奇告北魏太武帝拓跋焘，索河南地。焘大怒，谓奇曰："我生发未燥，便闻河南是我家地，此岂可得。" 〔3〕二十五絃：《史记·封禅书》：太帝使素女鼓五十絃瑟，悲，帝禁不止，故破其瑟为二十五絃。 〔4〕树犹如此：桓温北伐，行经金城，见少时所种柳，叹曰："木犹如此，人何以堪！"庾信《枯树赋》曰："树犹如此，人何以堪！" 〔5〕话头：犹言谈锋也。今俗犹有"话不对头"之言。 〔6〕妍皮痴骨：晋时谚语："妍皮不裹痴骨。" 〔7〕伯牙絃绝：伯牙善弹琴，其友钟子期善听。子期死，伯牙为之绝絃。 〔8〕九转丹砂：道家有炼金成丹砂之说。丹有九品，曰九转。 〔9〕龙共虎：道士炼丹有黄帝龙虎中丹之术。

辛弃疾有《贺新郎》词寄同父，故同父和其韵以答之。辛词有小序，谓同父自东阳来，留十日，与之同游鹅湖，且会朱晦庵于紫溪。朱未至，同父亦东归。同父既别，辛复追至鹭鹚林，以雪深泥滑不得前进，独饮方村，颇恨挽留不遂。夜半宿吴氏泉湖四望楼，闻邻笛悲甚，为赋《贺新郎》以见意。继此词后，二人和答尚有数首。相传同父初来时，辛在楼上远望，见一人骑马过桥，马惊不上桥，其人下马，抽刀杀马，步行过桥。及至，乃同父也。《古今词话》又言，陈同父过稼轩，纵谈天下事。同父夜思稼轩素严重，恐为所忌，窃乘其厩马以去。此说出于传闻，未可信。然二人皆豪杰之士，交谊甚笃，会谈中纵言天下事，则无可疑者。观同父“话头多合”句，何至有恐辛见忌之事，故知传闻之言，难以置信。此词起处用庄子“神奇化为臭腐”语，乃总括辛一生事迹变幻甚多也。“父老”三句，言中原沦没已久，遗老俱尽，新生之人不知国仇未雪，故用拓跋焘语，其意极为悲愤。而“世间那有平分月”三句，言金人久据中原，渐已汉化，而宋之君臣忍耻苟安，甘心与敌平分中国，故曰“世间那有平分月”，言不可也。后半阕叙别。“堪重别”者，言不堪重别也。“谁换”句，见不能媚世谐俗之意。“莫使”句，言辛之知己，亦如钟子期之知伯牙，愿交情能长久也。“管精金”句，言那管“精金”之为“寻常铁”，但当自求神丹。此词末数句颇晦涩。史称同父家居，与狂士饮，醉中戏为大言，言涉犯上，被人告发，下狱笞掠，竟至诬服谋为不轨。及奏入取旨，孝宗知其贤，谓“秀才醉后妄言，何罪之有”，乃得免死。观此一事，二人纵谈所及，必有犯时忌者，故同父此词，语意殊为隐约也。稼轩答词有“硬语盘空谁来听，记当时只有西窗月”，细味词语似指同父议论非常，而“记当时”之句，则有言出君口入我耳之意，亦所以解其顾虑也。

杜 斿

斿字伯高，邵武人，吕祖谦之门人，淳熙、开禧间两以制科荐。有《桥斋集》，不传。伯高与弟仲高、叔高、幼高、季高俱有名，人称金华五高。陆游、陈亮皆称其文。

酹江月 石头城

江山如此，是天开万古，东南王气[1]。一自髯孙[2]横短策，坐使英雄鹊起[3]。《玉树》[4]声销，金莲[5]影散，多少伤心事！千年辽鹤[6]，并疑城郭非是。　当日万驷[7]云屯，潮生潮落处，石头[8]孤峙。人笑褚渊[9]今齿冷，只有袁公不死。斜日荒烟，神州[10]何在？欲堕新亭[11]泪。元龙[12]老矣，世间何限余子[13]。

〔1〕王气：《新五代史·吴越世家》："豫章人有善术者，望牛斗间有王气。牛斗，钱塘分也。"庾信《哀江南赋序》："将非江表王气，终于三百年乎！" 〔2〕髯孙：此指孙权割据江南。权紫髯，故曰"髯孙"。 〔3〕鹊起：《庄子》："失时则鹊起。"《颜氏家训》曰："庄生有乘时鹊起之说。" 〔4〕《玉树》：《玉树后庭花》，陈后主陈叔宝所作曲也。 〔5〕金莲：齐东昏侯萧宝卷凿金为莲花以贴地，令潘妃行其上。 〔6〕辽鹤：《搜神记》："辽东城门有华表柱，忽有一白鹤来集言曰：'有鸟有鸟丁令威，去家千岁今来归。城郭如故人民非。何不学仙冢累累。'" 〔7〕驷：一车四马也。 〔8〕石头：即石头城，故址在今江苏南京市清凉山。晋庾亮有恢复之志，率大军十万据石头城，为诸军声援。〔9〕褚渊：《南史》："乐预谓徐孝嗣曰：'人笑褚渊今齿冷。'"褚渊与袁粲俱为宋室顾命大臣，其后萧道成篡立，褚失节，袁死节。宋时《石城谣》曰："宁为袁粲

死，不作褚渊生。”〔10〕神州：《史记·孟子荀卿列传》谓邹衍以为中国名曰赤县神州。〔11〕新亭：《晋书》：“过江人士，每至暇日，相要出新亭饮宴。周𫖮中坐而叹曰：‘风景不殊，举目有江河之异。’皆相视流涕。惟（王）导愀然变色曰：‘当共戮力王室，克服神州，何至作楚囚对泣耶！’”〔12〕元龙：三国时，陈登，字元龙，在广陵有威名。后许汜与刘备在刘表坐中，共论天下人物曰：“陈元龙，湖海之士，豪气未除。”〔13〕余子：犹言其余等人也。苏轼诗：“气吞余子无全目。”

此词叹恢复无人也。略与稼轩《永遇乐》词相似。上半阕言孙吴立国江南，一时多少英雄。“玉树”二句，言齐、陈末主当日荒淫之事，今已“声销”“影散”，但觉可怜，言外盖斥当时君臣苟且偷安，使人伤心也。“千年”二句，言今日不但人民已非，城郭亦变，言外有沧海桑田之感。下半阕起处，似指庾亮屯兵石头城故事，今则惟有石头城孤峙，见此时无人如庾也。“褚渊”二句，言失节事仇之可耻，尽节死忠之可敬。“斜日”三句，言中原不见，但满目“斜日荒烟”，盖有故宫黍离之悲，故曰“欲堕新亭泪”。末二句，一悲己身已老，志业无成，一叹余子虽多，而无可用，以见人才衰歇也。

陈人杰

人杰号龟峰，有《龟峰词》传世。

沁园春 丁酉岁感事

谁使神州，百年陆沉[1]，青毡[2]未还？怅晨星残月，北州豪杰；西风斜日，东帝江山。刘表坐谈[3]，深源轻进[4]，机会失之弹指间。伤心事，是年年冰合，在在风寒。　说和说战都难，算未必江沱[5]堪宴安[6]。叹封侯心在，鳣鲸[7]失水；平戎策就，虎豹当关[8]。渠自无谋，事犹可做，更剔残灯抽剑看。麒麟阁，岂中兴人物，不画儒冠。

〔1〕陆沉：《庄子》："是陆沉者也。"注："人中隐者，譬之无水而沉也。"后人引用谓大陆沉沦，非由洪水，以喻祸由人造也。《晋书·桓温传》："温……眺瞩中原，慨然曰：'遂使神州陆沉，百年丘墟，王夷甫诸人不得不任其责。'"〔2〕青毡：有贼偷王子敬青毡，王谓偷儿曰："青毡我家旧物，可特置之。"此引之以喻国家沦陷之旧土地也。〔3〕刘表坐谈：刘表使刘备袭许，曹操部下多恐。郭嘉曰："刘表坐谈客耳，必不能信用备。"〔4〕深源轻进：深源，殷浩字。浩于东晋永和九年北伐，以轻进为姚襄所败。〔5〕江沱：水别流者为沱。江沱，泛称江，淮之间。〔6〕宴安：《左传》："宴安鸩毒，不可怀也。"〔7〕鳣、鲸：皆大鱼也。〔8〕虎豹当关：《楚辞·招魂》："虎豹九关，啄害下人些。"

此词题为《丁酉岁感事》，考此丁酉，为理宗嘉熙元年。在此前三年，宋与元共灭金后，宋即仓卒进兵中原。元人遂借口宋破坏盟约，连年出兵南侵。宋力不能御，又复彷徨于和战两端。此词所感之事，盖为国家一贯失策，以致志士无由为国展力，而国势愈趋不振，然己则以为时势尚有可为，当勉力图治也。首三句，追究误国之人。“晨星”二句，言北方豪杰虽思奋起，然已零落如“晨星残月”，无多人也。“西风”二句，则言南宋国势衰微也。“西风”“斜日”，皆衰微之景象。合此四句观之，南北情况皆可叹息，故曰“怅”。“刘表”三句，言“坐谈”与“轻进”皆足贻误时机。“伤心”三句，言年年因循，不能定策，最可伤心。“冰合”“风寒”，有《诗经》“北风”“雨雪”之意。下半阕“说和”二句，言和、战两端固不易决，但必有自强之道，不可一味偷安江左也。“叹封侯”四句，言智谋之士扼于奸险小人而不得见用于世也。“渠自”三句，言事尚有可为也。剔灯看剑，即有为之志郁而不申之表现。末三句，言儒生何尝不可立功，因举汉事为证。

李好古

好古字仲敏。

谒金门

花过雨，又是一番红紫。燕子归来愁不语，旧巢无觅处。　　谁在玉关辛苦，谁在玉楼歌舞？若使胡尘吹得去，东风侯万户[1]。

〔1〕万户：万户侯，食邑万户者。

此词讥讽当朝者不知国耻，极为深刻。上半阕言朝局变幻，亦如红紫缤纷，而燕觅旧巢不见，亦第宅累易新主意。下半阕以“玉关”“玉楼”对比，见苦、乐之不同。南宋偏安日久，达官贵人日寻湖山之乐，故西湖当日有“销金窝”之称，或又比西湖为西施，盖言吴因西施而亡，南宋亦以西湖游乐而亡也。末二句，讽刺尤深刻，言“胡尘”如可被东风“吹去”，则“东风”当封万户侯，以讥讽抗敌之无人也。

褚 生

德祐时太学生。

百字令 德祐乙亥

半堤花雨，对芳辰、消遣无奈情绪。春色尚堪描画在，万紫千红尘土。鹃促归期，莺收佞舌，燕作留人语。绕栏红药，韶华留此孤主。　真个恨杀东风，几番过了，不似今番苦。乐事赏心磨灭尽，忽见飞书传羽。湖水湖烟，峰南峰北，总是堪伤处。新塘杨柳，小腰犹自歌舞。

《湖海新闻》有解释此词之语，大都可信。大意谓：三、四句，言众宫女行也；五句，言朝士去也；六句，台官默也；七句，太学生上书也；八、九句，只陈宜中犹在也；“东风”，贾似道也；“飞书传羽”，北兵至也；“新塘杨柳”，指贾似道之妾张淑芳也。考乙亥乃赵显德祐元年，贾似道出师御元兵至太平州鲁港，未见敌而溃。似道请和，元丞相伯颜不许，乃奔扬州，江淮悉陷。朝官多逃者，以陈宜中知枢密。右相章鉴亦遁，以陈宜中相。太学生上书请罢陈宜中，被下狱治罪。白居易妾名小蛮，白有句曰“杨柳小蛮腰”，故此“杨柳”指贾妾张淑芳。张淑芳者，西湖樵家女也。理宗选妃日，贾似道匿为己妾。淑芳知贾必败，营别业以遁迹，贾败，自度为尼。淑芳能为词，有《浣溪沙》曰：“散步山前春草香，朱栏绿水绕吟廊，花枝惊堕绣衣裳。　　或定或摇江上柳，为鸾为凤月中篁，为谁掩抑锁芸窗？”附录于此，以见权臣之罪恶，不但下虐人民，而且上欺君主。

文天祥

天祥字宋瑞，又字履善，号文山，江西吉水人。理宗宝祐四年状元。天祥官江西安抚副使时，元兵入寇，天祥受诏勤王，以兵万人入卫。及元兵迫临安，天祥以右丞相兼枢密使奉使赴元军议和，以正义责元军统帅伯卫，被执，于北行途中遁回。时端宗赵昰即位于福州，拜天祥为右丞相，封信国公。天祥募兵转战于江西、岭南，兵败被执，囚居燕京三年，作《正气歌》以见志，终不屈死。

沁园春

为子死孝，为臣死忠，死又何妨。自光岳气分〔1〕，士无全节，君臣义缺，谁负刚肠？骂贼睢阳，爱君许远〔2〕，留得声名万古香。后来者，无二公之操，百炼之钢。　　人生翕欻〔3〕云亡，好烈烈轰轰做一场。使当时卖国，甘心降虏，受人唾骂，安得流芳？古庙幽沉，遗容俨雅〔4〕，枯木寒鸦几夕阳。邮亭下，有奸雄过此，仔细思量。

〔1〕光岳气分：天祥《正气歌》曰："天地有正气，杂然赋流形，在地为河岳，在天为日星。"　〔2〕睢阳、许远：唐天宝十四载安禄山反，张巡起兵雍丘，与许远合守睢阳。贼兵围攻十月，以食尽援绝城陷。此处即以"睢阳"称张巡。城陷后，巡骂贼将曰："我为君父死，尔附贼，乃犬彘也。"卒与许远悉被害。睢阳人为二人立庙祠享，号为双庙。　〔3〕翕欻：疾速也。　〔4〕俨雅：端庄貌。

此天祥被执北行，路经双庙所作。首举"死孝""死忠"者，封建制度下之最高道德标准也。宋亡之际，叛国降虏者甚多。天祥过双庙，念张巡、许远遗烈，不觉感慨，发为此词，忠义之气，凛然纸上。此等作品，不可以寻常词观之也。

【附】宋遗民词

张　炎

炎字叔夏，号乐笑翁，西秦人，侨居临安，循王俊之后也。宋亡后，落魄浪游。沧桑之感，一寄于词，造语多奇致。词名《山中白云集》。

高阳台　西湖春感

接叶巢莺，平波卷絮，断桥[1]斜日归船。能几番游？看花又是明年。东风且伴蔷薇住，到蔷薇、春已堪怜。更凄然，万绿西泠[2]，一抹荒烟。　当年燕子[3]知何处？但苔深韦曲[4]，草暗斜川[5]。见说新愁，如今也到鸥边。无心再续笙歌梦，掩重门、浅醉闲眠。莫开帘，怕见飞花，怕听啼鹃。

〔1〕断桥：在杭州西湖，本段家桥，讹成断桥。　〔2〕西泠：即西湖。

高阳台(接叶巢莺)

〔3〕当年燕子：刘禹锡诗："当时王谢堂前燕，飞入寻常百姓家。" 〔4〕韦曲：在陕西长安皇子陂西，唐时诸韦所居地。 〔5〕斜川：陶潜有《游斜川》诗。斜川大约在今江西庐山附近，未详究系今何地。

此宋亡后，张炎重到西湖所作，其一种凄凉怨慕之情，跃跃纸上。"万绿"两句，将乱后西湖景象全副写出。盖当贾似道当国时，西湖葛岭、里湖一带皆其别墅所占地，游人无敢过者。都城在籍妓女皆隶属贾家，终日歌舞为乐，人无敢犯者。今则成为"一抹荒烟"矣。下半阕则将两宋灭亡之感，一齐托出。"当年燕子"，用刘禹锡吊古诗，哀北宋之亡也；"新愁"，则哀南宋也。"飞花""啼鹃"，暗有所指，殆皆故宫人及遗民之流落可哀者。

刘辰翁

辰翁字会孟，庐陵人。少举进士。时贾似道专政，杀直臣以塞言路。辰翁因对策极论之，忤似道，置丙第。以亲老，请长濂溪书院。江万里荐居史馆，又除太学博士，皆固辞。宋亡，托方外以归。有《须溪词》传世。

六州歌头

乙亥二月贾平章似道督师至太平州鲁港，未见敌，鸣锣而溃。后半月闻报，赋此。

向来人道，真个胜周公[1]。燕然渺，浯溪[2]小，万世功，再建隆。十五年[3]宇宙，官中赝[4]，堂中伴[5]，翻虎鼠[6]，搏鹍雀，覆蛇龙。鹤发庞眉[7]，憔悴空山久，来上东封[8]。便一朝符瑞[9]，四十万人同。说甚东风[10]，怕西风（都人窃议者称“西头”）。　　甚边尘起，渔阳[11]惨，《霓裳》断，广寒宫[12]！青楼杳（都城籍妓皆隶歌舞，无敢犯），朱门悄，镜湖[13]空，里湖通（葛岭瞰里湖，无敢过）。大纛高牙[14]去，人不见，港[15]重重。斜阳外，芳草碧，落花红。抛尽黄金[16]无计，方知道、前此和戎。但千年传说，夜半一声铜[17]，何面江东[18]？

〔1〕周公：贾似道擅权，势倾中外，度宗赵禥为其所立，每上朝必答拜，称为师臣而不名，朝臣皆称为周公。　〔2〕浯溪：唐元结有《大唐中兴颂》刻于浯溪石崖上。浯溪源出湖南祁阳西南松山，流入湘江。　〔3〕十五年：贾似道于理宗开庆元年拜相，至德祐元年乙亥共十五年。　〔4〕宫中赝：赝，伪也；伪者，讥其为伪周公也。　〔5〕堂中伴：堂，中书省政事堂也；伴者，唐卢怀慎与姚崇同为宰相，每事推姚，时人称为伴食宰相，此伴字之由来也。　〔6〕翻虎鼠：李白诗：“君失臣兮龙为鱼，权归臣兮虎变鼠。”〔7〕鹤发庞眉：鹤发，白发也；庞，杂乱也。鹤发庞眉，老人之貌。　〔8〕上东封：古帝王功成治定，有东封泰山之举。封者，封土为坛也。　〔9〕符瑞：符，本信也，古者帝王欲加强其统治权力，每以祥瑞夸耀，以为得天帝之信任，故曰“符瑞”。例如赤乌衔珪降于岐山，表示上天降命文王伐殷之类。王莽摄政时，假称符瑞，吏民颂功德者，

四十八万余人。此以莽比似道也。似道以金钱豢养江湖名士，每当生辰，献诗文颂扬者甚众。〔10〕东风：俗谚有“东风压倒西风”之语。此以当时人畏似道，不敢直言其名姓，称贾为“西头”，故反言以指斥之。〔11〕渔阳：唐玄宗天宝十四载安禄山反于渔阳。白居易《长恨歌》咏此事云：“渔阳鼙鼓动地来，惊破《霓裳羽衣曲》。”〔12〕广寒宫：传说唐玄宗游月中，见一宫府，牓曰“广寒清虚之府”。有素娥十余人舞笑于广庭大树下，乐声嘈杂清丽。玄宗归，编律成音，制《霓裳羽衣曲》。〔13〕镜湖：即西湖之别称，似道赐第在葛岭，占地甚广。〔14〕大纛高牙：纛，毛羽幢也，立于车之左方；牙，牙旗也，旗上以象牙为饰：皆大将军中所用。〔15〕港：即序中之“鲁港”。〔16〕抛尽黄金：此指献金求和也。〔17〕夜半一声铜：即序中所言“鸣锣而溃”也。〔18〕江东：项羽败后，自言无面目见江东父老。

此词暴露似道罪恶，情感极为愤慨。首言似道妄自尊大，以为汉之燕然勒铭、唐之浯溪纪功，俱比其事业为渺小。自以为要立万世之功，有再造宋室之力。乃作十五年宰相，不但只是一味虚伪，毫无建设，而且专权擅威，排斥正人，任用小人，又收买无聊文人，颂己功德，其行为大似王莽，以致朝野窃议者，无敢直呼其名，但以“西头”代之。后半阕更揭出其庸碌无能，但专求淫乐，一遇敌军，即“鸣锣而溃”，所得者千年之骂名而已。此时虽欲以岁币求和而敌帅不许，结果，惟有遁走，无面回朝。似道后被安置循州，行至漳州木绵庵，押送之使县尉郑虎臣将其拉杀。人民闻之，莫不称快，而赵宋三百余年江山亦即断送于其手中。辰翁作此词时，但知似道兵溃，尚未闻贬斥之讯也。

邓 剡

剡字光荐，号中斋，官礼部侍郎，从卫王昺于海上，事急投水，为元兵所得。元都元帅张弘范异之，待以宾礼，终不屈节。有《中斋集》。

唐多令

雨过水明霞，潮回岸带沙。叶声寒、飞透窗纱。堪恨西风吹世换，更吹我，落天涯。　　寂寞古豪华，乌衣日又斜。说兴亡、燕入谁家？惟有南来无数雁，和明月，宿芦花。

此哀南宋之亡也。前半阕以萧瑟景色寓悲凉之感。“堪恨”句，似指贾似道辈促成宋之亡也。后半阕起用刘禹锡《乌衣巷》诗意，而燕入谁家，似指投降之辈。刘诗本言“旧时王谢堂前燕，飞入寻常百姓家”；此云“飞入谁家”，则非入百姓家而是飞入新朝也，虽不曾明言而意亦显然。南来雁，则与己相同之人，南下避兵者。

徐君宝妻

岳州人，被元兵掠至杭。其主者屡欲犯之，皆以计脱。一日，主者怒甚，将强污之。告曰："容妾祭谢先夫，然后为君妇不迟也。君奚用怒哉?"主者许之。乃焚香再拜，题词于壁毕，赴水死。

满庭芳

汉上繁华，江南人物，尚遗宣政〔1〕风流。绿窗朱户，十里烂银钩〔2〕。一旦刀兵齐举，旌旗拥、百万貔貅〔3〕。长驱入，歌楼舞榭，风卷落花愁。　清平三百载〔4〕，典章文物，扫地都休。幸此身未北，犹客南州。破鉴徐郎〔5〕何在？空惆怅、相见无由。从今后，断肠千里，夜夜岳阳楼〔6〕。

〔1〕宣政：宣和、政和，皆北宋徽宗年号。　〔2〕银钩：帘钩也。　〔3〕貔貅：貔，似虎，或曰似熊，辽东谓之白熊。貅，亦猛兽名。此以指元兵。〔4〕三百载：北宋自太祖至钦宗凡一百六十七年，南宋自高宗至帝昺凡一百五十二年。三百载，举成数也。　〔5〕破鉴徐郎：陈太子舍人徐德言尚叔宝妹乐昌公主。陈政日衰，徐谓妻曰："国破，君必入权豪家。倘情缘未断，尚冀相见。"乃破一镜，人分其半，约他日以正月望日卖于都市。及陈亡，乐昌公主为杨越公素所得。德言至京，以正月望日访于都市。有仆卖半镜，德言出半镜合之，并题一诗。公主得诗，悲泣不食。杨因诘得其实，乃召德言至，还其妻。〔6〕岳阳楼，在湖南岳阳城西门上。

此乱离中人民自言其遭遇与苦难之词。君宝不知为何许人，其妻之姓名亦不传。然以一女子不但能文，且对国事关心，又智能保身不被污辱，实难能而可贵。其词首言南宋上下忸于一时之繁华，但追求享乐，以致一旦敌军入境，无能抵御者，而昔日之繁华，遂如“风卷落花”，言外有一种愤恨情绪。后半阕既叹国家之“典章文物，扫地都休”，复伤此身被掠，故夫已无缘再见，乃决意自杀。读“此身未北，犹客南州”与“断肠千里，夜夜岳阳楼”之句，知其有生为南宋人，死为南宋鬼之意。惜但传其词与事而逸其名姓，致千百年后无从得知此爱国女子之生平也。

八、两宋通俗词及滑稽词

（此类所选多为文人学士所作，以见此体至南宋渐为文人学士所采用，故作者比北宋为多。）

刘　焘

焘字无言，长兴人，元祐中苏轼知贡举，称其文章典丽，遂中甲科。有《见南山集》。

转调满庭芳

风急霜浓，天低云淡，过来孤雁声切。雁儿且住，略听自家说："你是离群到此，我共那人才相别。松江岸，黄芦影里，天更待飞雪。"　　声声肠欲断，和我也泪珠，点点成血。这一江流水，流也呜咽。告你"高飞远举，前程事、永没磨折。须知道，飘零聚散，终有见时节。"

此托雁以写别情也。词中忽记告雁之语，亦有古乐府之遗意，词中颇少见。末尾以“终有见时节”告雁，以见不肯作绝望之想，皆由情深恩重，作此圆满之希望也。此词下半阕第二句中之“也”字为衬字。

无名氏

御街行

霜风渐紧寒侵被，听孤雁、声嘹唳[1]。一声声送一声悲，云淡碧天如水。披衣起告：“雁儿略住，听我些儿事。　　塔儿南畔城儿里，第三个、桥儿外，濒河西岸小红楼，门外梧桐雕砌。请教且与，低声飞过，那里有人人[2]无寐。”

〔1〕嘹唳：高亢而曼声之雁鸣也。　〔2〕人人：情人之昵称。

此亦托雁言情之词，较前首更为生动。此两首，可与元人蒲察善长《新水令》套曲比看。可知文学家用同一题材，作各种写法。此词作者，不知名姓，亦不知何时人，因与前首题材相同，故附于其后，以供比较。

蔡 伸

伸字伸道，仙游人，政和进士，历官太学博士，通判真、饶、徐、楚四州。后秦桧以其党于赵鼎，欲收为己用，蔡不肯往干。官至左中大夫卒。有《友古居士词》。

长相思

我心坚，你心坚。各自心坚石也穿，谁言相见难？ 小窗前，月婵娟。玉困花柔并枕眠，今宵人月圆。

前 调

村姑儿，红袖衣。初发黄梅插稻时，双双女伴随。 长歌诗，短歌诗。歌里真情恨别离，休言伊不知。

此二首皆以寻常口语描写闺情。前首言两心果坚，则结果必圆满。第二首写一村女子，以歌词唱出别情，料其情人必然知道，言外有怨其不归之意。

康与之

与之字伯可，号顺庵，滑州人。建炎初上《中兴十策》，名甚著。后附秦桧，专应制为歌词，一味阿谀，声名扫地。桧死，被贬斥。有《顺庵乐府》，今不传。

望江南 九日雨

重阳日，四面雨垂垂。戏马台〔1〕前泥拍肚，龙山〔2〕路上水平脐，浐浸倒东篱〔3〕。 茱萸〔4〕胖，黄菊湿滋滋。落帽孟嘉寻箬笠，漉巾陶令买蓑衣，都道不如归。

〔1〕戏马台：《南齐书》称宋武帝为宋公在彭城，曾于九月九日登项羽戏马台。 〔2〕龙山：《晋书》："孟嘉……为征西桓温参军。……九月九日，温燕龙山，僚佐毕集。时佐吏并著戎服，有风至，吹嘉帽堕落，嘉不之觉。温使左右勿言，欲观其举止。" 〔3〕东篱：陶潜九月九日无酒，宅边东篱下菊丛中摘菊盈把。 〔4〕茱萸：汉武帝宫人贾佩兰九月九日佩茱萸。又桓景随费长房学道累年，长房谓之曰："九月九日汝家当有灾厄，急宜去，令家人各作绛囊盛以茱萸，登高饮菊酒，此祸可清。"

此词，除滑稽外，别无用意。滑稽乃促成用口语之一原因，滑稽又为人民口头创作中常具的性质，因之通俗词多带滑稽趣味。

辛弃疾

见前。

寻芳草 嘲陈莘叟忆内

有得许多泪，更闲却、许多鸳被。枕头儿、放处都不是，旧家时[1]、怎生睡？　　更也没书来，那堪被、雁儿调戏[2]。道无书、却有书中意，排几个、人人字。

〔1〕旧家时：即旧日也，往常时也。 〔2〕调戏：笑谑也。

此亦戏谑之词也。代陈写其思念妻子之情，即寓嘲笑之意。

刘克庄

克庄字潜夫，号后村，莆田人。嘉定间官建阳令，淳祐初特赐同进士出身，除秘书少监，兼中书舍人，揭露史嵩之罪状，有直声，累官龙图阁学士，致仕，卒谥文定。词集名《后村别调》。

鹊桥仙 乡守[1]赵丞相生日

去年无麦，今年多稼，尽是君侯心地[2]。向来寺寺[3]总拘桩[4]，今有不拘桩底寺。 省仓展日，米场镌[5]价，万落千村蒙惠。更将补纳[6]放宽些，便是个西京循吏[7]。

〔1〕乡守：本州之太守也。 〔2〕心地：犹言心肠也，盖称因其心肠好，故本州今年丰收也。 〔3〕寺：古之官府皆称曰寺。 〔4〕拘桩：宋有封桩钱物库，犹后世之存仓、常备仓之类，平日存储钱物以备急需也。拘桩者，拘守封桩不肯用也。 〔5〕镌：削减也。 〔6〕补纳：唐、宋时遇有本年不能完纳之赋税，下年可以补纳。此言“去年无麦”，“今年多稼”，是今年应补纳去年所欠赋税也。 〔7〕西京循吏：《史记·太史公自序》：“奉法循理之吏，不伐功矜能，百姓无称，亦无过行。作《循吏列传》。”《汉书》因之，亦有《循吏传》。

此词因赵丞相生日，颂其赈灾荒之善政，并望其更将“补纳”期限“放宽些”，使人民得减少困苦。赵丞相本先为丞相，后出为作者本州太守者，故曰“乡守赵丞相”。此种直接反映社会之词，颇不易见。由此词可知宋时官吏常拘守封桩库规例，不肯用以救民之急，又可知“补纳”制度，如严限期日，大足病民，故作者劝其“放宽些”，便更是好官也。

石孝友

孝友字次仲，南昌人，乾道进士。有《金谷遗音》。

浪淘沙

好恨这风儿，催俺[1]分离，船儿吹得去如飞。因甚眉儿吹不展，叵耐风儿。　不是这船儿，载起相思。船儿若念我孤恓[2]，载取人人蓬底睡，感谢风儿。

〔1〕俺：北人称我也。　〔2〕孤恓：恓，恓惶，烦恼也。孤恓，孤寂烦恼之意。

此纯用口头语写别情者。如以与五代闺情词相较，觉此种词更为亲切有味。惜作者不多。

惜奴娇

我已多情，更撞著、多情底你。把一心、十分向你。尽他们劣[1]心肠，偏有你。共你，撇了人、只为个你。　宿世冤家[2]，百忙里、方知你。没前程[3]、阿谁似你。坏却才名，到如今、都因你。是你，我也没、星儿[4]恨你。

〔1〕劣：犹今言歹也。　〔2〕宿世冤家：宿世，前世也。冤家，情人之昵称。〔3〕没前程：犹言没出息也。　〔4〕没星儿：犹言没一点也。

此亦别情之词。“尽他们”二句，言一般底人不如这人也。“撇了人”句，言抛了别人专因为你也。后半阕用意甚为曲折，既说他“没前程”，又说自己“坏却才名”，但只要“是你”，我就没一点恨你底心思也。此词全用“你”字押韵，名独木桥体。

品　令

困无力。几度偎人，翠颦红湿[1]。低低问、“几时么?”道“不远、三五日。”　“你也自家宁耐[2]，我也自家将息。蓦然地[3]、烦恼一个病，教一个、怎知得!”

〔1〕翠颦红湿：翠，眉黛也；红，胭脂也。言愁眉泪脸也。　〔2〕宁耐：安宁忍耐也。　〔3〕蓦然地：忽然地也。

此男女二人将别时彼此安慰之词。词中作问答体，甚少见。

首三句叙述之词，以下即问答语。后半阕仍是男慰女之词。但词中例不明出宾、主词，读之自知。今有人疑旧形式之文体，不能摹绘活泼泼的生活。读此等词，知其不然，要看作者手法高强与否耳。

蜀 妓

鹊桥仙 答放翁客自解

说盟说誓，说情说意，动便春愁满纸。多应念得脱空经[1]，是那个、先生教底？　不茶不饭，不言不语，一味供他憔悴。相思已是不曾闲，又那得、工夫咒你？

〔1〕脱空经：宋时俗语，指口是心非者为念脱空经。

此词有误为妓答陆游者，实乃陆自蜀归，其客挟一妓偕行，归后置之别馆，率数日一往，偶以病久疏，妓颇疑之，客作词自解。妓即用其韵答之。词意虽怨，出语却甚滑稽。

九、南宋咏物词

词至南宋末，咏物之风盛行。此有二因：一、此时词家有偏重艺术之倾向，于是专喜以比兴之法填词；二、自宋末起，直至元初，有词社之组织，社中每以咏物为题，入社者多宋之遗老，虽有兴亡之感而不敢明言，故多托之比兴。

王沂孙

沂孙字圣与，号碧山，又号中仙，又号玉笥山人，会稽人。今传《碧山乐府》，又名《花外集》。延祐《四明志》谓沂孙当元至元年中为庆元路学正。沂孙之词长于咏物。后世词家多称其词有君国之忧、兴亡之感。大抵沂孙在南宋之末，亡国之初，不能无感，然终不能固其节操，故有为学正之事。学正虽与行政官不同，其投身异族政权之下讨生活，则无不同，盖所谓易飘摇于风雨者也。

齐天乐 蝉

一襟余恨宫魂[1]断，年年翠阴庭树。乍咽凉柯，还移暗叶，重把离愁深诉。西窗过雨，怪瑶佩流空，玉筝调柱。镜暗妆残，为谁娇鬓[2]尚如许？　铜仙[3]铅泪似洗，叹移盘去远，难贮零露。病翼惊秋，枯形阅世，消得斜阳几度？余音更苦！甚独抱清商[4]，顿成凄楚？谩想薰风，柳丝千万缕。

〔1〕宫魂：齐宫女怨王而死。变为蝉，王悔之，名曰齐女。　〔2〕娇鬓：魏文帝宫人莫琼树始制蝉鬓，望之缥缈如蝉翼。后世词人因以鬓比蝉翼。〔3〕铜仙：李贺《金铜仙人辞汉歌序》："魏明帝青龙九（应作五）年八月，诏宫官牵车西取汉孝武捧露盘仙人，欲立置前殿。宫官既拆盘，仙人临载，乃潸然泪下。"　〔4〕清商：《礼记》："孟秋之月……其音商。"故文人以秋声为商声。

此词清人端木埰有解释，其言曰："详味词意，殆亦《黍离》之感。'宫魂'字，点出命意。'乍咽''还移'，慨播迁也。'西窗'三句，伤敌骑暂退，燕安如故。'镜暗'二句，残破满眼，而修容饰貌，侧媚依然，衰世臣主，全无心肝，千古一辙也。'铜仙'三句，宗器重宝均被迁夺，泽不下究也。'病翼'三句，更是痛哭流涕，大声疾呼，言海岛栖流，断不能久也。'余音'三句，遗臣孤愤，哀怨难论也。'谩想'二句，责诸臣到此尚安危利灾，视若全盛也。"端木此解，句句比附，不免参以主观，未可尽信。盖以比兴咏物之作，固有有意寄托之句，亦有仅咏本题与托意无关者。今句句比附，则必难免杂以主观，流于附会。即如此词乃王沂孙自道身世，本无可疑，借蝉以自寓，亦甚明显。其中“宫魂”“铜仙”等句，寓亡国之感，端木说来无误。但“病翼”以下各句，若如端木所解则不免附会。盖词人托物言情，有切合人情之句，亦有描写物象之句。词人自道身世，有指身而言者，亦有指世而言者。其间隐显变化，原无一定。端木谓“过雨”句为敌退，“镜暗”句为山河残破，“娇鬓”句为“修容饰貌”，尚不可谓为附会，但“病翼”以下实乃属作者本身而言，“谩想”亦作者想盛时也，端木谓为“痛哭流涕，大声疾呼”云云，则全系主观之见矣。再者，端木氏见清代遭受庚子之变，仍然歌舞升平，有所感触，故于解此词时一发泄之。此点亦不可不知，而且此点正足证明其为主观之见也。

前　调 萤

碧痕初化〔1〕池塘草，荧荧野光相趁。扇薄〔2〕星流，盘明〔3〕露滴，零落秋原飞燐〔4〕。练裳〔5〕暗近，记穿柳生凉，度荷分瞑。误我残编〔6〕，翠囊空叹梦无准。　楼阴时过数点，倚栏人未睡，曾赋幽恨。汉苑〔7〕飘苔，秦陵坠叶，千古凄凉不尽。何人为省？但隔水余辉，傍林残影。已觉萧疏，更堪秋夜永！

〔1〕初化：《艺文类聚》引《周书时训》及《礼记》：“腐草化为萤。”〔2〕扇薄：杜牧诗：“轻罗小扇扑流萤。”〔3〕盘明：此以汉承露盘之露光比萤火。

〔4〕飞燐:萤一名燐,燐音邻,又音吝,鬼火也。〔5〕练裳:以熟绢制成之衣裳。杜甫《见萤火》诗:"疏帘巧入坐人衣。"〔6〕残编:晋车胤家贫,不常得灯油,以练囊盛数十萤火照书夜读。〔7〕汉苑:刘禹锡《秋萤引》:"汉陵秦苑遥苍苍,陈根腐叶秋萤光。夜空寂寥金气净,千门九陌飞悠扬。"此词所谓"赋幽恨"也。观其用"汉苑""秦陵",虽与刘诗之"汉陵、秦苑"微异,意实相同,皆吊古也。

此以萤火飞于秋夜寒气之中,其光荧荧如鬼火,发人凄感,故托之以抒情。"碧痕初化",言萤之初生。"扇薄""盘明",言萤之光。"练裳""穿柳""度荷"等句,言萤之飞。以上皆写物象之词。"误我"句,始切己身言。后半阕以"赋幽恨"另起,即词人感物之情。以"汉苑""秦陵"切合亡国之感,所谓"幽恨"也,"凄凉"也。"何人"句,言无人知此恨,知者惟有秋萤,盖以秋萤比己也。沂孙善于体会物象以寄托人情。此词写物既工,切情亦好。以萤比己,在不即不离之间。然而其情"哀以思",《乐记》所谓"亡国之音"也。吾人读其咏物各词,知沂孙虽曾作元朝学正小官,内心之苦,固甚深刻,故当触物生感之时,其言之哀痛如此。

扫花游 秋声

商飙[1]乍发,渐淅淅初闻,萧萧还住。顿惊倦旅,背青灯吊影,起吟愁赋[2]。断续无凭,试立荒庭听取。在何许?但落叶满阶,惟有高树。　迢递归梦阻，正老耳难禁，病怀悽楚。故山院宇，想边鸿孤唳[3]，砌蛩私语。数点相和，更著芭蕉细雨。避无处，这闲愁、夜深尤苦。

〔1〕商飙：秋风也。〔2〕愁赋：此下皆暗用欧阳修《秋声赋》中语意。《秋声赋》曰："欧阳子方夜读书，闻有声自西南来者，悚然而听之。曰：'异哉！'初淅沥以萧飒，忽奔腾而砰湃……余谓童子：'此何声也？汝出视之。'童子曰：'星月皎洁，明河在天，四无人声，声在树间。'"〔3〕唳：雁鸣也。

此因耳闻秋风之声，引起旅居凄凉之情，而有作也。起首三句，写秋风之声；次写听此声之旅人。后半阕写此旅人之旅况，即"老"与"病"也。"故山"以下各句，一面写思家之情，一面用鸿唳、虫语、蕉雨陪衬秋风之声，三者亦动人愁思之秋声也。末句归结到秋夜旅人之苦。词语甚明白，词情却甚悽楚。至于因何旅居、因何不得归之故，虽未明言，而读者自觉作者有一种不得已之情在词句之外，引起同生凄楚之感。

周　密

密字公谨，号草窗，先世济南人，流寓吴兴，居弁山，自号弁阳啸翁，又号四水潜夫。淳祐中官义乌令，宋亡不仕。词集名《苹洲渔笛谱》。

法曲献仙音　吊雪香亭[1]梅

松雪飘寒，岭云吹冻，红破数椒[2]春浅。衬舞台荒，浣妆池[3]冷，凄凉市朝轻换。叹花与人凋谢，依依岁华晚。　共凄黯，问东风、几番吹梦，应惯识、当年翠屏金辇[4]。一片古今愁，但废绿、平烟空远。无语销魂，对斜阳、衰草泪满。又西泠残笛[5]，低送数声春怨。

〔1〕雪香亭：南宋孝宗在杭州清波门外建聚景园，奉高宗游幸，其后遂为累朝临幸之所。至理宗以后，日渐荒废。按江昱《周词考证》，此词所指即此园中之一亭。王沂孙次草窗韵一首题曰《聚景亭梅》，足证江说不误。　〔2〕椒：梅花含苞未放时，其状如椒也。　〔3〕衬舞台、浣妆池：疑是聚景园中池台名。〔4〕翠屏金辇：帝王游幸时所用之屏与辇。　〔5〕西泠残笛：笛曲有《梅花落》。

此宋亡后公谨游观故苑有感而作。词题曰吊梅，乃借吊梅花寓兴亡之感也。所谓“花与人凋谢”者，梅花与当时游幸之人也。后半阕起用“共凄黯”，则作者与梅花“共凄黯”也。“应惯识”者，言今日之梅“应惯识”当日之“翠屏金辇”也。“废绿平烟”，即今日之荒园废亭也。末以听笛曲《梅花落》，生人哀怨作结。观此可知南宋帝王贪享逸乐，遨游湖山，不图自强，无心恢

法曲献仙音（松雪飘寒）

复，亡国以后尚使人追悼不已。和周此词者有李彭老、王沂孙二人。李词有“总依黯，念当时、看花游冶，曾锦缆移舟，宝筝随辇。池苑锁荒凉，嗟事逐、鸿飞天远”之句；王词有“已销黯，况凄凉、近来离思，应忘却、明月夜深归辇。荏苒一枝春，恨东风、人似天远”之句。二人之作，皆于兴亡之际寄以无限感慨。

微睇室说词

小　引

一九六〇年秋，武汉大学中文系古典文学教研室青年教师约我讲南宋婉约派词，因为这一派词家讲究修辞，艺术技巧很高，不曾熟谙古典文学艺术技巧的人读起来是很不容易理解的。其中尤以吴文英的梦窗词从来号称难读。大家希望我以梦窗词为重点，试图由其艺术性入手以求达到理解其思想感情，借以学习古典文学的艺术技巧，或于从事现代文学创作有些益处。

我接受了这一工作。细加考虑，如何方能完成任务？我对于宋词虽然有些研究，历年虽曾教授宋词，却对于太艰深不易理解的词，常放弃不选来讲。因为宋词佳者多，不必取此类词，而且太艰深的词于初学者无大益处。今为学习古典文学艺术技巧计，青年教师们既希望以梦窗词为重点，我也可借此将吴词细读。但这可说是攻坚的工作，因为要讲授，就与个人自己欣赏不同。自己欣赏，遇着难于理解的，常常用陶潜“不求甚解”或杜甫“读书难字过”的话自恕了。

我决定细研梦窗词后，即写成讲稿，定名为《微睇室说词》。亦仿陈洵《海绡翁说词》例也。曰微睇有二义：一、我近年常患白内障，目力渐减，微睇即微明之意。二、我研习宋词，虽用力甚久，而所得甚浅，微睇又即浅见之意。二字虽出屈赋而用意有别。复次，既说梦窗词，不可不将其前后同源异流之词，略加诠释，以明此派渊源所自及流衍所至。故于周邦彦、姜夔、史达祖、周密、王沂孙、张炎各家，亦择取其主要各首略说之，未能详也。

从文艺理论来说，艺术技巧不能脱离思想感情，它是为表达思想感情而设的，那么艺术手段愈高，思想感情必然表达得愈明，何以吴文英的词反而难以理解呢？我想吴词之所以难读，不外三个原因，而时代背景与社会影响尚不在内。（这是属于论世的事，一般说来，论世比知人较易。）三个原因如下：吴文英的生平事迹及其学术思想，缺乏传记，又无诗文可以参考，因而他的词是为了什么而写的不易摸索，此其一。他的艺术手段高，但有时过于修饰，反而掩蔽了思想感情，此其二。还有古人的生活习惯有时与今人不同，我们不知，便对于他的作品有不能理解之处，此其三。（此外读者不曾作过词，缺少习作经验，也是原因之一。）我们对于一种文学作品，如果遇有上举这些情况，那就姑且就其词中所说的什么先看清楚，这就是先去了解他遣词琢句的艺术技巧，了解他所用的典故，然后再从而追求他为什么要这样说，为什么要用这些典故？因为每一作家必然先有了思想感情，然后用词句来表达，有时还须凭借些典故使不易直接表达的思想感情从而显露出来，也有时是为增加词的色泽而用的。这样读去，或许可以得其仿佛。兹先将读词应知的各项，简述于后。

壹　简述宋词声律溯源的总结

我曾为求宋词声律的源流，乃从汉魏古诗、永明新体诗、唐律，直至宋词的长调，作了一番检查，得下列各条结论，今简述之于下：

一、从检查汉魏古诗、永明（齐武帝年号）新体诗及唐律，得排列平仄的方式四种：

第一，单句与单句相重间双句，双句与双句相重间单句，其式如下：

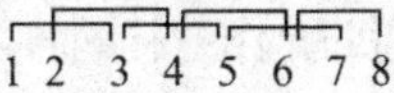

因其连续而下，故名之曰连续式。（按此无全式者，因古诗声律本非所重也。此式乃援下三例以意补足者。）

第二，亦单句与单句相重间双句，双句与双句相重间单句，但分为两组，1234 句为一组，5678 句另为一组，其式如下：

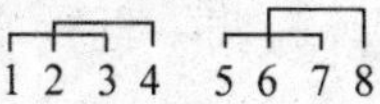

因其分为两组，故名之曰分组式。

第三，亦单句与单句相重间双句，双句与双句相重间单句，但 1278 句为一组，3456 句另为一组，与前不同，其式如下：

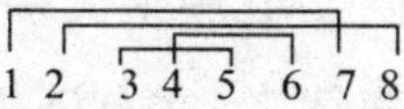

因其 1278 一组中抱 3456 一组，故名之曰合抱式。

第四，亦单句与单句相重间双句，双句与双句相重间单句，但 1234 句与 5678 句交互组成，又与前二式不同，其式如下：

因其交互组成，故名之曰交互式。

二、从检查永明新体诗及唐律，除上列四正式外，复参互配合，得十二复式（详我所作《宋词声律溯源》一文，兹不具列）。此十二复式可包括不合于四正式的诗，此外尚有半合半否之式，在律诗未成定型时常有此式，盖系残式，而单句与单句相重间双句，双句与双句相重间单句，则是共同的规律。

三、从检查唐律中，可知唐人五七言律诗最通用之式为四正式中的交互式。此式在唐律中几成定型，在唐五代小令及宋词之长调，如《莺啼序》长至二百四十字者亦不出此式。（但词与诗句法有别，词中一调分两段，前段中某几行必与后段中某几行声律相合，非每行皆相合，（词如以每韵为一行横写，则句之长短，声之平仄，容易看出。但小令亦有每行皆合者。）其详见我所作《宋词声律溯源》一文。）唐诗人用交互式时，尚多变化，详后论词调的声律组成条。

四、唐五代宋词见收于万树《词律》者，为调六百六十，为体一千一百八十；见收于徐本立《词律拾遗》者，为调一百六十五，为体四百九十五，两家合计共得八百二十五调，一千六百七十五体。根据初步检查，此一千六百七十五体词，前后段平仄排列方式全合者三百一十；有合有不合者八百七十三，其中绝大多数是以交互式为主要方式，通首无平仄相合之声律者，亦有极少数。此其故有四：即或系古调讹误，或由词人新制之调，（姜白石自制曲《长亭怨慢·序》曰："予颇喜自制曲，初率意为长短句，然后协以律，故前后阕（词家称词一首为一阕，又称一阕之前后段为前后阕。）多不同。"）或因嘌唱家（不依节度而唱词者为嘌唱家）传唱时有所增减的字，（沈义父〔伯时〕《乐府指迷》曰："古曲谱多被教师改换，亦有嘌唱一家，多添了字。"柳永的《乐章集》最难考订，有同一调而字句多少、声律平仄全异者，或即嘌唱之故，因柳词在当时最为人所喜唱也。）或出于民间新声，为不谙宫调者任意所作。

五、从检查声律，可知凡词一调有一调之声情。因名家制调定谱，皆煞费苦心，大抵调声必与人情切合，然后可以表达人心各种情感。此如史达祖的《寿楼春》词，乃其自制以悼亡者，其词声情沉抑，有连用四阳平之句曰："算玉箫犹逢韦郎。""犹逢韦郎"四字皆阳平，其声低沉，恰与其悲悼之情切合。举此一例，以概其余。但词人亦有用调不切合情者，不可为法。后人见史词调名有"寿"字，遂用为祝寿之词，则更错了。

六、从检查声律，有助于校勘工作。如遇一调中有不合声律之处，便知字句有误。例如吴文英的《莺啼序》第三段"水乡尚寄旅"句，应与第四段"叹鬓侵半苎"句声律一致，为仄仄平去上，今不合知其必有一误，如将第三段此句改为"尚水乡寄旅"，则意不变而律合了。其他如衬字、脱字、误字、分段之误，皆可从声律检查中校正之。

七、从检查声律，可知词中去、上二声因唱腔相反，分别当严（去声从高而低，上声从低而高，唱时要分别清楚故也），一也；入可代平、上、去，二也；上声可代平，不可代去，三也；平声字连用，当以阴阳声相间相重为准，四也（如因情调关系，必须连用同声字，如前举史达祖《寿楼春》词，则不在此例）；有必用平、用上、用去、用入者，当知分别，五也；有短韵（即二字一韵者。）须照填，六也；有句中韵者，不可忽略，七也；有当用双声或叠韵者，必须照填，八也；除上各项外，词中平仄有可互换者，不必字字严守古词四声，九也。（词句中单数字往往可以互换处，其理与诗相同。诗家有"一、三、五不论，二、四、六分明"之说，盖五、七言律句之声律，其用为调协之关键在偶数字，其故与诗句押韵之理相似。因一字有发声与收韵之异，而押韵则必以收韵同部之字相协，不以发声。五、七言律句中之偶数字，等于一字之收韵，其奇数字则等于一字之发声。故作律句声律调协之用者在偶数字，亦如押韵之用收韵也。倘此有关声律调协之偶数字而任意换其平仄，则必与相关、相重之理不合，亦如诗句之韵脚，本用平声某部字，而忽杂以仄声某部字，其不可也明矣。但当我考索二、四、六必分明之故时，以为五、七言律句之组织，不外二或三个两字合成之词加一单字，因之与二或三个两字合成之声加一单声，两两相配，举七言律句“秦时明月汉时关”为证，曾著一文论之。然此说但合于五言之“二、二、一”或七言之“二、二、二、一”句法，不能适用于五言之“二、一、二”或七言之“二、二、一、二”句法，故如“群山万壑赴荆门”即不合此例。盖“赴荆门”为“一、二”，而“赴荆”二字非可曰二字合成一义之词也。因之其说偏而不全，不能作为一种定律，不如但以单、偶字为说，以单数字当发声，偶数字当收韵，不与两字合成一义之词相关。盖欲说明二、四、六何以必分明之理，舍此尚无别法，今姑存此说，以待识者。）

贰　略谈词家用典的问题

词家抒情摅思有白描与设色两种方法。白描者，纯用朴素的语言直接表达情思，设色则与之相反，不直接表达而用典出之。

用典有用古事与用成语两项。用古事的主旨在于以古事表今情，用成语的主旨在于借古语达今思。二者皆可以增加语词的力量与色泽，有时且可以表达难言之情和幽深之思。二者皆是以少字明多意。刘勰《文心雕龙·物色》篇形容文人描绘物色有“以少总多，情貌无遗”八字，今借以说明词家用典的道理是很恰当的。

用古事包括用事与隶事两项。用事是取与我情思相合的古事用之，以求得到表达我情思更加分明和有力的效果。隶事则但将古事之隶属于本题者用之，使语词的色泽加倍秾丽而已。

用成语亦包括取义与借字两项。取义是取古语含义可表明我情思者用之，以求做到以少字明多意的效果。借字则但取古书中字面美丽的字，借以增加我语词的色泽的秾度。

用事与隶事，取义与借字，在词家虽属常有的事，但用事与取义比隶事与借字重要而艰难，盖必读书多、记诵熟方能得着恰好的事与义供我使用。刘勰在《文心雕龙·事类》篇也论到这点。他说：“事类者，盖文章之外，据事以类义，援古以证今者也。”又曰：“明理引乎成辞，征义举乎人事。”这是说引成语主要是“明理”，用古事主要是“征义”，二者皆有“援古以证今”的意思。他又曰：“文章由学，能在天资。才自内发，学以外成。有学饱而才馁，有才富而学贫。学贫者迍邅于事义，才馁者劬劳于辞情。”这是说用古事与成语，既须有文学的才能，又贵于有丰富的学识。这事之非易可知了。

词家用事又比取义为难。刘勰在《丽辞》篇中说：“偶辞胸臆，言对所以为易也；征人贵学，(原作“之学”，今校改。)事对所以为难也。”这里所谓“言对”，是用成辞作对句，“事对”则是用古事。

用古事必须博学，否则不能恰当。作者用古事如此为难，读者于词家用事，有时亦不易明了，因用事除须博学以外，在用的时候还有问题。词家用事，必因情思有不易直达的，或嫌于质实，或过于显露，或有难言之隐，乃取古事用之。读者由其所用之事，进而追求其用此事的命意所在，然后方能得其情思的真相，此其一。再者，作者用古事，系节取其中与其情思相合之一点用之，而非全用也。读者最好先熟悉作者的生平事迹，或其时的历史背景，然后方能知其用事的主旨，此其二。

今取王安石的《千秋岁引》一词为例说明之。王词曰：

别馆寒砧，孤城画角。
一派秋声入寥廓。
东归燕从海上去，南来雁向沙头落。
楚台风，庾楼月，宛如昨。

无奈被些名利缚。
无奈被他情担阁。
可惜风流总闲却。
当初漫留华表语，而今误我秦楼约。
梦阑时，酒醒后，思量着。

这词前半阕但写眼前所见、所闻的景物，而以“楚台风、庾楼月”两故事，将古人欣赏风月的地方用来引起下半阕“风流总闲却”

的意思，以见风月“宛如昨”而我却不能欣赏。“楚台”是用宋玉《风赋》：“楚襄王游于兰台之宫，……有风飒然而至，王乃披襟而当之曰：“快哉此风，寡人所与庶人共者邪！”“庾楼”是指武昌南楼。“月”是指庾亮镇武昌时，中秋夜登南楼赏月的故事。下半阕换头两句是白描语。一句是说自己为名利所束缚，不得自由，乃自谦的意思，其实是指自己的功业。一句是说自己为神宗所信任，不能摆脱，乃暗指自己在相位行新法有欲罢不能之意。因此所有风流韵事“总闲却”了。其中“华表语”“秦楼约”两故事，骤然读去，颇不易理解。但细看歇拍三句，说“梦阑”“酒醒”的时候，“思量着”了，知其全词的主旨在此二故事。此二故事有关全词如此，则读者必须将此二故事明了，方能知其情思所在。“华表语”是用《搜神记》载辽东城门华表上，一日飞来一白鹤。白鹤忽作人语曰：“有鸟有鸟丁令威。去家千岁今来归。城郭如故人民非。何不学仙冢累累。”“秦楼约”是用《列仙传》言秦穆公女弄玉嫁给萧史，萧教弄玉吹箫。弄玉吹箫引来凤凰，二人相约骑着凤凰仙去。细看此二故事虽不同，但其中学仙与仙去两点却相同，知王氏用此二故事即节取其中学仙与仙去这两点，没有疑问。再看他于华表句中用“漫留”二字，于秦楼句中用“误我”二字，知王氏用此二故事来表达情思，全在此四字了。就词言词，我们所得的意义，似乎是说：当初空留白鹤所说的“学仙”，而今却不能如萧史、弄玉相约“仙去”，岂不是误了我。再明白地说：则是你当初空留与我同学仙去的话，而今不同我仙去，反误了我。但此种情况，我在“梦阑”“酒醒”了以后，才“思量着”呵。

我们就词言词，即是就其词中所说的什么与词中所用的典故来言词，所得着的既如上述。但王氏为什么要这样说？为什么要用这样的典故？究竟为了要表达什么情思？则必须结合王氏生平和当时史实方能了然。王安石是厉行新法的主持者。当时在朝老一辈的人都不肯赞同，他只得引用少年人。其时有吕惠卿者，史称吕惠卿由安石引进，及王氏罢相知江宁府（神宗熙宁七年），吕惠卿参政（同年），排斥安石，恐其再入相。苏辙劾吕惠卿状云："安石于惠卿有卵翼之恩，父师之义，胶固为一，以欺朝廷。及其权位既均，势力相轧，反眼相噬，化为雠敌。惠卿发安石私书曰：'无使上知。'先帝由是不悦安石。"王氏此词下半阕所说，当即指此。据此，知此词之意，乃言吕惠卿当初曾与自己有约同退，今我退而吕进，不特不如前约，而且发我私书以排我。吕之为人，我在事过身退之后，方才觉察，所以他说"梦阑时、酒醒后，思量着"。安石不满于吕惠卿这种情思，不便明说出，又不能隐忍不说，所以借二故事来表达。而在用二故事的词句中，复用"漫留""误我"四字点明，再加歇拍九字用醒悟的意思、唱叹的口气结束，我们读来，自然知道他是有为而发了。

如上所述，文家用典的意义已明。但钟嵘著《诗品》极力反对用典，主张"直寻"。他说用典是"补假"。又说："大明、泰始中（大明，宋孝武帝年号；泰始，宋明帝年号），文章殆同书钞。"可见钟氏反对之论，乃以救当时之弊，但不免矫枉太过，不如彦和之说通达（见前）。总之，用典本修辞之一法，如用来为了"征义"和"明理"，为了使难言之情得以表达，使词语更美、更有力，是不在禁止之列的。如果内容贫乏，或情思庸俗而专在字句、声律上用功夫，专胪列故事、成语，那就不免钟嵘所讥了。用现今的话说，就是形式主义。

叁　词家用字法举例

词家除用典来表达情思及增加语词色泽外，用字的关系还是很重要的一环。扬雄《法言》有"言，心声也；书，心画也"之文。他所谓"言"，即指文字。刘勰在《文心雕龙》中特著《练字》篇，讨论此事。他说："心既托声于言，言亦寄形于字。讽诵则绩在宫商，临文则能归字形矣。"这是说文字乃言语之所寄以成形者，言语则情思之所托以为声者，由情思而言语、而文字，系由隐以至显，因外以符内的一项过程。诗词家为了使其所言恰如其所欲言者，往往再三斟酌，方能如意。惟大匠不示人以朴，作者的草稿，今人不得见，因而他经营的苦心，无从得知。但诗家修改字句的故事，间或流传于宋人笔记中。例如杜甫《曲江对酒》诗"桃花细逐杨花落"句，后有见其初稿作"桃花欲共杨花语"。又如王介甫诗"春风又绿江南岸"句，初作"又到"，圈去，注曰"不好"，改为"过"，又圈去，改为"入"，旋又改为"满"，如是改至十许字，始定为"绿"。又黄鲁直诗"高蝉正用一枝鸣"句，"用"字初作"抱"，又改曰"占"、曰"在"、曰"带"、曰"要"，至"用"字始定。（《杜诗详注》于"桃花"句下注曰："蔡云：'老杜墨迹初作"欲共杨花语"，自以淡笔改三字'。"按仇兆鳌所谓"蔡云"，乃蔡梦弼的《杜诗会笺》。介甫及鲁直诗改稿见洪迈《容斋随笔》中。）从上三例看来，诗人求其所言恰如其所欲言者，其难如此，故刘勰有"富于万篇，贫于一字"之说。因由无形的情思至形成有声的文字，本非易事。杜、王、黄三君皆唐、宋大诗家，皆对于其诗一字不苟如此，岂故为此琐屑，斤斤求形式之美邪？

词家婉约一派最讲修辞，他们对于表达情思的字句，所费的工夫必然很大，自不待言。除此以外，他们为了增加语词的色泽，还运用两种方法：即换字法与代字法。

换字法本骈文家常用的，主要是避免重复或因声律有碍，不得不换用同义异音的字。惟词家更有增加色泽的意思。因此之故，换字是以新鲜之字换去陈旧的字，以美丽之字换去平常的字。例如：

以霜丝换白发

以秋镜换秋水

以商素换秋天

以金缕换柳丝

以银浦换天河

这种换用的字最多，随处可见。但换字亦有限度，过限度反而损美。所谓限度者，不可太生僻，不可转折太多。例如秋风太平常，因“秋风为商”，（见《文选·悼亡诗》：“清商应秋至”注。）飙者，疾风也，乃换成“商飙”可也，因“商，金音，属秋”，（见《列子·汤问》篇“当春而叩商弦”注。）乃换成“金飙”，亦可也。如因秋属商，商为金音，乃换成“金商”，则生僻了。又如古称月中有蟾，因以“小蟾”作新月用可也，钩本形容新月如钩，以“玉钩”“银钩”作新月用可也，但如刘方叔《贺新凉》词用“蟾钩”，则转折多了。姚范《援鹑堂笔记》卷五十论王安石《和文淑湓浦见寄》诗“发为感伤无翠葆”句，用“翠葆”二字曰：“因‘头如蓬葆’（四字见《汉书·燕刺王旦传》注曰：“草丛生曰葆。”）遂以‘翠葆’代绿发，不可也。”此亦太多转折了。

代字亦词家习用法，其与换字不同者，代字不但将本色字加以修饰，而且将加工设色的字代替本色字用，或是形容本色字，或是取其标志作代（标志是取某物整体中最突出的部分代整体。旧注家遇此等字，则曰此指某某）。其类别甚多，分述如下：

（一）以形容词代名词用者，例如以“檀栾”代修竹，本出枚乘《兔园赋》“修竹檀栾”。吴梦窗《声声慢》“檀栾金碧”句即用此。此词“金碧”二字又系楼台的形容词，即以代楼台用。聂冠卿《多丽》词有“况东城凤台沁苑，泛晴波浅照金碧”句可证。吴词又有“婀娜蓬莱”句，“婀娜”本柳的形容词。李商隐《赠柳》诗有“见说风流极，来当婀娜时”之句，是也。他如以“绵蛮”代莺声，以“暗碧”代密叶，以“红香”代花朵，皆此类也。

（二）以美丽名词代普通名词者。例如以“珠斗”代北斗，因北斗七星如联珠也；以“翠幄”代密叶，因陆机有“密叶成翠幄”之句也；以“翠葆”“青玉旆”代新竹，葆本古时车上所张的羽盖，新竹似之，故周美成《隔浦莲近拍》词有“新篁摇动翠葆”之句，又《浣溪沙》词有“翠葆参差竹径成”句皆是。因葆又联想到旆，故周词又有“墙头青玉旆”句以代新竹。以“绣幄”代繁盛花树，则又因“翠幄”联想花多如绣。吴梦窗《宴清都》咏《连理海棠》词故有“绣幄鸳鸯柱”句，此以“绣幄”代海棠，以“鸳鸯柱”代连理树，使语词更加鲜丽。此类如以“双鸾”“双鸳”代绣鞋，以“丁香结”代愁结，以“秋水”代秋波，以“水佩风裳”代荷花、荷叶，以“玉龙”代玉笛皆是。

（三）以名词代形容词者。例如“麹尘”代柳色或水色，字本出《礼记》“鞠衣”注：“如鞠尘色。”“鞠”与“麹”二字通用。“麹尘”，乃浅绿带黄的颜色，新柳与春水色正相似，故诗词家用以代新柳色或春水色。刘禹锡诗有“龙墀遥望麹尘丝”句，即柳色，吴梦窗《过秦楼》词有“藻国凄迷，麹尘澄映”句，则水色也。又春水色亦有用“蒲桃”或“葡萄”或“蒲陶”代之者。“蒲陶”本酒名，其色正如春水，故李白《襄阳歌》有“遥看汉水鸭头绿，恰似蒲陶初酸醅”句，王沂孙《南浦》词咏《春水》有“葡萄过雨新痕”句皆是。又以“桂华”代月色，因古传月中有桂，故周美成《解语花》词咏《上元》有“桂华流瓦”句。

（四）以整体中突出部分代整体者，例如以“金钗”代美人，京仲远《汉宫春·元宵十四夜作，是日立春》词有“年年烂醉金钗”句是也。以“红裙”代美人，韩愈诗有“不解文字饮，惟能醉红裙”句，与京词同。此类皆取整体中的一部分可为整体之标志者，用以代表整体。如古称月中有蟾蜍，诗词家遂取来为月之标志。其例甚多，如以“小蟾”代新月，以“蓌蟾”代孤月，以“素蟾”代白月，以“寒蟾”代凉月，以“银蟾”代明月，以“冰蟾”代冬月，其用皆同，其他标志字，可准此类推。

（五）以古代今者，此有二类：一、以古人代今人；二、以古地代今地。以古人代今人者，例如以“蛮素”代侍妾，因小蛮、樊素二人乃白居易的侍妾，故吴梦窗《霜叶飞》词有“倦梦不知蛮素”之句。以“谢娘”“秋娘”代姬妾或妓女，因李德裕姬人姓谢，德裕为作《江南曲》者也。秋娘本妓女，杜牧有《杜秋娘诗》，记其生平。以“桃叶”“桃根”代爱妾，因王献之有迎爱妾《桃叶歌》，故李商隐诗有“桃叶、桃根双姊妹”之句。吴梦窗《风流子》词有“轻桡移花市，秋娘渡、飞浪湿溅行裙”句，又《桃源忆故人》词有“桃根桃叶当时渡”句，即用以指其去妾。以“潘郎”“檀郎”代美少年，因潘岳美风姿，檀郎乃岳的小名曰檀奴也。以“沈郎”代清瘦之人，因沈约《与徐勉书》自叙有“百日数旬，革带常应移孔”之文，言腰围瘦减也。以“兰成”“庾郎”代羁旅的人，因庾信使北周被羁留也。以“杜郎”代风流才人，因杜牧喜冶游，有“十年一觉扬州梦，赢得青楼薄幸名”之句也。以“玉箫”代情人，因韦皋与玉箫女约七年来娶，后八年始至，玉箫已死，故史达祖悼亡词有“算玉箫犹逢韦郎”之句。此类以不便直言今人，故以古人代之。以古地代今地者，例如“西陵”原本《苏小小歌》“何处结同心，西陵松柏下”，故以代妓女游乐之地。吴梦窗《齐天乐》词有“烟波桃叶西陵路”，即纪念旧日游冶之地而作。如桃根渡本王献之《桃叶歌》“桃叶复桃叶，渡江不用楫”，又“桃叶复桃叶，桃树连桃根”，皆言迎娶桃叶、桃根之事。吴梦窗《莺啼序》词有“记当时短楫桃根渡”，即以指旧妾所在地。如“桃溪”本刘晨、阮肇二人上天台采药，山上有桃树，山下有溪水，二人遇二仙女于此，不久思归的故事。周美成《玉楼春》词有“桃溪不作从容住”，即以指别旧欢。如“西州”本羊昙追念谢安，不忍过西州城门，一日，羊被酒不觉至西州门，乃痛哭而去的故事。张炎《甘州词》“短梦依然江表，老泪洒西州”，即用此。吴文英《西平乐慢·过西湖先贤堂》词有“细雨西城，羊昙醉后花飞”之句，则用西城。

代字虽是以另一加工的语词代一普通语词，但亦不可与本色语词相去太远，或两者缺乏联系。相去太远，则使人不易知其所代者为何。颜之推《颜氏家训·劝学篇》有记用词错误一条曰：“《罗浮山记》云‘望平地树如荠’，故戴暠诗云‘长安树如荠’。又邺下有一人咏树诗云‘遥望长安荠’……皆耳学之过也。”按戴诗用罗浮山记言长安树远望之，其小如荠。而邺下这人迳用荠代树，则荠与远树之间缺乏联系，故颜氏讥为耳学。

换字与代字两种方法，虽然是诗词家常用以增加词语的色泽的，但不是没有毛病，必须既能增加色泽，又能使人不难理解，否则不免流为晦涩。晦涩则其思想感情必致为词藻所蒙蔽，反而不如用本色字的好。这其间非无适当的限度，但表达情思是否合于限度，要看作者的艺术修养而定。如作者已能合度，则读者的知识是否能够领略，便成了问题。刘勰《知音》篇有曰：“夫缀文者情动而辞发，观文者披文以入情，沿波讨源，虽幽必显。世远莫见其面，觇文辄见其心。岂成篇之足深，患识照之自浅耳。”彦和这番话对于欣赏古典文学的人，大有益处。我们不能专责备作者太艰深，必须增高自己识照的能力。昔时有人问王安石，老杜的诗颇难懂，怎么读？王答曰：“先读懂的。”王氏这话，却是最妙的办法，这正是刘氏“沿波讨源”四字的浅明解释。

盖沿波而求，必有达到深源的一日，懂的读得熟，不懂的也就不难读了。所以说王氏的话是“沿波讨源”的浅明解释。

肆　词调结构及声律的组成与作法

词调虽多，论其结构，不出起调、过拍、换头、歇拍四项。其中起调与换头相当于律诗的第一句与第五句，（李东阳西涯《麓堂诗话》：“人但知律诗起结之难，而不知转语之难，第五句、第七句尤宜著力。”）此事从声律与作法讲，皆有待详论。前检查唐律多用交互式。交互者，系将八句分为两组，前组1234句必与后组5678句交互配合以成一首。但细加检查，尚有两点必须注意者：其一，律诗第一句因有押韵的关系，不能不变其声律，故其平仄的排列，往往与第五句不合。其二，律诗用交互式过于整齐，不符合既整齐又错综的美术原则，故又有时将第三句与第七句的声律变动调剂之，不令平板。今取王维《终南山》与《酬郭给事》两诗，证明前一点，又取李商隐《咏蝉》与高适《送李二少府贬潭峡》两诗，证明后一点，从而说明词调声律的构成与其作法。王维《终南山》诗曰：

太乙近天都，连山到海隅。
白云回望合，青霭入看无。
分野中峰变，阴晴众壑殊。
欲投人处宿，隔水问樵夫。

其全诗平仄如下：（以＋代平声的符号，一代仄声的符号。如有应仄而平及应平而仄的，将应平应仄的符号用括弧旁注之。）

(1)- - - + +。 (2)+ + - - +。

(−)

(3)- + + - -， (4)+ - - + +。

(5)+ - + + -， (6)+ + - - +。

(7)- + + - -， (8)- - - + +。

《酬郭给事》诗曰：

洞门高阁霭余辉，桃李阴阴柳絮飞。
禁里疏钟官舍晚，省中啼鸟吏人稀。
晨摇玉佩趋金殿，夕奉天书拜琐闱。
强欲从君无那老，将因卧病解朝衣。

其平仄如下：

(−)

(1)- + + - - + +。 (2)+ - + + - - +。

(+) (−)

(3)- - + + + - -， (4)- + + - - + +。

(5)+ + - - + + -， (6)- - + + - - +。

(7)- - + + + - -， (8)+ + - - - + +。

上两诗第一句与第五句平仄不合，其余各句则字字配合。（前首第四句第一字应仄而平，后首第二句第一字应仄而平，第四句第一字应平而仄，第三字应仄而平，依例可以通融也。）李商隐《咏蝉》诗曰：

本以高难饱，徒劳恨费声。

五更疏欲断，一树碧无情。

薄宦梗犹泛，故园芜已平。

烦君最相警，我亦举家清。

其平仄如下：

```
(1)- - + + -，(2)+ + - - +。
(3)- + + - -，(4)- - - + +。
       (+)         (+)  (-)
(5)- - - + -，(6)- + + - +。

(7)+ + - + -，(8)- - - + +。
```

这诗的第三句平仄与第七句不合。（第五句第三字与第六句第一、第二字俱系单数字，依例平仄可以互换。）高适《送李二少府贬潭峡》诗曰：

嗟君此别意何如，驻马衔杯问谪居。

巫峡啼猿数行泪，衡阳归雁几封书。

青枫江上秋天远，白帝城边古木疏。

圣代只今多雨露，暂时分手莫踌躕。

其平仄如下：

```
(1)+ + - - - + +。(2)- - + + - - +。
(3)+ - + + - + -，(4)+ + + - - + +。
(5)+ + + - + + -，(6)- - + + - - +。
                    (+)  (-)
(7)- - - + + - -，(8)- + + - - + +。
```

这诗除第一句因有押韵关系故与第五句不合外，第三句与第七句亦不合。（第八句第一字应平而仄，第三字应仄而平，皆单数字，可不拘泥也。）律诗声律之变，大略如此。

律诗的声律既如上述，今更从诗词声律相当之处，加以探索，便确知词体实从律诗变化而来。凡词调之起调和换头平仄相合者，相当于律诗第一句与第五句相合之式，而其不相合者则相当于律诗第一句与第五句不相合之式。词调除前后段中有平仄相合之句外，复有不相合者（此所谓不相合之句，指非起调与换头之句。）则又相当于律诗第三句与第七句不相合之理，所谓既须整齐又要错综也。此从诗词声律相当之处言之也。如从作法言，律诗前后段每每各有重心，有时前写景、后抒情，有时相反；有时中四句皆景句或情语。（绝句的前两句和后两句的作法也与此相同。沈德潜引杨仲弘论“绝句以第三句为主而第四句发之，盛唐多与此合”。王翰《葡萄美酒》诗评又评王昌龄“秦时明月”第三句唤得起，乃见警策。）变化虽多，大抵前后段的转折点在第五句。就词而言，换头既是相当于诗的第五句，也就是全词的转折点。因此一词的前后两段也各有重点。例如吴文英的《贺新郎·陪履斋先生沧浪看梅》词，前段全从韩世忠的沧浪亭着笔，叹息当年韩世忠恢复之功不成；后段方从陪履斋看梅另起，即其明证。然如辛弃疾《贺新郎·别茂嘉十二弟》一词，前段历数昭君出关、陈皇后谪居长门宫及诗经《燕燕》诗“卫庄姜送归妾”三事，后段又以李陵、荆轲二事直接说下，皆人生离别苦情，换头处并不另起。但此种作法比较不多，而以换意另起者为常。（小令分两段的与长调同。）词的前段结尾名过拍，从声律言，是前段的声律到此暂歇，然后过渡到后段也。张炎《词源》论《制曲》条曰：“最是过片不要断了曲意，须要承上接下。”举姜夔《齐天乐》咏蝉词过拍“曲曲屏山，夜凉独自甚情绪”，后段接着以“西窗又吹暗雨”为证。说如此则“曲之意脉不断矣”。（过片之片乃变字的损体。）盖后段换头“西窗又吹暗雨”句仍是形容蝉声也。又如苏轼《念奴娇·赤壁怀古》词过拍曰：“江山如画，一时多少豪杰。”后段接着便将周瑜、诸葛亮的豪杰风度描写一番，然后以自己老大无成，不免美人迟暮之感作结，词意亦不断。结尾名歇拍者，声律到此便停歇也。歇拍又名毕曲者，言一曲到此完毕也。从作法言，歇拍要有“有余不尽”之意，或者就上文宕开作结，以免过于单调，或嫌索然无力。无论诗、词、曲，结尾的重要相同，曲家有“豹尾”之说，言尾要有力也。词中如苏轼《赤壁怀古》词方说到自己老大无成的感慨，接着便以“人间如梦，一尊还酹江月”宕开，自觉胸怀旷达，不至窘迫。又如王沂孙《齐天乐》咏蝉词方说到秋来“甚独抱清商，顿成凄楚”，接着就说“谩想薰风，柳丝千万缕”，一笔宕开，追想盛夏景象，以见盛衰之感，词意更显得灵活，不至为上文所束缚。词之起调，有对起、单起之分。对起者盖以两句作对以起调也；单起则以单句开端，字数无定。对起者必须对仗精工，单起则必要能笼罩全首。前者如吴文英《高阳台·落梅》词“宫粉雕痕、仙云堕影，无人野水荒湾”，后者如吴文英《齐天乐·与冯深居登禹陵》词“三千年事残鸦外，无言倦凭秋树”。但不论对起、单起，必须一起便能开门见山，方是合作。词之结尾亦有景结、情结两种，景结者以景结情，如周美成《瑞龙吟》词之“断肠院落，一帘风絮”。以情结者，以情结景也，如苏轼《水龙吟》咏杨花之“细看来不是，杨花点点，是离人泪”。又如章楶《水龙吟》此题之“望章台路杳，金鞍游荡，有盈盈泪”。二词皆以情结景，情景交融也。但亦有纯作情语而佳者，必须有一段真情，到结尾倾泻而出，如李煜《相见欢》之“剪不断。理还乱。是离愁。别是一般滋味在心头”。又如韦庄《女冠子》之“觉来知是梦，不胜悲”。又如李清照《声声慢》之“梧桐更兼细雨，到黄昏、点点滴滴。这次第，怎一个愁字了得”是也。学词当知者，大略如此。其他有关艺术技巧的，待说词时随调说明，较为便利。（我编有《词论》两卷，上卷为通论，凡词的起源流变以及声韵、乐章等属之。下卷论作法，凡学词取径、结构、抒情、咏物、敷藻设色的方法等属之，可以参看。）

吴文英梦窗词

（用朱孝臧彊村所刻词本。词家例以无韵句用点，有韵句用圈，短句用逗，兹从之。点作，圈作。逗作、。）

吴文英字君特，号梦窗，晚年又自称觉翁，四明人也。君特本姓翁，出后外家遂姓吴。约生于宋宁宗赵扩开僖年间。父某，兄逢龙，字际可，号石龟。弟元龙，字时可，号处静。逢龙兄弟皆善填词。君特二十余岁游德清，集中记德清风物之词甚多。三十余岁入苏州仓曹幕供职，寓居苏州甚久。淳祐三年秋冬间，始挈在苏所纳妾移居杭州①。甲辰春，妾下堂求去，君特词集中多怀念之作。但妾缘何事求去无考②。在杭别有所恋，似未成娶，集中亦有词记其事，后人或疑其有二妾，恐非。淳祐间贾似道当国，君特时为嗣荣王赵与芮宾客，有寿似道及嗣荣王词。君特素与吴潜善，入荣王府前，曾从吴游，及吴潜与似道生隙，为似道所排，罢相，君特始入王府。刘毓崧《吴梦窗词序》谓似道后刻诸文人寿词，品其高下，无梦窗作，因知君特此时已与似道绝。夏君承焘作《梦窗系年·后记》，举其题咏似道园林之作，证吴晚年仍有

① 按遣妾似在别苏时，未必在居杭后。

② 以吴词度之，似妾自求去，非吴弃妾。

与似道往来之迹。资料不多,颇难武断。王鹏运校刻吴词有跋,曾于贾、吴交往事有辨证甚详,亦主晚年与贾绝之说。其卒年无考。刘氏以为理宗赵昀景定癸亥年梦窗尚存,寿已八九十。夏君则疑其卒于景定元年,寿六十一,似较近实。至杨铁夫笺注吴词,谓其词有宋亡后之作,似难征实。宋词人行谊,史多无传,千年以后,稽考不易。如吴君特即其一也。今亦只能得其大略如此。

〔附记〕:

一、宋理宗赵昀景定共五年,传位赵禥。赵禥为度宗,改元咸淳,在位十年崩。子㬎即位,改元德祐,仅二年被元兵虏去。陈宜中奉益王昰即位于福州,是为端宗,改元景炎,在位二年崩。末帝为卫王昺,在位二年,改元祥兴。元兵灭宋,陆秀夫负之赴海同溺。自景定元年至祥兴二年共二十年,宋亡。

二、吴文英一生与朝贵往来,如贾似道、吴潜、嗣荣王,皆有词可证,然未一挂朝籍。考吴与贾之关系,似因吴潜与贾有隙,为贾所排。文英与潜善,遂绝贾。又贾门下廖莹中最被亲信,文英未与之交往,亦可证文英与贾氏关系,初非慕其势位者。至吴潜与嗣荣王非比似道,而亦未尝一荐于朝,从文英词中寻索,如《埽花游·赠芸隐》则讽其未能归隐,《三部乐·赋姜石帚渔隐》则极道隐居之乐,又如《暗香疏影·赋墨梅》词中对当时朝贵有讽意,合而观之,似文英见国事日非,宦途污秽,已无仕进之心,故虽游于贵戚之门而不被荐举,但以文字相交而已。论吴文英者似于此不可忽视,倘亦孟子逆志之道邪。

霜叶飞 重九

断烟离绪。关心事，斜阳红隐霜树。半壶秋水荐黄花，香噀西风雨。纵玉勒、轻飞迅羽。凄凉谁吊荒台古。记醉蹋南屏，彩扇咽、寒蝉倦梦，不知蛮素。　　聊对旧节传杯，尘笺蠹管，断阕经岁慵赋。小蟾斜影转东篱，夜冷残蛩语。早白发、缘愁万缕。惊飙从卷乌纱去。漫细将、茱萸看，但约明年，翠微高处。

（说）《诗话总龟》载潘大临重九得句曰“满城风雨近重阳”。此词起处的“断烟”“斜阳红隐”，正是重九天气，而以“离绪”“关心事”夹在其中，则是作者此时的情绪。作者此时有此情绪，故有此词。从“纵玉勒”句看，那日作者并未登高。“荒台”用刘裕重九登彭城项羽戏马台事。“半壶”句用苏轼《书林逋诗后》“一盏寒泉荐秋菊”意，古人重九日以菊花泛酒中。“荐”训藉，藉者，借也。“荐秋菊”，借其香也。《神仙传》称栾巴噀酒灭成都火灾。“噀”，同“喷”。此但用其字面以切重阳风雨。“记醉蹋”二句言昔日重九情事。“彩扇”二句即昔日事而今日忆之，亦即“关心事”也。陈洵《海绡说词》曰：“‘彩扇’属‘蛮素’，‘倦梦’属‘寒蝉’；徒闻‘寒蝉’，不见‘蛮素’，但仿佛其歌声耳。今则更成‘倦梦’，故曰‘不知’。两句神理融成一片，所谓‘关心事’者如此。”按此二句原甚分明，盖上言歌声已如蝉之寒咽，“彩扇”，歌扇也。下言昔犹梦见蛮素，今则此梦已倦，故曰“不知蛮素”。“蛮素”，白居易侍妾小蛮、樊素也，今以指其去妾。陈氏既以“倦梦”属“寒蝉”，又曰“今则更成‘倦梦’”，则复以“倦梦”属梦窗，然则此“寒蝉”者，梦窗以自比也。且“彩扇”句本言歌声已寂如“寒蝉”，实以比去妾，安可以为梦窗自比。陈氏于此二句分析欠明，自生纠葛，反以为“两句神理融成一片”，其说不可从。换头以今日重九另起。曰“聊对”，曰“慵赋”，皆从上“倦”字来。“小蟾”二句言雨后夜晴也。“早白发”句暗用李白“白发三千丈，缘愁似个长”诗意，言已年老多愁也。“从卷乌纱”用晋桓温率宾僚九日登龙山，孟嘉落帽不觉事。盖孟嘉有高情胜概，不屑屑于小节，虽风吹帽落，颇失威仪，而毫不在意，有脱略形骸之趣，故诗人于九日诗多喜用之。结句预为明年登高之约，用杜甫“明年此会知谁健，醉把茱萸仔细看”诗意，推开作结，使词意有余，且有爱惜光景之意。插茱萸亦古人登高故事，取其可以辟除恶气也。事见《风土记》及《续齐谐》。

瑞鹤仙

晴丝牵绪乱。对沧江斜日，花飞人远。垂杨暗吴苑。正旗亭烟冷，河桥风暖。兰情蕙盼。惹相思、春

瑞鹤仙（晴丝牵绪乱）

根酒畔。又争知、吟骨萦消，渐把旧衫重翦。　凄断。流红千浪，缺月孤楼，总难留燕。歌尘凝扇。待凭信，拌分钿。试挑灯欲写，还依不忍，笺幅偷和泪卷。寄残云、剩雨蓬莱，也应梦见。

〔说〕 此词起句情景双关。“绪”者，情绪也。“丝”者，柳丝也。用一“牵”字联合之。“花飞”句言妾去也。“垂杨”句指妾去之地。“正旂亭”二句言当时会合的时地景色。“兰情”句指去妾之情态。“惹相思”即起句之“牵绪乱”也。“又争知”二句谓相思之苦。“争知”，怎知也。“旧衫重翦”者，因“吟骨萦消”，旧日衣衫已嫌不称身也。用一“旧”字，便有念往之情在。换头用“凄断”二字领起。其下“流红”即前“花飞”也。“孤楼”即“人远”也。“燕”指去妾，集中屡见。“歌尘”句物是人非也。“分钿”暗用白居易《长恨歌》“钗擘黄金合分钿”诗意，言别离也。“拌”者，言既离难合，只得拌弃此心愿也。“挑灯”三句言本想写别后相思之苦，又不忍写，结果是“笺幅偷和泪卷”，则心伤极了，正换头所谓“凄断”二字之具体情况也。“寄残云”二句所谓“云”“雨”，暗用宋玉《高唐赋》“行云”“行雨”，言欢会也。“残云剩雨”，质言之，则是已坠之零欢也。“蓬莱”本仙境，此以指去妾所在。“也应梦见”，乃并未梦见，但应该梦见也。此二句因情太激，故词不免晦。通观此词，上半阕写“牵绪”，下半阕写“绪乱”。换头以下情绪宛转，愈转愈深，红流矣，燕难留矣，已无可奈何矣，想诉此情，又不忍诉，于是幻想再续坠欢于梦中。一路说来，无非将起处所谓“绪乱”之乱，加倍描写出之。

宴清都 连理海棠

绣幄鸳鸯柱。红情密、腻云低护秦树。芳根鹣倚，花梢钿合，锦屏人妒。东风睡足交枝，正梦枕、瑶钗燕股。障滟蜡、满照欢丛，嫠蟾冷落羞度。　　人间万感幽单，华清惯浴，春盎风露。连鬟并暖，同心共结，向承恩处。凭谁为歌长恨，暗殿锁、秋灯夜语。叙旧期、不负春盟，红朝翠暮。

（说） 此咏物词之工整者，因咏物亦托物言情，故换头以下全以《长恨歌》中之杨妃比言，亦因明皇有妃子海棠春睡之语也。起句“绣幄”，写海棠之繁茂，“鸳鸯柱”，即形容连理树。“秦树”，秦中有双株海棠，高达十丈最有名，故以比之。“鹣”本作“兼”，今校改。鹣，比翼鸟也，用来与下“钿合”作对。“云低护”用陆游“乞取春阴护海棠”诗意。下用“锦屏人妒”以关合人情，言海棠如此繁艳，美人见之亦不免生妒嫉之情也。“东风”二句以花与人合写。“瑶钗燕股”亦以燕钗为两股之物来形容连理。“障滟蜡”二句暗用苏轼《海棠诗》“只恐夜深花睡去，高烧银烛照红妆”诗意。下句“嫠蟾”反衬连理。“嫠”者，妇人无夫之称，“蟾”，乃月之标志。月中嫦娥无夫，故曰“嫠蟾”。此仍是加倍渲染海棠之繁艳语。换头六字，先用反衬之笔领起，以后皆以明皇与杨妃爱情敷写。“人间”句言人间夫妇离多会少，故曰“万感幽单”。陈洵谓吴氏此句“将全篇精神振起”。说下二句“有好色不与民同乐意，天宝之不为靖康幸耳”。我意读者虽可如此想，作者未必有此意，如切吴氏本人之事说较为妥帖，不必用如此大的题目讲。“春盎”四字将杨妃华清出浴情态与海棠临风承露的鲜艳一齐写出，可谓兴到之笔。“同心”“连鬟”皆以花与人并写。“凭谁”二句则明用白居易《长恨歌》，下文仍归到长生殿夜语事，又以“叙旧期、不负春盟”作结，语意仍是双关。此词既以杨妃比花，以明皇与杨妃离合之事贯穿其中，实则又以杨妃比去妾以抒写自己离情，作者心细如发，而用笔灵活，绝不粘滞，是卷中咏物最工之作。南宋词人极喜作咏物词，大都托物言情之笔，情在言外。后来之王沂孙尤称能手。至其所托之情，不出作者所遇之世与其个人遭际之事，交相组织，古人所谓身世之感也。

齐天乐　与冯深居登禹陵

三千年事残鸦外，无言倦凭秋树。逝水移川，高陵变谷，那识当时神禹。幽云怪雨。翠萍湿空梁，夜深飞去。雁起青天，数行书似旧藏处。　寂寥西窗久坐。故人悭会遇，同翦灯语。积藓残碑，零圭断

壁，重拂人间尘土。霜红罢舞。漫山色青青，雾朝烟暮。岸锁春船，画旗喧赛鼓。

〔说〕 彊村《小笺》引《绝妙好词笺》："冯去非，号深居。"《宋史·本传》："南康都昌人，淳祐元年进士。"禹陵在会稽山禹庙侧。按杨铁夫《笺》曰："《绍兴府志》：'禹庙，梁时修，忽夜风雨，飘一梁至，乃大梅山所产梅也。'"铁夫按，梅，应作楳，楳乃柟字。《尔雅》释木："梅、柟。"樊注："荆州曰梅，扬州曰柟。"误为梅杏之梅。梅树不直不坚，非栋梁材。《志》称大梅山产，因误解梅字而误会耳。今按《金陵志》载："谢安道造新宫，适有梅木浮至石头城下，取为梁，画梅花于上，以表瑞。阴铿诗'梁花画早梅'。"此事与禹庙事同。又按《四明图经》曰："大梅山在鄞县东七十里，旧梅子真隐处。山顶有大梅木，其上则伐为会稽禹庙之梁，其下则为它山堰之梁。禹庙之梁，张僧繇画龙于其上，夜或风雨，飞入镜湖与龙斗。后人见梁上水淋漓而萍藻满焉，始骇异之，乃以铁索锁于柱。"吴词有："翠萍湿空梁，夜深飞去。"盖用此。然则梅字非误。大抵皆系相传神话，不必究其是非。

此词起二句非常壮阔而又苍凉，与题相称。"三千年事"中有神禹神功在，而以"残鸦外"三字接之，"三千年事"便有茫茫杳杳之想。下句说登陵而用"无言倦凭"四字，则怀古之情，含蓄已深。至"逝水"三句，言世易时移，陵迁谷变，当时神禹，更无从认识，则感慨古今之意尤为苍凉，神禹既不可识，则惟有凭吊神禹之遗迹而已。于是下文即写禹庙、禹穴、禹碑，皆遗迹也。写梅梁而先用“幽云怪雨”四字领引，可见飞梁之事不出神怪传说。“雁起”二句写禹穴。古传大禹治水时投玉简于会稽山穴中，世号禹穴。写禹穴玉简而用“雁起”引起，言玉简不可见，但仰观雁字数行，仿佛禹书也。词意皆空灵，不作死语，而凭吊苍茫之意愈显。换头从与冯同登另起。“积藓”三句写禹碑。“同翦灯语”暗用李商隐“何时共翦西窗烛”诗意，言与冯摩挲禹碑，兼叙别情也。“霜红”三句写登时景物，亦词中应有之义。“岸锁”二句写归途所见。“画旗赛鼓”当系那日恰遇赛会，故以作结。按此词上言“秋树”，言“霜红”，结言“春船”，似与时令不合，疑“春”字误。“春”或“游”字，言游船皆檥于岸边以观赛会也。

西平乐慢

过西湖先贤堂，伤今感昔，泫然出涕。

岸压邮亭，路欹华表，堤树旧色依依。红索新晴，翠阴寒食，天涯倦客重归。叹废绿平烟带苑，幽渚尘香荡晚，当时燕子，无言对立斜晖。追念吟风赏月，十载事、梦惹绿杨丝。　　画船为市，夭妆艳水，日落云沉，人换春移。更谁与、苔根洗石，菊井招魂，漫省连车载酒，立马临花，犹认蔫红傍路枝。歌断宴阑，荣华露草，零落山邱，到此徘徊，细雨西城，羊昙醉后花飞。

（说） 朱《笺》引《武林旧事》："先贤堂名仰高，祀许由以下共四十人，今归旌德观。"此词当是梦窗晚年所作。考梦窗老寿，理宗赵昀景定中尚存，其时宋室江山已岌岌可危。词起处三句，即将今昔之感，和盘托出。曰"岸压"，曰"路欹"，曰"旧色"，皆一片荒凉景象。"依依"二字则见此景象之人之情。"红索"三句自记过此堂时之时令物色，而"倦客重归"四字中具有无限身世之感。其下"叹废绿"四句更从堂内外景物渲染以表重归之情。曰"燕子无言对立斜晖"，则人情可知矣。此句暗用刘禹锡《乌衣巷》诗意。刘诗有"乌衣巷口夕阳斜""当时王谢堂前燕"句，亦以见今昔盛衰之感也。故此词用之，所谓"伤今"也。"追念"二句写昔时游赏之盛，而以"梦惹绿杨丝"五字作过拍，则所谓"感昔"也。换头"画船"八字又提昔盛，"日落"八字则为今衰，而"更谁与"以下十一字，今衰也；"漫省"以下十七字，又昔盛也。从换头以下，皆以昔盛今衰，回环往复写之，无非表达其一段"伤今感昔"之情而已，所谓言之不足则重言之也。歇拍数句以慨叹之声，发伤感之情，而以羊昙怀念谢安、过西州门痛哭而去以自比，正题中所谓"泫然出涕"也。西湖为南宋建都之地，梦窗在杭，初依吴潜，后入王府，其中游从宴乐，多在此间，固一时之盛也。今日重来，迥非昔比，是以追念往情，不能自已。其托意羊昙，怀念谢安，盖有同似也。

此词结尾数句，《铁网珊瑚》作"到此西湖，恨拟西州，羊昙泪落沾衣"。初以为胜。后读温庭筠《经故翰林袁学士居》诗曰："西州城外花千树，尽是羊昙醉后春。"此词结尾正用温诗，且如

《铁网珊瑚》本，亦嫌率直，不如此本。再，此调甚长而止七韵，声调非常紧迫。盖四字句读之必快。此调多四字句，愈到后阕，韵愈少，调愈紧迫，极不易填。陈伯弢谓换头“市”“水”二字互协，举美成此调此处用“楚”“野”二字为证。但“野”必读古音方协，宋词人不用古音协韵，且陈允平和周词此处不协，知陈说非也。

法曲献仙音 秋晚红白莲

风拍波惊，露零秋觉，断白衰红江上。艳拂潮妆，淡凝冰靥，别翻翠池花浪。过数点斜阳雨，啼绡粉痕冷。　　宛相向。指汀洲、素云飞过，清麝洗、玉井晓霞佩响。寸藕折长丝，笑何郎、心似春荡。半掬微凉，听娇蝉、声度菱唱。伴鸳鸯秋梦，酒醒月斜轻帐。

（说）　首八字写秋晚，下六字则红白莲，此三句先泛泛地将题义交代了，以后再仔细描绘。“艳拂”八字以女美形容花。“潮妆”，红莲也。“冰靥”，白莲也。女子面红称红潮。“靥”者，女颊上窒，见《淮南子·说林》注。过拍合写雨后莲花。换头三字红白对写。“指汀洲”以下又分别描绘。“素云”以比白莲，“晓霞”以比红莲。“玉井”则用太华峰玉井莲作渲染色泽之用。而“清麝”写花香，“寸藕”写藕丝。复以“何郎”形容莲瓣之粉。“何郎”

兼用何晏、何逊事。史称何晏美姿容，粉白不去手。何逊有《看伏郎新婚诗》曰：“雾夕莲出水，霞朝日照梁。何如花烛夜，轻扇掩红妆。”李商隐因之有“雾夕咏芙蕖，何郎得意初”之诗。此词又用李诗，“心似春荡”，即得意也。以上已将有关莲花者一一描绘，下文又回顾起处“秋晚”作结。“半掬”二句先写“蝉”，秋晚也，后写“菱唱”，亦秋晚事。歇拍之“鸳鸯秋梦”而以“酒醒月斜轻帐”六字连写，是人与鸳鸯同梦，故曰“伴”。全首刻画红白莲花，惟结句关合到人事，“酒醒”六字，景中有情，此词家结尾之一法也。

高阳台 落梅

宫粉雕痕，仙云堕影，无人野水荒湾。古石埋香，金沙锁骨连环。南楼不恨吹横笛，恨晓风、千里关山。半飘零、庭院黄昏，月冷阑干。　寿阳空理愁鸾。问谁调玉髓，暗补香瘢。细雨归鸿，孤山无限春寒。离魂难倩招清些，梦缟衣、解佩溪边。最愁人、啼鸟晴明，叶底青圆。

〔说〕 起三句先泛写落梅。“粉雕”“云堕”喻梅落也。“无人”句指梅落处也。其下再细加钩勒（钩勒本画家的术语，词话家用以说明作者对于描画某事物时，用笔由浅入深，层层钩画模勒出之的意思。)“古石”句暗用王承检筑防蕃城,掘得瓦棺,有石铭曰“深深葬玉,郁郁埋香”来形容泥中落梅。“金沙锁骨”句用黄鲁直诗“金沙滩头锁子骨”句意,(相传延州有妇,具姿色,少年多与之狎。妇人殁后,有胡僧敬礼其墓。曰:“此乃大慈悲喜舍,即锁骨菩萨也。”众开墓,视其骨钩结如锁状。事见《续玄秘录》。“金沙”字出《传灯录》:“僧问风穴如何是佛穴?曰:‘金沙滩头马郎妇,世言观音化身。’”与《续玄怪录》相类。)皆形容落梅也。“南楼”二句因笛调有《落梅花》曲,故借以点染也。“关山”暗用高适《塞上听吹笛》诗“借问梅花何处落,风吹一夜满关山”诗意。曰“不恨吹横笛”而“恨晓风千里关山”者不恨吹落,恨落去远也。过拍用林逋《山园小梅》诗“暗香浮动月黄昏”句。凡此皆落梅故实,用之以增词语的色泽耳。换头复用寿阳公主醉卧含章殿,梅花落于额上事,亦落梅故实也。“问谁”二句又用孙和舞水精如意伤邓夫人面颊,太医以玉屑和药治之无瘢痕事,言落梅难返旧枝,如人伤瘢。周密咏落梅《忆旧游》词,亦有“谁补春痕”句。“细雨”二句暗用林逋孤山之梅,点明落梅之时地。“离魂”二句暗用杜甫“环佩空归月下魂”诗句,与姜夔咏梅《疏影》词“想佩环月夜归来,化作此花幽独”同。其下“难倩招清些”,乃从落梅难返枝着想。小说有倩女离魂事,(倩女者,张镒女,初许嫁王宙,后别与人。王宙舍去时,忽见倩女来相就,因共去蜀,生二子,后回乡至张家,张女方病在床,及二人相见,遂合为一体,故有离魂复合之说。)词中用此事与集中《莺啼序》歇拍“怨曲重招,断魂在否”同意,皆有所指。盖梦窗在杭,前妾去后,复眷一女子,未及成婚而病殁，故两词皆有招魂之语。因梅落难返枝与春痕难补之语，皆与其情其事暗合，知此句必触物生感而作，非上文泛用落梅故实可比，亦咏物而关合人情也。歇拍以梅子作结，故曰“叶底青圆”，此乃从题的去路作结之法，亦有余不尽之意也。

扫花游 赠芸隐

草生梦碧，正燕子帘帏，影迟春午。倦茶荐乳。看风签乱叶，老沙昏雨。古简蟫篇，种得云根疗蠹。最清楚。带明月自锄，花外幽圃。　醒眼看醉舞。到应事无心，与闲同趣。小山有语。恨逋仙占却，暗香吟赋。暖通书床，带草春摇翠露。未归去。正长安、软红如雾。

（说） 此乃投赠友好之作。必其人之性情、学问，言论、风采，皆知之甚悉，然后言之亲切有味。此词一起四字，以谢灵运“池塘生春草”诗写春时，写芸隐乃诗人。芸隐姓施，名枢，芸隐其别号也。“燕子”二句写其居处与时候。“倦茶”三句写其风雅。“荐乳”者，杨文公《谈苑》：“茶之精者，北苑名曰白乳头。”唐曹邺《故人寄茶》诗，有“香泛乳花轻”之句。盖古人谓煎茶时水面泛出白沫如乳，故曰乳。“荐”者，进饮也。“风签”句暗用东坡“雨昏石砚寒云色，风动牙签乱叶声”诗句。“签”，书签也。《唐书·经籍志》:“甲乙丙丁四部书,各为一库,经库红牙签,史库绿牙签,子库碧牙签,集库白牙签。”苏诗言风动书签,声如乱叶,吴词则言“乱叶”如风动之书签也。合下句“老沙”看,写风写雨,仍是以景物点染施氏所居。杨铁夫校疑“沙”乃“莎”误。作“莎”,与上文“茶”“草”“叶”皆为“芸”作衬,似太泥。“古简”二句又从施之号渲染其博学,富于藏书。“芸”为可避书蠹之草。“蟫”即书中蠹鱼。“云根”即“芸”也。“带月”二句从隐字生出,暗用林逋“自锄明月种梅花”诗意,但言施种芸草与林种梅花不同,故曰“花外幽圃”。但林隐居孤山,故以比施名。换头更从施之平生着笔。“醒眼”句与“应事无心”八字,非至高洁出尘之人不能,非至熟至密之友不知。“小山”,本淮南王刘安一群宾客之称。《楚辞》有《招隐士》篇,即小山之徒所作。原意乃招隐士出仕,后人误认为招其归隐。梦窗用此,亦作招其归隐之意。曰“有语”者,言小山之徒有招隐之言也。下文“恨逋仙”者,言千古惟林逋能高隐孤山,种梅吟诗,而他人不能。“恨”者,恨如林之人少,独让林占却此等清福也。吴与施交谊最深,此词赠施,似以施之学问、人品而犹溷迹人间,不即归去为可惜。吴盖认为世已乱,作宦其间,甚无意味。于此可以见吴本人之品格,又可以见其待友之忠实,但措辞极为婉约,必合结尾各句观之,此意方显。“暖通”二句仍归到施之品学。(“通”字去声,朱孝臧《小笺》引吴《探芳信》《江神子》二词作证,是也。)“带草”,汉郑玄宅有薤草,叶长尺余,人号为书带草。“未归去”三句,因芸隐此时尚以微官留滞京城软红尘土中未去,故而微讽之,正其爱重朋友之意。“长安”以指临安。

玉楼春 京市舞女

茸茸狸帽遮梅额。金蝉罗翦胡衫窄。乘肩争看小腰身，倦态强随闲鼓笛。　　问称家住城东陌。欲买千金应不惜。归来困顿殢春眠，犹梦婆娑斜趁拍。

〔说〕　首二句写舞女妆饰。“乘肩”二句写其姿态。宋时稚女出游，皆坐人肩上。姜夔《鹧鸪天·元月十一日观灯》词有“白头居士无呵殿，只有乘肩小女随。”又《武陵旧事·元夕》条：“都城自旧岁孟冬驾回，已有乘肩小女鼓吹舞绾者数十队，以供贵邸豪家幕次之玩。”可见当时人家小女与舞队小女皆有乘肩之习。换头二句写舞女心情。“归来”二句体贴更细而深。在困顿春眠之中，犹梦“婆娑趁拍”，舞女之可怜如此。“拍”者，乐句也，所以节舞者。舞者随乐调之节拍为动作之容，故曰“趁拍”。“殢”依恋也，犹言贪睡。此词但见一种怜惜之心而无丝毫轻蔑之感，作者之情绪虽未明言，而跃跃纸上矣。

风入松

听风听雨过清明。愁草瘗花铭。楼前绿暗分携路，一丝柳、一寸柔情。料峭春寒中酒，交加晓梦啼莺。　　西园日日扫林亭。依旧赏新晴。黄蜂频扑秋千索，有当时、纤手香凝。惆怅双鸳不到，幽阶一夜苔生。

（说） 原本有“春晚感怀”四字，朱删。按词本因伤春引起伤别。清明风雨，春晚也。“愁草瘗花铭”，则伤春也。“瘗”，本训埋，此则指落花，非果有埋花作铭之事。“楼前”以下即述别情。“绿暗”二句忆别时、别地而生伤感也。“一丝柳、一寸柔情”，言其多也。观此，知作词主要在伤别。“料峭”二句写别后之情事。“中酒”，日中事，“啼莺”，晓夜事。“料峭”，薄寒也。“交加”，鸟声也。换头又从风停雨止着笔。“新晴”似可出游矣，无奈“日日扫林亭”而日日望所思之人不至何。“黄蜂”二句乃痴情凝望之语。此二句以下句为上句之因。盖蜂惯寻香，今见其“频扑秋千索”，故疑有旧“香凝”索上也。结句点明所思之人终不来矣。“双鸳”，绣鞋也。“幽阶一夜苔生”，言无人来而苔即生也。古诗有“全由履迹少，并欲上阶生”，即此句之意。

小令如诗中绝句。小令所写，多系作者丰富生活中的片段。此片段在其生活中为感受极深切者，或系作者平日闻见所及，蕴藏心中甚久，一旦为一时序、一境地，乃至一花、一鸟所触发，遂形成语言而表出之。使读者能由其所已表出之片段而窥见其整体，方为合作。清代诗家查慎行曾有句曰：“收拾光芒入小诗。"小令与绝句之佳者,即能"收拾光芒"入于短短几句之中。其耐人寻味,反较长调为有力。画家论画龙,虽东露一鳞,西露一爪,而烟云迷漫之中,龙之全身自在。小令、绝句正当如此。

夜游宫

竹窗听雨坐久,隐几就睡,既觉,见水仙娟娟于灯影中。

窗外捎溪雨响。映窗里、嚼花灯冷。浑似潇湘系孤艇。见幽仙,步凌波,月边影。　　香苦欺寒劲。牵梦绕、沧涛千顷。梦觉新愁旧风景。绀云欹,玉搔斜,酒初醒。

(说)　起句点题,听雨也。"映窗里"句记雨映窗灯,入睡时也。"嚼花"之花即灯花也。灯唇有花如嚼。"浑似"下乃梦中闻雨声,幻化成泛舟湘江,于是见"幽花"者,水仙花之幻影也。"月"者,灯光之幻影也。此二句盖梦境从实境幻出,写梦境俨如实境,用笔用思皆奇幻,吴词之特色也。换头五字又将花香与雨气融成一片。香被寒气所欺,故曰"苦"。"欺"者,寒气袭花,如被欺也。"牵梦"句乃觉后回味梦中梦境也。"梦觉"句含两意:一、"新愁",二、"旧风景"。"新愁"属今,"旧风景"属昔,即梦觉后所生今昔之感。此句为作词之由。“绀云”三句又由水仙花而思及人，“绀云”，发髻也，亦花叶也。“玉搔”，发饰也，亦花朵也。花朵未开者如玉搔头也。“酒初醒”，则花之状、人之态也。此三句即题中所谓“既觉，见水仙娟娟于灯影中”也。陈洵说此为又复入梦，恐非。盖皆想象之景而非梦中之境也。此词梦、想与实境，三者每每不分，故使人迷惘，然非不可理解者。

点绛唇　有怀苏州

明月茫茫，夜来应照南桥路。梦游熟处。一枕啼秋雨。　　可惜人生，不向吴城住。心期误。雁将秋去。天远青山暮。

（说）　此词题曰“怀苏州”，怀苏州之人也。起句见月兴怀，亦即作词之由，想同此一月，此时月亦应照在苏州南桥路上。“南桥路”即苏州之人之处所也。而“茫茫”二字接在“明月”下，便觉有无限感慨。“梦游”句言熟游之南桥，而今思之成梦，非但成梦，而且梦啼。“秋雨”，泪也。换头正写怀字。曰“可惜”，追恋与后悔两意皆有。此时梦窗在杭也。“心期误”言人事多乖，不能如心所愿也。歇拍言雁又“将秋去”矣。“天远”“山暮”是何景象，安得不使人兴怀。其思去妾之情，尽在不言中而意特缠绵。

喜迁莺 福山萧寺岁除

江亭年暮。趁飞雁、又听数声柔橹。蓝尾杯单，胶牙饧淡，重省旧时羁旅。雪舞野梅篱落，寒拥渔家门户。晚风哨，做初番花讯，春还知否。　何处。围艳冶、红烛画堂，博簺良宵午。谁念行人，愁先芳草，轻送年华如羽。自剔短檠不睡，空索彩桃新句。便归好，料鹅黄已染，西池千缕。

（说）　朱笺："福山，在常熟县治西，本名覆釜山，后改今名。"萧寺，本梁武帝命萧子云题其所建浮屠，因称萧寺，后人以为凡佛庙之通称。此词首句写来路兼点明岁除。"蓝尾"三句为岁除情事。白居易诗"岁盏旧推婪尾酒，春盘先进胶牙饧。""婪尾"即"蓝尾"，古人除夕饮婪尾酒，年少者先饮，老者后饮。"胶牙饧"，糖也，取胶固之义。"雪舞"二句乃萧寺外景。"晚风"二句结出冬去春来之意。"初番花讯"，二十四番花讯，梅居第一。换头以己在旅中过除夕，情事岑寂，固念他处人方行乐也。"博簺"，戏具也。杜甫《今夕行》："咸阳客舍一事无。相与博簺为欢娱。"此用以点染除夕。"谁念行人"三句又从他处乐者说到萧寺孤客。"自剔"二句亦除夕故事。"彩桃新句"，唐宋时有除夕题四字或二句韵语于门曰桃符。后世除夕贴新年对联即其余风。歇拍想到归时柳已萌芽，则去路也。此首尾自相照顾之作法也。

祝英台近 除夜立春

翦红情，裁绿意，花讯上钗股。残日东风，不放岁华去。有人添烛西窗，不眠侵晓，笑声转、新年莺语。　旧尊俎。玉纤曾擘黄柑，柔香系幽素。归梦湖边，还迷镜中路。可怜千点吴霜，寒消不尽，又相对、落梅如雨。

（说） 凡词写节序，多系抒今昔盛衰之情。惟当节日易触起旧情，故历来词人，此时此际，动生感慨。梦窗此类作品甚多。此词首三句写立春。“翦红”“裁绿”皆立春翦彩故事。古人于立春日翦彩为燕，戴之头上，以表春回也。故曰“春讯上钗股”。“残日”二句写除夜。“有人”三句言别人家除夜守岁之乐。姜夔《鹧鸪天·元夕不出》词有“芙蓉影暗三更后，卧听邻娃笑语归”句，则别人元夕看灯之事，意亦与此同。“新年”句用杜甫“莺入新年语”句意。换头三字点明由今忆昔之情，即自家旧日立春之事。“尊俎”，立春之辛盘也。古人立春以生菜为供，谓之五辛盘。（崔寔《月令》“立春日簇葱、韭、姜丝、芥辣、蒜椒为五辛盘。”或用于元月初一日，谓可以助发五脏之气也。又见《风土记》。）“玉纤”“柔香”指旧时此日与家人擘黄柑同食也。“系幽素”者，“幽素”即幽情，言此事今日犹系幽情，未能忘也。“归梦”二句言今日梦亦无由得到。“镜中路”即湖上归路，湖水如镜也。歇拍从眼前光景，写出垂老逢春之人，意绪难堪，故曰“可怜”。“千点吴霜”指白发，“寒消不尽”应除夜，“落梅”应春讯，字字皆非空设。

望江南

三月暮，花落更情浓。人去秋千闲挂月，马停杨柳倦嘶风。隄畔画船空。　恹恹醉，长日小帘栊。宿燕夜归银烛外，流莺声在绿阴中。无处觅残红。

（说）　此词纯写春暮之景物而人情自见，为梦窗词之最疏快者。“三月暮”三字贯穿全首。“人去”，庭院春暮也。“马停”，陌上春暮也。“隄畔画船空”，湖上春暮也。“情浓”二字为下半之根。换头二句正应“情浓”。“宿燕”二句仍是春暮景物。歇拍五字应“花落更情浓”句。“宿燕”用温庭筠《池塘七夕》诗“银烛有光妨宿燕”诗句而换其意。昔人谓宋人词之字面多取之李商隐、温庭筠诗，盖二人之诗，用词华丽，可供词用，但须看其镕化之功，非徒填塞美丽字面也。镕化亦无他巧，不过取古人之词，供我之用，是用古，非为古所用。故词汇不足则嫌贫乏，积累多而不知运用，不善镕化，则又呆滞。梦窗词之佳者，即在驱使故实，镕化成词，以供其挥洒。况周颐《蕙风词话》论梦窗词，谓“梦窗密处，能令无数丽字，一一生动飞舞，如万花为春，非若琱璠蹙绣，毫无生气也。”是真能识梦窗者。

八声甘州 灵岩陪庾幕诸公游

渺空烟四远，是何年，青天坠长星。幻苍厓云树，名娃金屋，残霸宫城。箭径酸风射眼，腻水染花腥。时靸双鸳响，廊叶秋声。　宫里吴王沉醉，倩五湖倦客，独钓醒醒。问苍天无语，华发奈山青。水涵空、阑干高处，送乱鸦、斜日落渔汀。连呼酒、上琴台去，秋与云平。

（说）　此梦窗因吊古而伤今之作。起二句化实为虚，将灵岩写得非常空灵而又阔大。朱《笺》引《吴郡志》：“灵岩山即古石鼓山，在吴县西三十里，上有吴娃宫、琴台、响屧廊。山前十里有采香径，横斜如卧箭。”“幻苍厓”以下所写皆吴王夫差与西施之古迹。此三句用一幻字领起，则实处皆空灵矣。“箭径”，采香径也。（杨铁夫《笺》称采香者，香山旁一个小溪。吴王种香草于香山，使美人泛舟以采之。今岩下望一水直如矢，故俗又名箭泾。又“泾”可读古定切，音“径”。此云“腻水染花腥”，似作“泾”更佳。）“腻水”言宫人香腻残水，使花香变腥，亦犹杜牧阿房宫赋“渭流涨腻，弃脂水也。”“腻水”正用此。“酸风射眼”与“染花腥”皆登眺时耳目所接而生之感。是则非纯写古迹，而古迹皆带人情矣。过拍二句尤妙。“双鸳”，西施之履也。吴宫有响屧廊，以楩梓板藉地，行则有声故名，见《姑苏图经》。“屧”，本履中荐，犹今鞋垫。此二句写得恍惚，正是怀古深情。换头以吴越往事另起。“吴王沉醉”与“倦客独醒”双举对起。“倦客”谓范蠡也。范蠡佐越王勾践日夜谋亡吴，而吴王沉湎酒色，全不知惧。“五湖倦客”，范蠡于功成后，放舟五湖，不乐功名，故曰“倦客”。梦窗写吴越兴亡，不但怀古，实寓伤今。盖南宋君臣，晏安江左，忘国大仇，亦如夫差当日也。“问苍天”以下，更切自己说。“问苍天无语”有屈子天问之意。“天”或作“波”，非。“华发”句则感己衰老，“奈山青”则言山色尚如古时。以“华发”对“山青”，使人真有无可奈何之感，盖一变衰，一如旧也。故曰“奈山青”。“水涵空”三句乃登眺时景色。“乱鸦斜日”，何等景象！以为国乱将亡之象征看，谅不为过。然则当日临眺之人，其情可想矣。歇拍二句以景作结，而凭高吊古，苍茫四顾之状，跃然纸上。且由“呼酒”“上琴台”句，可知上半阕皆在台上耳目所接，下半阕则由见闻而生感慨，用笔极矫健，如常山之蛇，首尾相应，论章法亦至为细密。可见词人之笔，无施不可。梦窗不止善写柔情，而且咏物、吊古之词，亦多苍劲之作，不可以一体概其全面也。

贺新郎　陪履斋先生沧浪看梅

乔木生云气。访中兴、英雄陈迹，暗追前事。战舰东风悭借便，梦断神州故里。旋小筑、吴宫闲地。

华表月明归夜鹤，叹当时、花竹今如此。枝上露，溅清泪。　　遨头小簇行春队。步苍苔、寻幽别坞，问梅开未。重唱梅边新度曲，催发寒梢冻蕊。此心与、东君同意。后不如今今非昔，两无言，相对沧浪水。怀此恨，寄残醉。

〔说〕 朱《笺》引《中吴纪闻》：“沧浪亭在郡学之东，中吴军节度使孙承祐之池馆。其后苏子美得之，为钱不过四万。欧公诗所谓‘清风明月本无价，可惜只卖四万钱’是也。余家旧与章庄敏俱有其半，今尽为韩王所得矣。”按韩王，韩世忠也。世忠，延安人，字良臣，高宗时以平贼功官左将军，守镇江，屡败金兵。秦桧收三大将权，韩拜枢密使，上疏痛诋桧误国，罢为醴泉观使。自此杜门谢客，自号清凉居士。卒，进拜太师。孝宗朝追封韩王，谥忠武。南宋自理宗赵昀端平元年约元兵灭金后，复背约出兵北伐，连年为元兵所侵，国势日绌。吴潜主和主守而朝廷不省，卒以致亡。梦窗尝从吴游。此词吴有和作，附后。

起三句即从韩世忠抗金说起，故曰“英雄陈迹”。“乔木”五字则从沧浪亭起兴。“乔木”字出孟子“故家乔木”语，用以指韩世忠。“战舰”二句言其战绩。曰“悭借便”，暗用孙曹赤壁之战，吴利用东风烧曹战舰事，言恢复之功不成也。“梦断神州故里”即承上意言失地未复。“小筑”句落到韩买沧浪亭。“华表”四句设想韩王忠魂如重来此地，定生悲感，故曰“枝上露，溅清泪”。

此词上半阕全从韩氏沧浪小筑着笔，而叹息当年恢复之功不成。直到过拍才点明看梅，词意不在梅也。换头从陪履斋看梅另起。“遨头”暗用成都每年四月十九日于杜子美草堂沧浪亭开遨头宴事，见陆游《老学庵笔记》。“小簇行春队”句又暗用杜甫《严中丞枉驾见过》诗“元戎小队出郊坰，问柳寻花到野亭”句意，以点染履斋。是时履斋方官浙东安抚使也。“步苍苔”句正写看梅。“重唱”二句则因宾主皆能词，可以催梅早发也。吴潜亦能词者，故曰与“东君同意”。“后不如今今非昔”二句又回顾上半阕，追忆“英雄陈迹”，言当年尚可图恢复，今则国力日衰矣，恐后必更不如今也。言外有惜履斋和守之计不行，国家有危亡之惧意。此时此际，一念及此，但与履斋相对无言，但观沧浪之水，发思古之情而已。歇拍六字所以沉痛如此也。南宋末年词人多怀亡国之惧，梦窗词于此感慨最深。

【附】吴潜和词

贺新郎 吴中韩氏沧浪亭和吴梦窗韵

扑尽征衫气。小夷犹、尊罍杖屦，踢开花事。邂逅山翁行乐处，何似乌衣旧里。叹荒草、舞台歌地。百岁光阴如梦断，算古今、兴废都如此。何用洒，儿曹泪。　　江南自有渔樵队。想家山、猿愁鹤怨，问人归未。寄语寒梅休放尽，留取三花两蕊。待老子、领些春意。皎皎风流心自许，尽何妨、瘦影横斜水。烦翠羽，伴醒醉。

〔说〕 据吴潜和词首句，知吴乃客游吴中，故有“征衫”之语。“小夷犹”二句点明游沧浪看梅。“夷犹”，徘徊也。“邂逅”二句言偕梦窗游韩氏旧居。“乌衣”句暗用刘禹锡“乌衣巷口夕阳斜”诗句，指韩氏旧居。“叹荒草”句描绘韩氏旧居景象，已非昔繁华可比也。因而有“光阴如梦”与“古今兴废都如此”之感。过拍则以不必作儿女子态，对此“洒泪”，推开作小结束。换头以下皆从思弃官归隐着笔。盖吴与当时政府中人政见不合，和守之计不为朝廷采纳，故有归意。“猿愁鹤怨”用孔稚圭《北山移文》“蕙帐空兮夜鹤怨，山人去兮晓猿惊”句，表明思归之情。“皎皎”二句略表自己心迹。“瘦影”句有以梅自比之意。歇拍六字用《龙城录》记赵师雄醉卧梅花下，梦与美人遇，醒后方知是花上翠禽事。亦梅花故事也。

古香慢　赋沧浪看桂

怨蛾坠柳，离佩摇葓，霜讯南圃。漫忆桥扉，倚竹袖寒日暮。还问月中游，梦飞过、金风翠羽。把残云剩水万顷，暗熏冷麝凄苦。　　渐浩渺、凌山高处。秋淡无光，残照谁主。露粟侵肌，夜约羽林轻误。翦碎惜秋心，更肠断、珠尘藓路。怕重阳，又催近、满城风雨。

〔说〕 陈洵说“此亦伤宋室之衰也”。细绎词意，陈说是也。沧浪乃韩世忠之别墅，梦窗《陪履斋先生沧浪看梅》词已触发恢复无人之感。此词亦因韩氏别墅而兴起危亡之忧。所谓“亡国之音哀以思”也。杨铁夫《笺》以为此词乃宋亡后作。考梦窗虽老寿，不及见矣。其说推阐太远，疑非事实。朱《笺》引刘毓崧说，刘据周密寄梦窗《拜星月慢》词作于景定癸亥，此时梦窗年已八九十。而元兵入临安，为赵㬎德祐二年丙子，上距景定癸亥又十三年。梦窗若存，应已百岁，故知宋亡，梦窗已不及见。且其时各地戎马仓皇，何能从容游园看桂。此词之作，确实年代，虽无可考，然与前录陪履斋看梅之时相近。其情感亦相同，必非宋亡后所作。

此词起三句从别墅秋景说。“怨蛾”，蝉也。蝉名齐女。古今注：“昔齐王之后怨王而死。尸变为蝉，登庭树嘒唳而鸣。”“离佩”，荷花也。词家以水佩代荷花。姜夔夜泛西湖，相羊荷花中，其《念奴娇》词有“水佩风裳无数”之句，是也。蝉“坠柳”，荷“摇萁”，皆秋深景象。“萁”，马蓼也。“慢忆”二句写沧浪亭之桂。“倚竹”“袖寒”用杜甫《佳人》诗“天寒翠袖薄，日暮倚修竹”诗意，以形容桂花之冷艳。又因桂花联想及月宫，故以罗公远掷杖化桥，引明皇游月宫事渲染之。“梦飞过”，即飞入月宫也。“翠羽”，陈洵说为指七夕鹊化桥事。“把残云剩水”二句从“残”“剩”二字看，似指宋室河山已残破，犹言残山剩水也。“冷麝”，桂花香也。言外是说山河万里，残破不堪，人情对此，非常凄苦。但托桂言之，便觉空灵，且愈微婉，愈沉痛。换头即承上过拍之意而申言之。“秋淡无光”言国势衰微也。“残照谁主”指救亡无人也。此两句亦托桂为言，然意自明白。“露粟侵肌”二句虽亦托桂立言，但词意殊晦。从词面看，桂花系微粒似粟，故有金粟之称。下文“夜约羽林”，用赵飞燕私通邻人羽林射鸟者，雪夜约期，飞燕体温，肌肤不生粟疹。射鸟者以为神仙。事见《飞燕外传》。“羽林”，颜师古注《汉书·百官公卿表》：“羽林，亦宿卫之官，言其如羽之疾，如林之多也。”按吴词咏桂而用此事，除飞燕肌肤不生粟疹，与桂称金粟略可关切外，殊无别解。陈洵说此为“用汉武帝事。‘轻误’则屯卫非人矣”。杨铁夫《笺》又以为“此追究约元攻敌之误也”。两说皆难确信。此正梦窗晦涩处，且存疑俟知音者可也。“翦碎”二句似亦于当时事有所指，“珠尘”言桂花落于藓路，故曰“翦碎秋心”。曰“更肠断”，从作者之志言之，则惜国土残破也。“怕重阳”句表面指时序，言外似指国势危殆。陈洵谓“重阳催近，光景无多，势将岌岌，词则如五云楼阁，缥缈空际，不可企矣”。实乃词人当国势衰危之时，心情激动，遇物发兴，虽哀而不能壮，试以较李、杜天宝时之诗，稼轩、同父淳熙间之词，其声情不类，乃时势使然也。故文艺之事，不能不与时代有关，刘勰所以有“时运交移，质文代变”之论也。

孟子有读者“以意逆志”之说，固当，但必兼有知人论世之功，方能得其心之所之。南宋词家处于国势阽危之时，论世尚易，独其行谊不详，举凡其生活习惯，学术思想，不易了了，知人之事，因而困难。唯一之法，先就词言词，然后从中寻取透露本意处推究之，必非句句比附，只可于一二处得之。所谓读书得间，所谓言外之意，如此而已。否则必流为主观，必多附会，不可不知。又按孟子论“意逆”之法，即“不以文害辞，不以辞害志”两言。“志”者，作者之思想情感也。以常语释之，则为什么要说也。“辞”者，思想情感托之以见之事义也，亦即作品之内容。以常语释之，则说些什么也。“文”者，作品之篇章字句也，而修辞语法属之。以常语释之，则怎么说法也。作者必先有思想感情(志)而后托事义(辞)以表达之，有事义而后组织篇章字句(文)以成之。作者创作时，皆由隐以至显，因内而符外，其势顺。读者阅诵时，则从浅以至深，由末以求本，其势逆，故曰“逆志”。至“不害”之说，则所以防主观之失也。盖“逆志”者，不可误会，不可曲解，误会曲解者，皆由读者主观所致，“不害”则正确矣。虽然，作者表达其“志”之方至多：有夸饰者，有微而显者，有言在此而意在彼者，有正言若反，反言若正者，其“志”之若何，亦非一览可得，是在读者之学力深浅，故有智者见智，仁者见仁之说。刘勰所以有“岂成篇之足深，患识照之自浅耳”之论也。“意逆”之法，如斯而已。

高阳台 丰乐楼分均得如字

修竹凝妆，垂杨驻马，凭阑浅画成图。山色谁题，楼前有雁斜书。东风紧送斜阳下，弄旧寒、晚酒醒余。自消凝、能几花前，顿老相如。　伤春不在高楼上，在灯前欹枕，雨外薰炉。怕舣游船，临流可奈清臞。飞红若到西湖底，搅翠澜、总是愁鱼。莫重来、吹尽香绵，泪满平芜。

（说）郑文焯校"斜阳"字与上"斜书"复，疑作"残"。按郑说非也。词非律诗，不忌复字。杨《笺》又以"鱼即吾，吾即予"，说"愁鱼"即"愁予"，引《浙江通志·艺文门》作"愁予"为证，亦非。词明说"搅翠澜"，则应作"鱼"。"愁鱼"与"哀蝉""怨蛩"等词同，不可因其少见而疑其与吾、予声同通用。丰乐楼乃淳祐九年赵与筹撤旧耸翠新建而改名。《梦窗集》有题楼壁《莺啼序》词，为一时传诵。又有《醉桃源》词，乃会饮此楼所作。此词题分均得如字，"均"即"韵"字。"分均"填词，亦会饮此楼时，同会者各分一字为韵以填词也。观此词情意悲凉，有"莫重来"之语，当系晚年所作。

起句八字，"凝妆""驻马"，依然欢会，是会饮楼中之语。"凭阑"句泛写楼前之景如画本也。陈洵说为指"半壁偏安也"，非。

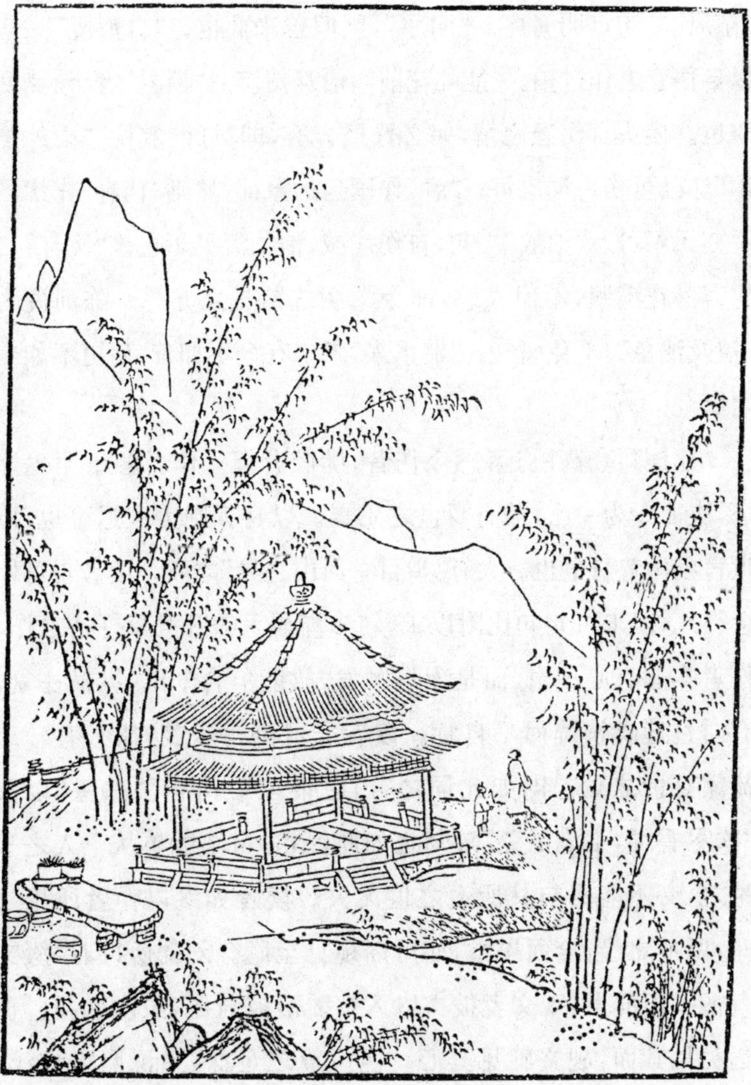

高阳台（修竹凝妆）

“山色”二句从“雁斜书”说到“谁题”，见如此好景，谁复能欣赏。“东风”二句点明时序。“旧寒”，则旧曾来此也。“自消凝”三句以自伤衰老作过拍。“能几花前”，语殊凄惋。“消凝”者，消魂凝望也。换头言伤春之情，何必登楼方有，即“灯前欹枕”“雨外薰炉”亦已可伤。词家每以“春”作国运的象征，然则“伤春”作忧国说亦无不可。“怕舣”二句，自伤瘦减，怕临流见影也。“飞红”二句言落花满眼，不但人愁，即令翠澜之鱼见之亦愁。陈洵说为“殃及池鱼”，不免腐气。“莫重来”二句有今不如昔，后更不如今之慨。

此词写登高眺远，感今伤昔，满腔悲慨。作者触景而生之情，决非专为一己，盖有身世之感焉。以身言则美人迟暮也，以世言则国势日危也。大有“举目有河山之异”之叹。读者自可体会得之，但未可句句比附以求，转多滞碍。盖凡触景抒情之作，作者本非有心比附，而是无形触发，故能乍合乍离，纵横往复，有时且迷离惝恍而不自觉。读者安可刻舟求剑，然必有一二流露真情之处。即如此词之“山色谁题”“伤春”“愁鱼”以及“吹尽香绵，泪满平芜”等句之如此深切，自不能单从个人之事论之，必不能不与其所遭之世无关。读者如参以作者所生之时，所接之事，全面探索，亦可以窥见至隐。刘勰所以有“缀文者情动而辞发，观文者披文以入情。沿波讨源，虽幽必显。世远莫见其面，觇文辄见其心。岂成篇之足深，患识照之自浅”之论也。

三姝媚 过都城旧居有感

湖山经醉惯。渍青衫啼痕，酒痕无限。又客长安，叹断襟零袂，涴尘谁浣。紫曲门荒，沿败井、风摇青蔓。对语东邻，犹是曾巢，谢堂双燕。　春梦人间须断。但怪得当年，梦缘能短。绣屋秦筝，傍海棠偏爱，夜深开宴。舞歇歌沉，花未减、红颜先变。伫久河桥欲去，斜阳泪满。

（说） 陈洵说“过旧居，思故国也”。又曰：“凭吊兴亡。”因此，杨铁夫遂断为“作于宋亡以后，盖黍离之什也”。今细读此词，确有感于昔盛今衰，但未必是国亡后作。考南宋当理、度二宗之时，外患日深，国力日弱，而贾似道一味蒙蔽，以败为捷，虽朝廷信之，有志之士固已有国亡无日之惧。梦窗素怀忧国之心，前录数词可见，然而无权无位，徒托空言，其一种苦闷之况，不难想见。加以曾客贵盛之门，久预宴游之乐，今当暮年，遇此危乱，其伤感年岁，怀念旧游，自非止一身之事，固无疑问。至文人抒情，术亦多门，有时即一小景物、小事件，而包蕴甚广。此词题曰“过都城旧居有感”，盖亦即小事而发兴。旧来里曲，景象全非，此际都城，凋敝何如，故不必指实国亡，而亡国之惧，固已充满字里行间矣。此所以启杨铁夫之疑也。

此词一起五字，便将昔游提出。下句"啼痕""酒痕"四字中包含无限悲欢离合情事。"又客"三句言今来则满面京尘，亦周美成所谓"尘埃憔悴"也。"紫曲"二句即正写旧游之地，一片荒凉景象。"曲"，坊曲也。郑文焯校周美成《瑞龙吟》词"坊陌人家"，认为应作"坊曲"，谓"当时长安诸倡家谓之曲，其选入教坊者居处则曰坊"。然则"紫曲"乃游乐之地，非梦窗居家之地。门荒井败，其景象与后半"绣屋秦筝""夜深开宴"对照，以见昔盛今衰也。"对语东邻"，盖用刘禹锡《乌衣巷》诗"旧时王谢堂前燕"句意。"对语"者，燕也。杨铁夫谓"指一般委质新朝人物"。而以"元起东北，故曰东邻"，尤为拘泥。换头六字言"人间"乐事终须消歇，故曰"春梦人间须断"。"但怪得"二句承上句更推进一层说。"能"读如那，言春梦固须断，但怪梦缘那般短。下文便略记旧梦，所谓"绣屋秦筝，傍海棠偏爱，夜深开宴"是也。"舞歇歌沉"二句又进一层说，"红颜"更比花"先变"。此所以"伫久河桥"，"欲去"而"斜阳泪满"也。统观全词，所谓"旧居"，实乃旧欢所居，故前曰"紫曲"，后曰"绣屋"。旧日游乐之地，转瞬荒凉，则今日都城，亦远非昔时繁盛可知。因小见大，国事日非，兵祸连结，御侮无人，危亡可念，俱在其中矣。但此意只可从言外得之，不可一一指为托词，因而断为宋亡后，梦窗重访旧居之作。

齐天乐 齐云楼

凌朝一片阳台影，飞来太空不去。栋宇参横，帘钩斗曲，西北城高几许。天声似语。便阊阖轻排，虹河平溯。问几阴晴，霸吴平地漫今古。　　西山横黛瞰碧，眼明应不到，烟际沉鹭。卧笛长吟，层霾乍裂，寒月溟濛千里。凭虚醉舞。梦凝白阑干，化为飞雾。净洗青红，骤飞沧海雨。

（说）《吴地记》："齐云楼在苏州郡治后子城上。"朱《笺》谓楼建于唐，取古诗"西北有高楼，上与浮云齐"之义。宋代屡次重建。吴词疑史宅之重建时作。

起二句看似奇幻，细按之，盖取宋玉《神女赋》中"朝云"二字以切齐云之云。如此用古，既甚切贴，又非常灵变。"阳台影"者，阳台云影也。下二句"参横""斗曲"则以切齐云之齐。（"宇"原作"与"，从郑校。）"西北"句正用古诗，点明名楼之义。因楼在吴郡子城上，故曰"城高几许"。"天声"，犹庄子之"天籁"。"天声似语"四字是加倍勾勒楼之高耸。此等语皆由极奇、极幻之想象而来，用笔灵变莫测如此。"便阊阖"二句再从登楼者着想。"阊阖"，天门也。"虹河"，天河也。此言登楼者由此便可"轻排"天门，"平溯"天河也。"几阴晴"，犹言几时也，几许变迁也。因楼在吴，遂以吴事点缀之。"平地"，平白地之省，犹言无端的，轻易的。"漫"，犹便也。此言经过几番变迁，吴之霸业轻易便成了历史事迹了。"今古"犹言历史的过程。上文"阴晴"则言过程中几番盛衰，与沧桑同意。此二句略带吊古之意。换头三句，言所见之遥远。“烟际”四字写景之极远者。盖楼虽高，见虽远，尚有所不及。“卧笛”三句又换笔写楼中人事，而“层霾”二字言笛声激越，可吹裂阴霾，涌现千里寒月，仍是形容楼之高耸。“凭虚”四字正写登楼。“梦凝白”二句又入幻想。“凝白”字出李长吉诗“空白凝云颓不流”。“阑干”而曰“凝白”，亦齐云也。下又接以“化为飞雾”，则幻而又幻矣。“净洗”二句又从雾重化雨，雨洗净人世青红，再出一幻境，收束全首。言“青红”，犹曰浮华，纷华也。

此词首尾皆奇幻空灵，富于想象，总因楼耸入云，使人生凌空缥缈之幻想，笔姿极其矫健。张炎病梦窗不能清空，观此与《灵岩》《禹陵》等作，知张氏之说，不足尽梦窗。后人以张一言而轻议梦窗，更属矮人观场，随人啼笑。学古人者当撷取其长，古人非无短处，但长处不可不知。

风入松 邻舟妙香

画船帘密不藏香。飞作楚云狂。傍怀半卷金炉烬，怕暖消、春日朝阳。清馥晴熏残醉，断烟无限思量。　凭阑心事隔垂杨。楼燕镇幽妆。梅花偏恼多情月，慰溪桥、流水昏黄。哀曲霜鸿凄断，梦魂寒蝶幽扬。

（说） 此词陈洵说“是香是梦，游思缥缈，吴词之费寻索者”。盖因邻舟之香，细缊缥缈，引起颠倒梦想。首句入题。“飞作”句才入题便生梦想。“楚云”本香烟，但用“楚云”便成幻词。宋玉《神女赋》有“朝为行云，暮为行雨”句，本言神女灵踪无定，故词人多用为故实。此因香烟缭绕，出于邻舟，遂由之而惹起幻想。曰“狂”者，又从“楚云”生出，即缥缈无定之意也。“傍怀”句，从香烟加以深切刻画，仍是想中之物。“半卷”者，香渐薄也。“怕暖消”者，怕香冷也，怕楚梦亦如香薄烟冷也。“清馥”“断烟”二句，曰“残醉”，曰“思量”，总之言邻舟香妙，使人发生冥感幻觉。至其所感所觉为何事，留待下半阕说。此词家所称“留”字诀也。换头句之“心事”即上过拍之“思量”者。曰“隔垂杨”，与其集中《珍珠帘》词“梦隔银屏”意同。《珍珠帘》乃闻隔墙人家箫鼓声而作。“隔”者，有所阻碍也。“楼燕”句本言人独处，故曰“锁幽妆”，但托“燕”说。吴词之“燕”，多以代其去妾。行文至此，虽未将心事明白说出，而“思量”之苦，已足够人寻味。“梅花”二句中梅以自比。言“梅花偏恼多情月”者，月把梅之心事分明照出，故可恼也。合下句观之，词意方显。“流水昏黄”暗用林逋“暗香浮动月黄昏”诗意。曰“慰”，正见明月“多情”，特来相照，不知梅花却正怕此昏黄也。故曰“偏恼”。词意在此，极为隐约。“哀曲”二句言“哀曲”如霜鸿之声，令人凄断。我之“梦魂”又如“寒蝶幽扬”耳。陈氏谓“极费寻索”，亦因其托兴深微，故觉其“游思缥缈”。总全首观之，上半阕写邻舟妙香，下半阕写因香妙而引起之心事。写心事之笔，特隐约委婉，若有万分不得已之情，而又不忍痛快写出者，故读来不易寻索。此非晦涩，而是深微，当知分别。梦窗与其妾，因何中道离析，已无可考。但观其于离析之后，如此缠绵，其中似有难言之隐。五代词人喜写闺情，其间颇多缠绵婉约之作，不意梦窗以大丈夫而溺情于妾，竟如此缠绵，虽曰情之所钟，终不免“词人之赋丽以淫”之讥。

瑞鹤仙

泪荷抛碎璧。正漏云筛雨，斜捎窗隙。林声怨秋色。对小山不叠，寸眉愁碧。凉欺岸帻。暮砧催、银屏翦尺。最无聊、燕去堂空，旧幕暗尘罗额。　行客。西园有分，断柳凄花，似曾相识。西风破屐。林下路，水边石。念寒蛩残梦，归鸿心事，那听江村夜笛。看雪飞、蘋底芦梢，未如鬓白。

（说）　此因风雨愁人而作。起句写雨中荷叶。雨水落于荷叶中如碎璧之晶莹，可谓善于形容。下二句点明雨。“林声”，雨声也。曰“怨秋色”，则带出人情。“对小山”二句形雨中山色也。曰“寸眉愁碧”亦带写人情。“不叠”，不及也。郑文焯释为“不叠”，杨铁夫释为“不断”，皆非。张相《诗词曲语辞汇释》引吴此句，又释为“来不及”，亦非。此言小山山色，雨中对之，不及寸眉碧色也。“愁碧”与毛滂《惜分飞》词“愁到眉峰碧聚”意同。“凉欺”句写雨中人。人不耐风雨之凉，如被所欺，故曰“凉欺”。“暮砧”二句因闻人家捣衣声而思昔日裁剪衣服之人。“砧”，捣衣石也。古代人家当秋末时，将故衣重捣重缝，似砧声在催人裁剪。词意到此，由所闻而生感，故有“最无聊”二句。上文所谓愁，步步写来，到此始将愁之原因逼出，即“燕去堂空”也。“燕”，乃吴词常用来暗指去妾者。“旧幕”句接写空堂凄凉景色，以补足上句之意。“额”，幕上有横布如额也。“行客”，陈洵谓“即燕，《三姝媚》之‘孤鸿’言客，此之‘燕去’亦言客”。“西园”，在苏州阊门之西，梦窗携妾曾居之处。“有分”言去妾曾同住此处也。“断柳”二句言西园之花柳亦曾相识者。“西风”三句谓当日西园中人今日之情况也。“念寒蛩”二句补明西园中人今日之情绪。“那听”，那堪听也。“看雪飞”二句以芦花之白尚不及白发之白作结，言外有不堪禁受此种凄凉境地之意。

珍珠帘

春日客龟溪，过贵人家，隔墙闻箫鼓声，疑是按歌，伫立久之。

蜜沉烬暖余烟袅。层帘卷、伫立行人官道。麟带压愁香，听舞箫云渺。恨缕情丝春絮远，怅梦隔、银屏难到。寒峭。有东风嫩柳，学得腰小。　还近绿水清明，叹孤身如燕，将花频绕。细雨湿黄昏，半醉归怀抱。蠹损歌纨人去久，漫泪沾、香兰如笑。书杳。念客枕幽单，看看春老。

（说）“龟溪”，在德清县，古名孔愉泽。晋孔愉放龟于此，故名。此因闻贵人家箫鼓，感怀旧事而作。起七字陈洵谓是“千锤百炼而出”。盖此句涵盖全篇也。凡词单句起者皆应如此。下句点题。“蜜沉”，《本草》：“蜜香生交州，大树，节如沉香。”（“余”，朱孝臧四校本作“萸”。）“蜜沉烬暖”者，香烬微温也。“余烟袅”者，残香未散也。盖用香作象征性来写自己此际之情事，运思如发。香烬犹暖，以言旧事已消沉而余情犹在也。余烟尚袅，以言旧人之影尚存心中也。“麟带”句用温庭筠《舞衣曲》“蝉衫麟带压愁香”句意，言旧日欢舞之乐。“压愁”，犹言销愁也。“麟带”，李贺《秦宫》诗有“玉刻麒麟腰带红”句，舞女之衣饰也。“听舞箫”五字写今日听箫鼓引起之情。“云渺”者，言舞箫之声缥缈如云也。“恨缕”二句言此时之情绪如缕、如丝、如春絮之悠扬远去也。下句“梦隔云屏”言情纵悠扬而梦却隔着银屏，难以飞到。盖旧人远隔，梦亦难逢也。“寒峭”切“春日”。“东风”二句想见旧人姿态，如春柳之婀娜轻盈。盖借景言情，轻微婉约，词笔亦如之。换头句词点春日，情系旧人。梦窗怀旧之情，每逢清明而切，知此时所关，有最难忘者在。“叹孤身”二句即歇拍之“客枕幽单”。“将花频绕”又即起句之“余烟袅”。皆言闻歌伫立时情怀纷乱之状。“细雨”二句乃当时从龟溪归来情事，时已半醉，复闻箫鼓，不觉生感也。写旧情至此愈益迫切，故有“蠹损”

七字，将所怀为何和盘托出，语乃分明，不似前此之婉约矣。“香兰笑”，用李长吉《李凭箜篌引》诗“芙蓉泣露香兰笑”句意，见有情与无情者悲欢不同也。“泪沾”即李诗之“芙蓉泣露”也。贵人家箫鼓正酣，则“香兰笑”也。歇拍二句，又用长吉《仁和里杂叙皇甫湜》诗“客枕幽单看春老”句意，而上冠“书杳”二字，言今已音讯杳然，但看春老而已。“春老”从景物言，则春将暮，清明时也。从人情言，则己之年岁已晚也。不尽余情，至此亦收拾尽矣。

声声慢

陪幕中饯孙无怀于郭希道池亭，闰重九前一日。

檀栾金碧，婀娜蓬莱，游云不蘸芳洲。露柳霜莲，十分点缀成秋。新湾画眉未稳，似含羞、低护墙头。愁送远，驻西台车马，共惜临流。　知道池亭多宴，掩庭花、长是惊落秦讴。腻粉阑干，犹闻凭袖香留。输他翠涟拍甃，瞰新妆、时浸明眸。帘半卷，带黄花、人在小楼。

（说）“霜莲”，《阳春白雪》作“霜蓬”，“低护”，毛氏汲古阁本作“低度”，似较好。夏承焘考“闰重九”当是绍定五年壬辰，梦窗此词作于此年。（《梦窗词集》后笺）又曰：“郭园在苏州，词题幕中，谓苏州仓幕也。”仓幕者，苏州有南、北两仓，转运使主之。

孙无怀与梦窗皆幕中同事。郭希道池亭，朱氏《小笺·婆罗门引》曰："按集中《花犯·郭希道送水仙》词有'清华池畹'语。清华，疑即希道。""西台"，唐高宗改中书省为西台，孙氏此行，当入京为中书省属官也。

起八字陈澧谓"极炼"，陈洵谓"殊有拙致"。而张炎论词则诋为"太涩"。盖八字皆设色描绘之词。"檀栾"，修竹之形容词，字出枚乘《菟园赋》："修竹檀栾。""婀娜"，杨柳之形容词，字出李商隐《赠柳》诗"见说风流极，来当婀娜时。"又魏曹丕《柳赋》："柔条婀娜而蛇伸。""金碧"指楼台之髹漆，因以代楼台。"蓬莱"，本海上仙山，今以代园中池沼。如质言之，则为修竹楼台，杨柳池塘也。下句言天晴无风雨。凡词四字对句必密丽，对句之后，承以单句必疏宕，此词是也。"露柳"二句点秋景。"新湾"二句指新月，皆切重阳。"护"，毛本作"度"，意较明。过拍点明送别，《九辨》有"登山临水兮送将归"，故曰"共惜临流"。换头从郭园宴饮说。曰"知道"，曰"长是"，乃指平日此地宴会有歌舞之乐也。"腻粉"二句则今日想象之词。"输他"二句言今不如昔，今则已无"瞰新妆、时浸明眸"，故曰"输他"。"输"者，比昔则差也。歇拍仍收到饯别之宾主。"黄花"仍切重阳。杨铁夫以为人在小楼，或当时有倚阑窥客之人，不免节外生枝。

瑞龙吟 送梅津

黯分袖。肠断去水流萍，住船系柳。吴宫娇月娆花，醉题恨倚，蛮江豆蔻。　　吐春绣。笔底丽情多少，眼波眉岫。新园锁却愁阴，露黄漫委，寒香半亩。　　还背垂虹秋去，四桥烟雨，一宵歌酒。犹忆翠微携壶，乌帽风骤。西湖到日，重见梅钿皱。谁家听、琵琶未了，朝骢嘶漏。印剖黄金籀。待来共凭，齐云话旧。莫唱朱樱口。生怕遣、楼前行云知后。唳鸿怨角，空教人瘦。

〔说〕 此因尹焕由运判除左司郎官入京，梦窗饯别而作。夏承焘考系淳祐七年，是也。陈洵说“题是梦窗送梅津，词则说梅津伤别。所伤又是他人，置身题外作旁观感叹，用意透过数层。”亦是。但此词感叹不多，除起处点明伤别外，余皆形容梅津风流文采，祝贺其入京任职。

首三字暗用江淹《别赋》“黯然销魂者，惟别而已矣”，点明别情。“肠断”二句即写分别时，句中着“去”“住”两字，以见虽船尚暂系柳下，而去者已如水之流萍，更无还意，故使人肠断。“吴宫”三句记梅津留苏往日情事。“豆蔻”用杜牧“娉娉袅袅十三余。豆蔻梢头二月初”诗意，形容与梅津分袂之人之美。“娇月娆花”四字写得其人有闭月羞花之态。“醉题恨倚”四字则正写梅津之文采风流，与上四字相映。第二段承上“醉题恨倚”，故有“吐春绣”与“笔底丽情”之句。“新园”三句点时，梅津之行在秋日，故有“露黄”“寒香”之语。此调乃双拽头，第一、第二两段音律句读皆同。

以上两段皆着重写梅津之文采风流，至第三段方写其与梅津叙别之情。“还背”三句言由苏赴杭也。“垂虹”“四桥”皆苏州桥名。“一宵歌酒”，别筵也。“犹忆”二句回想往时与梅津登高事。“乌帽”暗用龙山落帽故事。“西湖”二句从别后说。“梅钿”，梅花如妇人花钿也。“谁家”二句用孙巨源在李太尉家宴饮，听琵琶未终，有旨催入直草诏事，为梅津祝颂。“印剖”句补足上句祝颂意。“待来”二句又望其回苏叙旧也。“莫唱”句仍归到别筵。“生怕”句之“行云”，即上文之“豆蔻”。从歇拍几句看，梅津所眷之人，不在别筵，故曰生怕使之知后，闻“唳鸿怨角”而生别愁，消减形容也。故陈洵谓“吴所眷者，此时不在别筵也”。“唳”原作“泪”，从郑文焯校改。

西河　陪鹤林登袁园

春乍霁。清涟画舫融泄。螺云万叠暗凝愁，黛蛾照水。漫将西子比西湖，溪边人更多丽。　步危径，攀艳蕊。掬霞到手红碎。青虵细折小回廊，去天半尺。画阑日暮起东风，棋声吹下人世。　海棠借雨半绣地。正残寒、初御罗绮。除酒消春何计。向沙头、更续残阳一醉。双玉杯和流花洗。

（说） 朱《笺》：“《宋史纪事》：‘吴泳，字叔永，号鹤林，潼川人，仕至权刑部尚书。’”

此纪游之词也。调亦双拽头，但第二段换头多三字。起三字记时。“清涟”句乘舟往游也。“螺云”二句写水中山影，盖袁园筑于山上，影入水中如万叠螺云也。“漫将”二句用苏轼“若把西湖比西子”及杜甫“长安水边多丽人”诗句，写游人之佳丽，以与湖山比美。第二段起二句写到园。“掬霞”句之“霞”即“艳蕊”。“青虵”指园中上山曲径，覆以回廊也。“去天”句形容其高也。“画阑”二句亦写其高。此数句皆写题中“登”字。第三段起处写园中花木。“正残寒”以下写饮宴。“除酒”句写游情。末句则映带游归之情景，写足游宴之趣，以结全阕。

秋霁 云麓园长桥

一水盈盈，汉影隔游尘，净洗寒绿。秋沐平烟，日回西照，乍惊饮虹天北。彩阑翠馥。锦云直下花成屋。试纵目。空际、醉乘风露跨黄鹄。　　追想缥缈、钓雪松江，恍然烟蓑、秋梦重续。问何如、临池脍玉。扁舟空舣洞庭宿。也胜饮湘然楚竹。夜久人悄，玉妃唤月归来，桂笙声里，水宫六六。

（说） 周密《癸辛杂识》：“云麓，史弥远之子，名宅之，字子仁。”朱《笺》引《宁波府志》称：“子仁心非叔父弥远所为，著《升闻录》以寓规谏，避势远嫌，退处月湖。”长桥当即湖上之桥。但《志》称子仁乃弥远之侄，与《癸辛杂识》不同。

此亦记游之词也。起三句写湖。“秋沐”三句写长桥。“饮虹”用王褒诗：“飞桥类饮虹。”“彩阑”写园中花木。“试纵目”二句写桥上所感，长桥跨空，人行其间，如乘风、跨鹄也。换头三句因游湖而联想及松江钓雪，故有“秋梦重续”之句。“问何如”二句又设想到舣舟洞庭。“脍玉”用苏舜钦诗“笠泽鲈肥人脍玉”，言鱼鲜洁如玉也。“也胜”句承上舣舟洞庭，故有“饮湘”“楚行”之词。“然楚竹”用柳宗元诗“渔翁夜傍西岩宿。晓汲清湘然楚竹”句意。“夜久”三句记游至月上始归，因夜色空明，有似“水宫”，故有“桂笙”“玉妃”之词。“玉妃唤月”用温庭筠《晓仙谣》“玉妃唤月归海宫”句意。“六六”，三十六也。骆宾王诗“汉家离宫三十六”。此因水月空明而生之幻想也。

木兰花慢

游虎丘，陪仓幕。时魏益斋已被亲擢，陈芬窟、李方庵皆将满秩。

紫骝嘶冻草，晓云锁，岫眉颦。正蕙雪初消，松腰玉瘦，憔悴真真。轻藤。渐穿险磴，步荒苔、犹认瘗花痕。千古兴亡旧恨，半丘残日孤云。　开尊。重吊吴魂。岚翠冷，洗微醺。问几曾夜宿，月明起看，剑水星纹。登临。总成去客，更软红、先有探芳人。回首沧波故苑，落梅烟雨黄昏。

（说）《吴地记》:“阖闾死，葬于国西北名虎丘……扁诸之剑鱼肠三千在焉。”又曰:“秦始皇东巡至虎丘，求阖闾宝剑，其虎当坟而踞。始皇以剑击，不及，误中于石。……剑无获。其石裂陷成池，故号剑池。”魏、陈、李三人皆仓幕同事。

起句言趁晓出游。“正蕙雪”三句用蕙、松雪后之状，想象真真憔悴之容。“真真”者，真娘也，亦作贞。《吴地记》:“虎丘有贞娘墓，吴国之佳丽也。”“轻藤”（误作藜，从郑校改）以下三句正写游。“瘗花痕”，即贞娘葬地遗迹。“千古”二句将吊古之情与游时景物结合，收上起下。换头四句写陪游宴饮之事，即承上过拍说来。“问几曾”三句写剑池，带出往日游踪。“登临”三句中之“去客”即魏、陈、李三人将去吴也。“更软红”二句言三人将入都城软红尘土中，先来游虎丘作探芳之人，以见三人之高情。“软红”，苏轼有“软红犹恋属车尘”句，自注“前辈戏语西湖风月不如东华软红香土。”“东华”乃宋时东京一城门名，即以代京都用也。歇拍以景结情。此词自晓写至黄昏，记竟日之游，中间插入苍茫吊古之情，亦题中应有之义。布景设色，最为工整。

齐天乐 毗陵陪两别驾宴丁园

竹深不放斜阳度，横披淡墨林沼。断莽平烟，残莎剩水，宜得秋深才好。荒亭旋扫。正著酒寒轻，弄花春小。障锦西风，半围歌袖半吟草。　独游清兴易懒，景饶人未胜，乐事长少。柳下交车，尊前岸帻，同抚云根一笑。秋香未老。渐风雨西城，暗攲客帽。背月移舟，乱鸦溪树杪。

（说） 朱《笺》引《汉书·地理志》"会稽郡县毗陵"注："季札所居旧延陵，汉改之。"又引《宋史·地理志》"两浙路常州望毗陵郡"。

"竹深"二句从丁园景色写起。竹深翳日，故曰"淡墨林沼"。"横披淡墨"，盖以画为喻也。"断莽"三句接写丁园外秋景。"荒亭"四字谓开宴之前洒扫也。"正著酒"二句承上写开宴之时。"障锦"二句则酒筵之人物也。曰"歌袖"则有妓乐，曰"吟草"，则客皆诗人也。换头三句以"独游清兴易懒"，反托出陪游之乐。"柳下"三句正写陪游乐事。"交车"，同游者众也。"岸帻"字出《晋书·谢奕》传，谓奕在桓温幕中为安西司马。每当温座中岸帻谈笑，无异平日，不为温权势所屈。此用以自拟。"云根"，石也。贾岛诗有"移石动云根"之句。"秋香"四字点明时序。曰"未老"，菊花犹盛开也。郑谷《十日菊》诗："自缘今日人心别，未必秋香一夜衰。""渐风雨"二句言重阳将近也。重阳前后多有风雨，故潘大临有"满城风雨近重阳"之句。"攲帽"二字本出《北史·独孤信传》，称信因猎日暮驰马入城，其帽微侧，人多效之。

又王安石有“风行欹帽檐”之句，实则暗用孟嘉九日龙山落帽事，因此上“渐风雨西城”句，已言时近重阳也。“背月”二句写宴罢归途景物作结。

此词有复处，上言“岸帻”，下又言“欹帽”不免犯复。此秋末而曰“春小”者，十月为小春也。又“背月”毛本作“背日”，“溪树晓”，毛本作“溪树晚”，并非。郑叔问校记谓当作“绕”，亦未当。“晓”字，《铁网珊瑚》作“少”，乃“杪”之残文，今据改。此字之所以多异文，因“背月”不当曰“晓”。虽每月下旬月落时，天方晓，然果如此，则丁园之宴，必通宵达旦，亦不近情理。观首句言“斜阳”，歇拍言“背月”，本无不可，但“晓”必误，作“杪”则顺畅矣。

水龙吟 惠山酌泉

艳阳不到青山，古阴冷翠成秋苑。吴娃点黛，江妃拥髻，空濛遮断。树密藏溪，草深迷市，峭云一片。二十年旧梦，轻鸥素约，霜丝乱，朱颜变。

龙吻春霏玉溅。煮银瓶、羊肠车转。临泉照影，清寒沁骨，客尘都浣。鸿渐重来，夜深华表，露零鹤怨。把闲愁换与，楼前晚色，棹沧波远。

（说） 朱《笺》引陆羽《游慧山寺记》：“慧山，古华山也。山有九陇，俗谓九龙山，在无锡西七里。寺中有方池，一名千叶莲花池。”又:“慧山于锡诸山最大,其脉宛转历天目而来,至是峰九起,故又曰九龙。泉出龙首为第一峰。慧之为山以泉名。唐人陆羽品为天下第二,故名第二泉。”按:慧、惠古通用。

起从游山说,曰“艳阳不到”,曰“古阴冷翠”,则是日天阴也。“吴娃”三句写阴霾中远景,“吴娃点黛”“江妃拥髻”,皆以形容山色。“树密”三句写阴霾中近景。“藏溪”“迷市”,写得迷离。“峭云”即惠山,于空濛迷漫中突出一山,如“峭云一片”也。“二十年”四句言旧游如梦,今则发白颜衰,重践鸥盟,再游此地也。陆游有“平湖烟水已盟鸥”句,辛弃疾有“凡我同盟鸥鹭”句,皆以远离尘嚣,与鸥鸟为群,见其清致也。换头从酌泉另起。“龙吻”,惠山泉出口处石刻成龙吻状也。“羊肠车转”,煮茶声也。“临泉”三句以泉之清澈,形己之尘劳,故曰“客尘都浣”。“鸿渐”三句以陆羽自比。陆羽字鸿渐,善品泉,著有《茶经》。“华表”用辽阳东门华表上丁令威化鹤归来故事,言追念旧游,已如华表之鹤。“把闲愁”三句写游毕而去,有一片苍茫景色。

满江红 淀山湖

云气楼台，分一派、沧浪翠蓬。开小景、玉盆寒浸，巧石盘松。风送流花时过岸，浪摇晴栋欲飞空。算鲛官、只隔一红尘，无路通。　神女驾，凌晓风。明月佩，响丁东。对两蛾犹锁，怨绿烟中。秋色未教飞尽雁，夕阳长是坠疏钟。又一声、欸乃过前岩，移钓篷。

（说） 朱《笺》引《元史·河渠志》:“太湖为浙西巨浸，上受杭湖诸山水，潴蓄之余，分汇为淀山湖。”又引《名胜志》:“薛淀湖亦名淀山湖，以其中有淀山也。”

此亦写景之词也。起句总写湖山。“云气”四字即蜃楼海市之意。《南越志》:“海边蜃气如云，结成楼台。”此三句，将湖山说成海上蓬莱一派，亦化实为虚之法。“开小景”三句又以“玉盆”“巧石”比拟湖山，言其结构玲珑，如人造盆景。前以蓬莱相比，则从大者言之；此又以盆景相拟，则小言之，总之不着一实笔。“风送”二句正写湖景。上句湖风，下句湖水。“晴栋”，朱校从《词综》作“晴练”，非也。此写湖中楼台倒影，为浪所摇，如欲飞去。朱彝尊《词综》每喜改字，不可信。“算鲛宫”二句设想更奇，言如此湖山，定通鲛宫，但“隔一红尘，无路通”耳。“鲛宫”犹言龙宫。《博物志》:“鲛人水居如鱼，不废织绩，时出人家卖绡。”又《述异记》:“南海有龙绡宫，泉光织绡之处。”换头从湖上神女庙另起。“明月”二句形容神女衣饰。“对两蛾”二句写其容态。“秋色”一联又从时序物色写湖景。其与上半“风送”一联不犯复者，彼写湖水湖风，此言秋声秋色也。歇拍写游湖，“一声欸乃”用元结“欸乃一声山水绿”句意，“欸乃”，读若霭逮，橹声也，应读阿那。

丑奴儿慢 双清楼　在钱塘门外

空濛乍敛，波影帘花晴乱。正西子梳妆楼上，镜舞青鸾。润逼风襟，满湖山色入阑干。天虚鸣籁，云多易雨，长带秋寒。　　遥望翠凹，隔江时见，越女低鬟。算堪羡、烟沙白鹭，暮往朝还。歌管重城，醉花春梦半香残。乘风邀月，持杯对影，云海人间。

（说） 起二句写晴明景色。“波影”句将湖光写得光彩绚烂。“正西子”句用苏轼“若把西湖比西子，淡妆浓抹总相宜”句意。此词直以西湖作西子看，故以双清楼为西子妆楼。“镜舞”四字即从梳妆设想。鸾镜乃美人梳妆之镜。宋范泰《鸾鸟诗序》称：“昔罽宾王有一鸾，三年不鸣。夫人曰：‘鸟见其类而后鸣，何不悬镜以映之。’王从其言，鸾睹影悲鸣，哀响冲霄，一奋而绝。”后人以鸾饰妆镜，盖起于此。“润逼”二句为登楼所见。“天虚”用庄子“天籁，风也”。“云多”二句则天气由晴转雨也，故曰“带秋寒”。换头写远景。“翠凹”指平原低处如凹也。“凹”，音“坳”。“隔江”句写遥望中之山。“时见”者，因云多也。“低鬟”，平远山色如女鬟也。“算堪羡”二句见白鹭往来自在而生羡，以见此身为事所羁，不如白鹭也。“歌管”二句写杭城繁华。歇拍用李白“举杯邀明月，对影成三人”诗意，见独游、独酌也。“云海”四字收得气象空阔。

点绛唇 试灯夜初晴

卷尽愁云，素娥临夜新梳洗。暗尘不起。酥润凌波地。　　辇路重来，仿佛灯前事。情如水。小楼薰被。春梦笙歌里。

（说） 此词上半阕专写题中五字，下半阕则抒写情思之语。“卷尽”二句指初晴也。“素娥”，月也。“暗尘”句用苏味道《元夜》诗“暗尘随马去，明月逐人来”，周美成《解语花·上元》词亦有“钿车罗帕相逢处，自有暗尘随马”语，皆纪士女嬉游也。今曰“不起”，则初晴之时，游人尚少。“酥润”句写月色着地如水，而以“酥润”二字形容之，极能道出雨晴月地景色。换头言重来京市。“灯前事”而以“仿佛”二字形容之，旧事往情已淡然忘之矣。“情如水”，即淡忘之意。“小楼”二句中“小楼薰被”，寂境也。“笙歌”，喧境也。小楼之人“春梦”于“笙歌”声里，将喧寂不同之境连缀之，而欢戚相异之感自在言外。谭献评此词此二句为“咳唾珠玉”，盖赞其用意深微而吐词温丽也。

蝶恋花 九日和吴见山韵

明月枝头香满路。几日西风，落尽花如雨。倒照秦眉天镜古。秋明白鹭双飞处。　　自摘霜葱宜荐俎。可惜重阳，不把黄花与。帽堕笑凭纤手取。清歌莫送秋声去。

（说）　起从月桂说。"西风"二句写桂花落也。"倒照"二句，上句言山色如眉黛倒影入湖中。"天镜"，湖水平如镜面也。李白有"开帆入天镜，直向澎湖东"，是也。下句切秋时说。"白鹭双飞处"，秋光最鲜明也。换头从九日宴饮说。"自摘"句实写宴饮。"可惜"二句言菊尚未花。"帽堕"句用孟嘉龙山落帽事而曰"纤手取"，知宴席间有歌妓，故下有"清歌莫送秋声去"之句。

踏莎行

润玉笼绡，檀樱倚扇。绣圈犹带脂香浅。榴心空叠舞裙红，艾枝应压愁鬟乱。　　午梦千山，窗阴一箭。香瘢新褪红丝腕。隔江人在雨声中，晚风菰叶生秋怨。

（说）　"润玉"八字写人之肌肤、檀口皆秀丽无比。"绣圈"句写其装饰亦极其华艳。"榴心"句写红裙切五月。唐耿纬有"金钿正舞石榴裙"句。"艾枝"写鬟饰，应端节。《荆楚岁时记》称端午剪彩为小虎，粘艾叶戴之，即此词之"艾枝"。以上所写皆端午日闺人之容饰。但“犹带”“空叠”“应压”等词，明其人不在目前者。其所以如此描写，须至下半阕方知。此等处即陈洵所称留字诀也。换头八字始将上半阕所写点明是一场梦境。曰“千山”，梦去甚远也。曰“一箭”，梦醒甚速也。“香瘢”句仍从端午着笔，《风俗通》谓五月五日以彩丝系臂，辟鬼及兵，名长命缕。故曰“红丝腕”。“香瘢新褪”者，旧事无痕也。歇拍二句言午梦醒来，别无所见，惟有“雨声”“菰叶”伴人凄寂而已。曰“隔江人”，杨铁夫谓去吴之人，则是指其去妾在雨中生秋怨。如说自身是与去妾隔江，似较与词意相合。方端午而曰“秋怨”者，愁人善感，“雨声”“菰叶”之中，一梦醒来，凄然其如秋也。

陈洵《海绡翁说词》有论梦窗词之语，颇可玩味。陈曰：“以涩求梦窗，不如以留求梦窗。见为涩者，以用事下语处求之，见为留者，以命意运笔中得之也。以涩求梦窗，即免于晦，亦不过极意研炼丽密止矣，是学梦窗，适得草窗。以留求梦窗，则穷高极深，一步一境。沈伯时谓‘梦窗深得清真之妙’，盖于此得之。”又曰：“词笔莫妙于留。盖能留则不尽而有余味，离合顺逆，皆可随意指挥而沉深浑厚，皆由此得。虽以稼轩之纵横而不流于悍疾，则能留故也。”按陈氏专学梦窗，所得梦窗妙处，以一“留”字概之。所谓“留”者，从陈氏所论观之，即含蓄甚深而不出一浅露之笔，故虽千言万语而无穷尽也。然必其人之情极真、感极深，又蓄之极久，蟠郁于怀极厚，方能到此境地，非故作掩抑之态，但为吞吐之声之谓也。此等处亦非细意体会，不易区别。清末词家颇知学梦窗，但以用事下语处求梦窗者多，其所得不过外形之丽密，为之太过，且必至于晦涩。晦涩则吴词之病也，学者不得其妙反得其病，则非古人之过，学古者之过也。

烛影摇红 元夕雨

碧淡山姿，暮寒愁沁歌眉浅。障泥南陌润轻酥，灯火深深院。入夜笙歌渐暖。彩旂翻、宜男舞遍。恣游不怕，素韈尘生，行裙红溅。　银烛笼纱，翠屏不照残梅怨。洗妆清靥湿春风，宜带啼痕看。楚梦留情未散。素娥愁、天深信远。晓窗移枕，酒困香残，春阴帘卷。

（说）　陈洵从“楚梦”等句看，将此词通首说成梦窗抒写忠爱之情。杨铁夫则以为忆姬而作。陈之言曰：“‘楚梦’，衰世君臣，‘留情未散’，彼昏不知，‘天深信远’，犹望明时。‘春阴帘卷’，仍复无望。如此看去，有多少忠爱。”杨之言曰：“楚梦’为指己边说，‘素娥’指姬边说。‘楚梦’‘娥愁’，‘夕雨’二字俱到。”二说之差距如此大。今细读之，皆雨中感怀之言。所感何事，作者既未明言，词中亦未特别透露，颇难指实。大概人情多感，或身事，或世事，往往不分，读者何可泥说。此词题曰“元夕雨”，元夕，佳节也，应及时行乐，而雨则妨人行乐，此当是生感之由，亦即作词之故也。

起四字乃雨中山色。“暮寒”句乃寒雨中人情。(“歌眉”,郑氏校记谓是“歙”字形误,恐非。)“障泥”二句,上言陌上雨,下言雨中人家。“入夜”切元夕,亦指人家说。“彩旂”句元夕故事。《事物纪原》有元旦以青缯为小幡簪之,谓其习起于汉时,后更以五色缯为之。“彩旂”或其遗制。“恣游”乃雨中游人。上半阕泛写题意已完,下半阕方从己边着笔。“银烛”二句写元夕之灯也。“翠屏不照”句言屏外残梅非烛光所及,故有“怨”。“洗妆”二句即从残梅说,言梅花带雨如人洗妆靥,而雨湿之梅花又如人带啼痕。“楚梦”句则因雨而想及宋玉行雨行云之文。“留情未散”,就梦醒后说,余情犹在也。“素娥”则又因“楚梦”而想及神女。“天深信远”,梦后音信难通也。此二句作者之情究何所指,颇难臆测,但从词面看,皆由雨而联想及之者。歇拍从夕到晓之词。“酒困香残”,晓来情味也。“春阴帘卷”,晓来天气也。此在作法为推到去路作结之法。词中“天深”,毛本作“天长”,“长”字熟,“深”字生,吴词喜用生字,亦文家用字避熟之意也。

浪淘沙

灯火雨中船。客思绵绵。离亭春草又秋烟。似与轻鸥盟未了,来去年年。　　往事一潸然。莫过西园。凌波香断绿苔钱。燕子不知春事改,时立秋千。

（说） 此舟行感旧之词。起五字述舟中景色。“客思”，旅怀也。“春草”“秋烟”，言经年在途中也。“似与”二句感慨往来不止一年也。换头句感旧事而伤情也。“莫过西园”，伤情之地，不忍重过也。“凌波香断”，西园之人已去，空余绿苔也。“燕子”二句言只有燕子犹来也。

点绛唇

时霎清明，栽花不过西园路。嫩阴绿树。正是春留处。　　燕子重来，往事东流去。征衫贮。旧寒一缕。泪湿风帘絮。

（说） 此亦春暮怀旧之词。“清明”为梦窗最伤心之时，“西园”则其最伤心之地。曰“时霎”者，言一霎时又是清明了也。曰“不过”，与前词“莫过”同，皆不忍重过也。“嫩阴绿树”之中，春色犹在，词乃写景，意却怀人，言春留而人不在也。但人不在之意，留于下半阕中说。换头之“燕子”，即梦窗之去妾。“往事东流”，人去不能再回之喻。“征衫贮”，犹言旅怀满贮。“旧寒”，旧日伤心之情也，故歇拍有“泪湿”之语。

青玉案

短亭芳草长亭柳。记桃叶、烟江口。今日江村重载酒。残杯不到，乱红青冢，满地闲春绣。　翠阴曾摘梅枝嗅。还忆秋千玉葱手。红索倦将春去后。蔷薇花落，故园胡蝶，粉薄残香瘦。

〔说〕 陈洵说“此与‘黄蜂频扑秋千索’（《风入松》）异矣。岂其人已殁乎？词极凄艳，却具大起大落之势。”按从词情观之，殆为悼念亡妓之作。梦窗于遣妾去后，别有所恋，未及成婚而其人已亡。《莺啼序》及此词似均为此人而作。

起处之“长亭”“短亭”乃相别之地。下文“桃叶”句用王献之《桃叶歌》：“桃叶复桃叶，渡江不用楫。但渡无所苦，我自迎接汝。”言将迎娶也。“桃叶”，献之侍妾名。“今日”以下皆述重来情事。词有“残杯”“青冢”语，盖言今日重来，愿以一杯酬其人之冢亦不得，但见满地春草如绣而已。换头复回忆初遇时事。“摘梅枝”“秋千”，皆是旧事。“红索”，秋千索也。此言往事皆随春去也。陈洵以此与《风入松》词皆言及秋千，而此词曰“春去”，彼词则曰“香凝”，情事迥别，故与之不同。“蔷薇”三句，反用杜牧《留赠》诗“不用镜前空有泪，蔷薇花谢即归来”句意。周邦彦《虞美人》词亦有“不须红雨洗香腮，待得蔷薇花谢、便归来”之句。言今则“蔷薇花落”，但有“故园胡蝶”飞来，而胡蝶亦“粉薄残香瘦”。垂泪望归之人固不可见，重来之人，亦与“故园胡蝶”相同，其情思凄苦甚矣。

解蹀躞

醉云又兼醒雨，楚梦时来往。倦蜂刚著梨花惹游荡。还做一段相思，冷波叶舞愁红，送人双桨。暗凝想。情共天涯秋黯，朱桥锁深巷。会稀投得轻分顿惆怅。此去幽曲谁来，可怜残照西风，半妆楼上。

(说) 陈洵说“此盖其人去后过其旧居而作”，是也。起二句言魂梦时往来其间。“楚梦”暗用宋玉《高唐赋》，但以“醒”“醉”换却“朝”“暮”二字，则梦境更迷离矣。下文又以“倦蜂”迷恋“梨花”比说。“梨花”暗用梨花云，亦梦也。王建《梦梨花》诗：“落落漠漠路不分，梦中唤作梨花云。”梦窗最工写梦，此词其一也。“还做”三句补明所以迷恋之故。盖其人已由双桨送去，故有此“一段相思”之情。“冷波”六字乃为下句设色，盖送人时之景色也。换头句之“凝想”，凝情想望也。周美成《尉迟杯》词之“梦魂凝想鸳侣”，即此之注释。盖因想成梦，梦复生想，情思颠倒有如此也。“情共”二句即“黯然销魂者，惟别而已矣”八字演化。“情共”之“情”即别情，“秋黯”之“黯”即“黯然”之黯，而冠以“秋”字，更觉凄然矣。“朱桥深巷”即“楚梦来往”之处。“会稀”句乃别后追忆之词。言“会稀”则欢时本少。曰“轻分”，则别去又易也。“投得”，犹言临到、到得。盖言欢会已难，临到分别又太易，安得不“顿惆怅”。“此去”二句又从人去后之旧居说。“幽曲”即“深巷”，不曰自己不来，而曰“谁来”，见无人来往也。下句“半妆楼上”，“半妆”，残妆也，即梦想中之人，而以“残照西风”渲染楼前景色，故曰“可怜”。陈洵说“‘朱桥深巷’‘残照西风’，梦境依稀”实乃意中想象之境，与上半阕之梦境又不同，此乃化实为虚法也。杨铁夫仍以为“忆去姬之词”，然从“幽曲”看，“曲”乃平康妓所聚处，杨慎校周邦彦《瑞龙吟》“愔愔坊陌人家”句，谓当作“坊曲”，指“当时长安诸倡家谓之曲”，是也。然则其人殆即梦窗新眷之妓，未成娶而没者，作此词时则犹未没，但已分别矣。

莺啼序

残寒正欺病酒，掩沉香绣户。燕来晚、飞入西城，似说春事迟暮。画船载、清明过却，晴烟冉冉吴宫树。念羁情，游荡随风，化为轻絮。　十载西湖，傍柳系马，趁娇尘软雾。溯红渐、招入仙溪，锦儿偷寄幽素。倚银屏、春宽梦窄，断红湿、歌纨金缕。暝隄空，轻把斜阳，总还鸥鹭。　幽兰旋老，杜若还生，尚水乡寄旅。别后访、六桥无信，事往花萎，瘗玉埋香，几番风雨。长波妒盼，遥山羞黛，渔灯分影春江宿，记当时、短楫桃根渡。青楼仿佛，临

莺啼序（残寒正欺病酒）

分败壁题诗，泪墨惨淡尘土。　　危亭望极，草色天涯，叹鬓侵半苎。暗点检、离痕欢唾，尚染鲛绡，亸凤迷归，破鸾慵舞。殷勤待写，书中长恨，蓝霞辽海沉过雁，漫相思弹入哀筝柱。伤心千里江南，怨曲重招，断魂在否。

〔说〕 此词共长二百四十字，殆同一小赋。宋人作者不多，梦窗亦止三首。词共分四段，从声律上看，前后各以两段为一组，共成两组。作此调者，非有极丰富之情事，不易充实；非有极矫健之笔力，不能流转。梦窗此词，总的说来，不出悲欢离合四字。前两段主要是写生离，后两段主要是写死别，中间复以羁游之情，今昔之感，回环往复出之，极穿插错杂之能事，故骤读之，不易得其曲折。考梦窗生平最使之难忘者，乃寓吴时曾纳一妾。此妾于淳祐四年遣去，其因何被遣，则不可得知。遣妾之后，在杭复眷一妓。此妓似未及成娶，不久即殁，其因何未及成娶，亦不可知。此词之作，在妓殁之后。梦窗老年独客，追念往事，情不能已，故有此缠绵往复之词，正姜夔所谓"少年情事老来悲"也。

陈洵说此词专主去妾，则无以解释"瘗玉埋香"及"怨曲重招，断魂在否"之语。杨铁夫又于去妾之外，亡妓之后，增一楚妓，愈加胶葛矣。今定为怀去妾与悲亡妓，似较妥当。

梦窗是多情之人，其用情不但在妇人女子生离死别之间，大而国家之危亡，小而友朋之聚散，或吊古而伤今，或凭高而眺远，即一花一木之微，一游一宴之细，莫不有一段缠绵之情，寓乎其中，又能于极绵密之中，运以极生动之气。惟其修辞太过，用典过富，有时不免晦其本意，而流于生涩。但此等疵病，要亦不多，不可以一眚掩其全美。周济称其如“天光云影，摇荡绿波”，（《介存斋论词杂著》）可谓善于形容。陈廷焯称其“超逸处则仙骨珊珊，洗脱凡艳；幽索处则孤怀耿耿，别缔古欢”（《白雨斋词话》）亦甚精切。况周颐称其词如“万花为春”，又曰：“梦窗密处易学，厚处难学。”又曰：“即其芬菲铿丽之作，中间隽句艳字，莫不有沉挚之思，灏瀚之气，挟之以流转。”（《蕙风词话》）则评论更为得要。大抵吴词不出一真字，有真情，真境，真事，然后有真词。至于修饰字句之功，谐声协律之事，在词学乃末技，可学而能者也。填词者固不可不讲求，但词之好坏，却不在此。譬之美人，乱头粗服固不损其美，即严妆盛饰，亦不掩其丽。梦窗之词，则严妆盛饰之美人也。故陈洵说“飞卿严妆，梦窗亦严妆，惟其国色，所以为美”，此语亦极恰当。但严妆太过，亦非绝无疵病。此周济所以有“梦窗非无生涩处，总胜空滑”之论。（《介存斋论词杂著》）初学作词，从梦窗入手，必不至流为滑易，亦学者所当知也。

此词第一段，从独居情事说起。“残寒”，天时也。“病酒”，人事也。“燕来”二句点春暮。“画船”三句，曰“清明”，曰“吴宫”，遣妾之时与地也。（吴词凡清明写情，皆因亡妓，夏承焘说是也。但此词似非指亡妓，因下文“吴宫”字当系与去妾有关，此说似可修正夏说。因此，凡以一节概其全体者，不免有误。况吴词本不易领会者，亦读者所当注意也。）此三句徐徐引入离情，但下文过拍三句，不曰离情而曰“羁情”，不写情浓而曰“化为轻絮”，盖风絮飘荡散乱，此时情绪似之。且此时梦窗独客杭州也。如此说来，“羁情”之中有离情矣。第二段“十载”三句从客杭后说。“傍柳”二句乃昔日游冶情事也。“溯红”二句暗用刘阮上天台遇仙女事，追念遇杭妓事。天台山下有溪，故曰“入仙溪”。“锦儿”，本钱塘妓杨爱爱之侍儿。按《侍儿小名录》，爱爱姓杨，本钱塘娼家，泛舟西湖，为张逞所调。后三年，追念不置，感疾死。其婢锦儿出其绣巾、香囊诸物，皆郁然如新。梦窗用此典故，盖与其事有相合处，足为杭妓未及娶成已死之明证。下文“倚银屏”二句从“断红湿”三字看来，则是言与杭妓别后事。“歌纨”，歌扇也。“金缕”，舞衣也。此言件件皆触目生悲也。“暝隄空”三句犹言往事成尘也。但托景物言之，是为景中有情之句。第三段专从杭妓说。“幽兰”三句乃旅杭时景物。“别后”四句乃重访旧游之地也。此时杭妓已亡，“六桥无信”言旧地依然而其人已渺也。下句“瘗玉埋香”，明点出杭妓之死。四字出王承检掘地得瓦棺石铭，有“深深葬玉，郁郁埋香”之语。曰“几番风雨”，则妓亡已久也。“长波”三句以水宿所见之波光山色，想见亡妓之容色。曰“妒”，曰“羞”者，言波光山色不及斯人之美目秀眉也。“记当时”以下，“短楫桃根渡”用王献之《桃叶歌》：“桃叶复桃叶，渡江不用楫。”又：“桃叶复桃叶，桃树连桃根。”（《乐府诗集》卷四十五）“青楼”用杜牧：“十年一觉扬州梦，赢得青楼薄幸名。”二者皆妓事也。观“临分”二句如此“惨淡”，知杭妓未及娶归，当时确有迎娶之约。至因何未及即娶，事不可知。或梦窗客游，不及如约而妓病亡，故念之悲切。第四段为总结之词，“危亭”三句自伤衰年独客，与首段起处遥遥呼应。“草色”二句有对此天涯芳草，不觉万感纷来之意。下文之“离痕”四句则生离之恨，死别之悲，去妾、亡妓，一齐涌上心来矣。“亸凤”，指妇人之髻鬟下垂者，古妇人有凤髻，即以代妇人用。“鸾”，指镜，事见《艺文类聚》引范泰《鸾鸟诗》自序。盖鸾孤则不舞不鸣，对镜见影则悲鸣而舞，故古人以鸾为镜饰。“破鸾”，离鸾、孤鸾也，此以自比。曰“迷归”，去而不返，死而不复生也。曰“慵舞”，失侣之人，无复兴趣也。柳永词有“便纵有千种风情，更与何人说”，与此意同。“蓝霞”句言音讯杳然也。“漫相思”句言徒有相思之情谱入曲调而已。歇拍三句用《楚辞·招魂》篇“目极千里兮伤春心，魂兮归来哀江南”语，尤为沉痛。

三犯渡江云　西湖清明

羞红颦浅恨，晚风未落，片绣点重茵。旧堤分燕尾，桂棹轻鸥，宝勒倚残云。千丝怨碧，渐路入、仙坞迷津。肠漫回、隔花时见，背面楚腰身。　逡巡。题门惆怅，堕履牵萦，数幽期难准。还始觉、留情缘眼，宽带因春。明朝事与孤烟冷，做满湖、风雨愁人。山黛暝，尘波淡绿无痕。

三犯渡江云(羞红颦浅恨)

〔说〕 此词大意是描述清明忆旧游之情事，至其事为何，从内容上看，从其用典实看，则为昔有所遇，今未能忘，故有此作。惟其情至深微，非可径达，说来大费经营，因而体会之亦非易易。即如起首三句，从表面看去，不过记清明景色，然细按之，已将所遇之人之容色情态，托之花木，曲曲摹绘出之矣。“羞红”，含苞初放之花，如人含羞也。“颦浅恨”，初放之花，又如人颦眉，微带恨意也。五字是人是花，浑不可分。“晚风未落”二句则花之盛开也。此二句虽实写眼前所见，然而所遇之人，正当盛年之意，非不可从而得出。“旧隄”三句写清明游踪。“桂棹”，水游，“宝勒”，山游也。“千丝”，柳也。二句写所遇之地。“怨碧”本写柳色，用一“怨”字，则关合人情。“漫”，徒然也。“肠回”而曰徒然，正以见事出偶尔而非可预期。“隔花”用苏轼《续丽人行》“隔花临水时一见，只许腰肢背后看”句意，则明点所遇之人也。换头写今日重游情事。“逡巡”，徘徊凝伫也。“题门”用崔护清明游城南，题诗于求浆女子门扉事。崔诗有“去年今日此门中。人面桃花相映红。人面不知何处去，桃花依旧笑春风”之句。吴用此事，不但切清明，而“惆怅”二字，却将崔诗所写之情指明之矣。“堕履”，用贾子记楚昭王与吴人战，败走，亡其只履，已行三十步后还取之。左右问之，昭王曰：“吾悲与之偕出而不与之偕返。”吴词用之，盖取不忘旧之意。而“牵萦”二字即以表其返而取履之情。此二字与“惆怅”二字又即吴今日重游之情，故首冠以“逡巡”二字，其组织之细密如此。下句言后会难凭也。“还始觉”二句，用意尤深曲。盖言当此后会难凭之时，方始感觉我之如此

“惆怅”“牵萦”，果为何来？于是得出结论说：我之如此“留情”者，乃由彼人之“眼”。其所谓“眼”，即屈原《九歌》之“独与予兮目成”之目也。我之因而“宽带”者，乃因彼人之“春”。其所谓“春”，即韩偓诗“酒发脸边春”之“春”也。“宽带”言瘦减了腰身也。凡此皆初遇彼人时之深刻印象，至今所未忘者。“明朝”二句与歇拍句皆从“幽期难准”出，言后会渺茫也。特借景言之，更加委婉，此又以景结情之法也。

陈洵谓此词是梦窗与去妾初遇时事：“‘明朝’以下，天地变色，于词为奇幻，于事为不祥，宜其不终也。”盖因此词有“渐路入、仙坞迷津”句，与《莺啼序》第二段“溯红渐、招入仙溪”语意似同也。称：“‘题门’‘堕履’与‘锦儿偷寄幽素’是一时事。”盖陈以《莺啼序》词乃专为去妾作，彼词又有“画船载、清明过却”，与此词题目尤合也。今按“题门”“堕履”与《莺啼序》之“锦儿”句绝不相同，何得曰“是一时事”。且遇去妾在吴，此词所写则在越，故知陈说不确。

复次，于此尚有一问题，即吴所遇者，究系何等之人？如系倡女，何至后会难凭，如系大家闺秀，则吴氏何得生此妄念。观其用崔护题门故实，或系小家碧玉。盖小家女子，苟有良媒通词，或可望谐鸳偶。惟是湖上乍逢，难通款曲，惊鸿一瞥，踪迹无从，故有此一番缱绻情思也。总之此等词，原不必究底寻根，反陷拘泥之失。至陈氏“天地变色”云云，尤为主观夸大之词，更失之远矣。

复次，夏承焘《梦窗词系年》称：“集中怀人诸作，其时夏秋，其地苏州者，殆皆忆苏州遣妾；其时春，其地杭者，则悼杭州亡妾。”举《三犯渡江云》（西湖清明）、《西子妆慢》（湖上清明薄游）、《定风波》（人家垂柳未清明）及《莺啼序》等词为证，较分明可信。今按此外尚有《花心动》咏柳有“海角天涯，寒食清明，泪点絮花沾袖”句，《三姝媚》（吹笙池上道）有“禁烟残照。往事依然，争忍重听，怨红凄调”句，《扫花游》（西湖寒食）有“酹入梅根，万点啼痕暗树”句，《风入松》（听风听雨过清明）有“愁草瘗花铭”句，皆于清明寒食之时，作伤春悼旧之语，合观之，似即西湖清明所遇之人。如认为梦窗与杭妓初遇之时，尚以为是小家碧玉，不知其为娼家女，故有“幽期难准”之句，亦非不可通。惟此女似未成娶便殁者，观《莺啼序》用锦儿事，《永遇乐·过李氏晚妆阁》用裴敬中、崔徽事可证。夏君谓为“亡妾”，尚待考。夏君又引周岸登说，谓“梦窗少年又曾恋一杭女而死于水”，则失之远矣。唐、宋文人常有纳妾之事，或成或否，皆形之吟咏，自是当时陋习，梦窗亦未能免。但观其用情尚真，与玩弄女性之豪门富室不可同日语。又吴词多此等作，后来说者纷如，故详论之如此。惟是吴氏遗事，记载颇少，凡此所论，皆从其词语中摭拾比勘得之者，亦未敢定其必无误也。

法曲献仙音　放琴客和宏庵韵

落叶霞翻，败窗风咽，暮色凄凉深院。瘦不关秋，泪缘轻别，情消鬓霜千点。帐翠冷搔头燕，那能

语恩怨。　　紫箫远。记桃根、向随春渡，愁未洗、铅水又将恨染。粉缟涩离箱，忍重拈、灯夜裁翦。望极蓝桥，彩云飞、罗扇歌断。料鹦笼玉锁，梦里隔花时见。

（说） 朱《笺》引《绝妙好词笺》:“丁宥，字基仲，号宏庵。”又曰:“按琴客为柳浑侍儿。唐顾况有《宜城放琴客歌》，此则假以称人妾也。”按放者，遣去也。

此词乃因和丁作，遂为丁妾抒情。起三句写院落凄凉景色，为放妾布置一凄凉环境。“瘦不关秋”二句写放妾之容态。“情消”句则指宏庵。“帐翠冷”二句借钗燕说放妾无可告诉之情。换头“紫箫”字用杜牧《杜秋娘诗》:“闲捻紫箫吹。”秋娘初得宠于唐宪宗，及穆宗即位，命为皇子漳王傅姆。漳王得罪，秋娘亦遣归故乡。故用以比放妾。“记桃根”用王献之《桃叶歌》，记放妾初来时事。“根”原作“枝”，朱校改。“愁未洗”句言欢期未久而被放也。“铅水”，粉水也。“粉缟”二句言临放时不忍见旧时衣饰，不忍拈旧时刀翦也。“涩”，羞涩也。“望极”二句，“蓝桥”用裴航乞浆遇云翘事，见裴铏《传奇》。《传奇》言裴遇云翘夫人与诗云:“一饮琼浆百感生。玄霜捣尽见云英。蓝桥便是神仙窟，何必崎岖上玉京。”后裴过蓝桥，渴，一舍有老妪，裴揖求浆。妪令云英以一瓯浆与之。此用以指妾念旧情，已如“彩云飞”散。“彩云”用李白“只愁歌舞散，化作彩云飞”诗意，故曰“罗扇歌断”。盖以写放后妾之心情，犹言覆水不能重收也。歇拍二句，“鹦”原误作“莺”，今校改。盖此用关中贾放鹦事，见《邵氏闻见录》，言放鹦后，其侪辈过陇，鹦鹉于林间致声问故主。又苏轼记周韶为营妓落籍事作诗曰：“陇上巢空岁月惊。忍看回首自梳翎。开笼若放雪衣女，应念观音般若经。”皆放鹦事实，此用以比宏庵放妾，与妾未忘旧情也。作“莺”非。末句言妾去后，惟有梦中可见也。

倦寻芳

花翁遇旧欢吴门老妓李怜，邀分韵同赋此词

坠瓶恨井，分镜迷楼，空闭孤燕。寄别崔徽，清瘦画图春面。不约舟移杨柳系，有缘人映桃花见。叙分携，悔香瘢漫爇，绿鬓轻翦。　听细语、琵琶幽怨。客鬓苍华，衫袖湿遍。渐老芙蓉，犹自带霜宜看。一缕情深朱户掩，两痕愁起青山远。被西风，又惊吹、梦云分散。

（说）　朱《笺》引《直斋书录解题》：“《花翁集》一卷，开封孙惟信季蕃撰。在江湖中颇有标致，多见前辈，多闻旧事，善雅谈，长短句尤工。”

陈洵说此词：“起从题前盘旋，结从题后摇曳，中间叙遇旧，真是俯仰陈迹。”按陈说全首结构是也。起三句皆别时事，在重遇之前，故为题前。“坠瓶”用白居易《井底引银瓶》诗“瓶沉簪折知奈何，似妾今朝与君别”诗。瓶坠于井，不再可得，故曰“恨”。“分镜”用陈太子舍人徐德言尚乐昌公主，国破后与妻临别，破一镜各执其半，以期他日相合。见《古今诗话》。镜一被分，不复可合，故曰“迷”。“空闭”句从上“楼”字来。苏轼《永遇乐》登燕子楼词，有“燕子楼空，佳人何在，空锁楼中燕”之句，以见楼空人去也。三句中用三事形容与妓别，故陈氏曰“盘旋”。“寄别”二句言别后事。元稹《崔徽歌》序略称：徽，河中府娼也。与裴敬中相从累月，后裴还朝，崔思之甚苦，乃托人图其形寄裴。又杜甫有“画图省识春风面”句，此并用之。“不约”二句，上言不期而遇，下言再见有缘。“桃花”又暗用崔护“人面桃花相映红”诗句。“叙分携”三句追叙当日分别时之情事。“悔香瘢”二句言今既重逢，则当日两情难舍，至爇香、翦鬟示信为过分，故曰“悔”。爇臂成瘢与翦鬟等习，盖古时男女离别有此风，所以示不忘，表信念也。换头“听细语”，老妓诉情也。“客鬓”二句，乃花翁感旧也。上用“琵琶”，下用“衫袖湿遍”，皆暗用白居易《琵琶行》诗句。“渐老”二句言老妓虽老而色犹未衰，但措词殊巧妙，盖以“带霜”“芙蓉”为比，故不觉老妓之难堪。“一缕”二句又写老妓愁情，盖才逢又别也。从“渐老芙蓉”以下，将重逢之情事，已写尽写透，然后以“被西风，又惊吹、梦云分散”，写又别之事，乃题之后路，故陈氏曰“题后摇曳”。“梦云”暗用宋玉《神女赋》。赋中写神女灵踪无定，故有朝云暮雨等词，久为诗词家用来比拟男女离合关系。梦窗词中亦屡见不鲜，曰“楚梦”，曰“梦云”，皆是。

醉落魄 院姬□主去为戍妇

柔怀难托。老天如水人情薄。烛痕犹刻西窗约。歌断梨云，留梦绕罗幕。　　寒更唱遍吹梅角。香消臂趁弓弰削。主家衣在羞重著。独掩营门，春尽柳花落。

（说） 此代院姬抒情之词也。题中空格，疑是“辞”字。主家为谁未详。“柔怀”四字乃无可告诉之词也。“老天”字出李贺“天若有情天亦老”诗句。此言“老天如水人情薄”者，言天亦如水样人情薄，盖怨辞也。“烛痕”句重在“西窗约”三字，暗用李商隐“何当共翦西窗烛”诗句，言旧约犹在也。“歌断”句回想在院时事。“梨云”用王建梨云梦。从下句“留梦”看，言当日歌院往事，但有梦如梨花云也。换头“寒更”句切戍地。“梅角”，角调有梅花落也。“香消”句切戍妇。“臂削”，人瘦也。“弰”，本弓稍也。言人臂瘦削如之。“主家衣”言“羞重著”，正以见留恋旧情之意。“营门”“柳花”，皆戍地之景。曰“独掩”，则孤寂也。曰“春尽”，则无欢也。曰“花落”，则飘零也。皆融情入景之词。

绛都春

燕亡久矣，京口适见似人，怅然有感。

南楼坠燕。又灯晕夜凉，疏帘空卷。叶吹暮喧，花露晨晞秋光短。当时明月娉婷伴。怅客路、幽扃俱远。雾鬟依约，除非照影，镜空不见。　　别馆。秋娘乍识，似人处、最在双波凝盼。旧色旧香，闲雨闲云情终浅。丹青谁画真真面。便抵作、梅花频看。更愁花变梨霙，又随梦散。

（说）　陈洵说："'南楼坠燕'，从姬去时说起，一留；'疏帘空卷'，待其归而不归，一留；'叶吹'二句，空中着笔，又一留。忆当时，怅恨路远，'雾鬟依约'复'明月娉婷'，'镜空不见'复'疏帘空卷'，笔笔断，笔笔续，而脉络井井，字字可循。"杨铁夫以此词"坠燕"指亡妓，似矣，而又以"客路"指楚妓，则大误。今按此因在京口见似亡妓者而兴感，与去妾无关，更无所谓楚妓。"似人"字出《庄子·徐无鬼》篇："见似人而喜。"

起四字点明妓亡。"灯晕"二句见楼内之凄寂。"叶吹"二句见楼外之萧索。"当时"句与下"怅客路"句连读，言当时有"明月""娉婷"相伴，今则已在京口，妓在"幽扃"，相去甚远。"客路"，京口也。"幽扃"，妓冢也。"雾鬟"三句言欲见"依约"之"雾

绛都春（南楼坠燕）

鬟”，“除非照影”，而“镜空不见”，则影亦无矣。此因想极而生幻感之词也。“影”者，心影也。与尾犯“影留人去”同。换头之“别馆”，京口之馆也。“秋娘”二句指见似亡妓之人。“秋娘”，杜秋娘也，见杜牧《杜秋娘诗》，此借用。“旧色”句指亡妓也。“闲雨”句指京口妓也。念旧情深，故对似旧之人“终浅”。“丹青”句言此似旧之人，岂谁画之“真真面”邪？疑词也，亦幻想也。此暗用崔徽画象事，见元稹《崔徽歌》序。“便抵作”句又一幻想，“更愁”句复“愁花变梨霙”则更想入非非矣。“梨霙”，雪花也。雪花不能久留，则欲见似旧之人，亦非可久者，故有“随梦散”之语。后段种种幻想，皆从过拍“照影”“镜空”生出。陈氏所评“一留”“又一留”，原非故尔作态，实叙真情真境，惟过拍处引出后段“丹青”等句种种幻想，或可称留笔。于此可知，留之作法，因有种种情思，种种言语，留待后来敷写，初不急急说出。此种作法，在初为留，在后便为钩勒。钩勒者，愈转愈深，层出不穷也。词家又有触景生情，复缘情布景之说，盖景与情偕，情不穷则景亦随之而多变。如此词“丹青”以下，既疑是画出旧人，又幻想为化身梅花，旋又因其不可久，“更愁花变梨霙”，“随梦”而“散”。其中“丹青”“梅花”“梨霙”等，皆缘情而布设之景也。其见“别馆秋娘”，遂怀念“旧色旧香”，则触景生情也。无论层层钩画，或缘情布景，皆必须作者有无穷深厚之情思，与无限精妙之言语，方能不堕纤巧，不落做作。此况周颐所以有“梦窗之密易学，梦窗之厚难学”之论也。盖密属于词采，厚则有关情思也。且精妙之言语，乃善达深厚情思之语，而非仅富于词采之谓也。

解连环 留别姜石帚

思和云结。断江楼望睫，雁飞无极。正岸柳、衰不堪攀，忍持赠故人，送秋行色。岁晚来时，暗香乱、石桥南北。又长亭暮雪，点点泪痕，总成相忆。　　杯前寸阴似掷。几酬花唱月，连夜浮白。省听风、听雨笙箫，向别枕倦醒，絮扬空碧。片叶愁红，趁一舸、西风潮汐。叹沧波、路长梦短，甚时到得。

〔说〕 此乃梦窗将行与石帚作别之词，故曰“留别”，非送别石帚也。起四字情景融合。陈洵谓“千回百折而出之”，是也。陶潜《停云》诗序曰：“停云，思亲友也。”此词起句用之。“断江楼”二句以“雁飞”兴起人去。“望睫”，思而不见也。“正岸柳”句言石帚不忍折柳送别。“岁晚”句言已来时景色，今日“长亭”作别，暮雪点点，皆我相忆之泪痕也。换头即接写今日惜别情事。“寸阴似掷”，别时之速也。“酬花唱月”，别前之乐也。“浮白”字出《淮南子·道应训》：“蹇重举白而进之曰：‘请浮君。’注：‘举白’，进酒也。‘浮’，罚也。”“省听风”三句乃别后追忆之词。“别枕倦醒”，省记前事，乃如“絮扬空碧”之中矣。“片叶”二句写去舟。“叹沧波”二句又遥想所去之地。“路长梦短”，仍从别情不尽作结。梦窗别有《惜红衣》词，序言：“余从姜石帚游苕、霅间三十五年。”知姜、吴交谊甚深，此词写将别之情如此宛转，亦其证矣。昔人以石帚即姜夔，夏承焘以二人时不相及，断非白石。朱彊村《小笺》说《惜红衣》“从姜石帚游苕、霅间三十五年”句云：“按《蘋洲渔笛谱·拜星月慢》序，称作于景定癸亥，草窗词别题为寄梦窗。刘毓崧据为梦窗此年尚在，而白石词刻在嘉泰壬戌，下距景定癸亥，已逾六十年，其寓吴兴，又在嘉泰壬戌前十二三年，则景定癸亥年已八九十。其从游时代惜无可征实矣。”今按朱、刘皆以石帚即白石，但白石诗词，均无涉及梦窗之作，以相从三十五年之友，绝无诗词酬唱，似不近情，然则夏君所考，殆可无疑。

三部乐 赋姜石帚渔隐

江鸥初飞，荡万里素云，际空如沐。咏情吟思，不在秦筝金屋。夜潮上、明月芦花，傍钓蓑梦远，句清敲玉。翠罂汲晓，欸乃一声秋曲。　　越装片篷障雨，瘦半竿渭水，鹭汀幽宿。那知暖袍挟锦，低帘笼烛。鼓春波、载花万斛。帆鬣转、银河可掬。风定浪息，苍茫外、天浸寒绿。

（说）　此咏石帚钓舟之词。“渔隐”，石帚钓舟名也。南宋时“西湖上好事者所置船舫，随大小皆立嘉名，如泛星槎、凌风舸、云篷、烟艇，扁额不一。”见周辉《清波杂志》卷十二“船舫立名”条。渔隐即此类也。起从舟行处说，有水天一色景象。“咏情”二句，曰“不在秦筝金屋”，正以见石帚诗情别有高逸之趣，非同歌场舞席中生活者。“夜潮”三句即就渔隐生活着笔，“潮上”写时与地。“钓蓑”写渔。“敲玉”，称其“咏情吟思”之美。“翠罂”二句暗用柳宗元“晓汲清湘然楚竹”句意，仍从舟行说。“欸乃”，橹声也，读如阿那，旧读燠靄，似非。唐元结有《欸乃曲》。柳宗元诗有“欸乃一声山水绿”句，此即用其意。换头“越装”，犹言杭式，指舟之形制。“瘦半竿”句，水落曰瘦，“半竿”，半篙也。此数句写渔舟上隐逸生活之恬适，与下“锦袍”八字成对比。“那知”正以见石帚之高致，何曾知道那些热闹事。“鼓春波”句又极形渔舟中亦有极可乐事，仍是与“锦袍”八字作对衬。“帆鬣”句，“鬣”，须也。古时帆上饰以缨络如鬣也。此言漾空而行如升仙，故有“银河可掬”句。歇拍写得苍茫一片，以见舟行无迹可寻。通首将隐逸生活与热闹场面对言，即以形容石帚之高洁品格。再者，此词句法苍劲，缘于转换句意处不用虚字领起，如“但”“尚”“又”等字，而直捷换写，亦吴词句法之特色。近人朱彊村词多用此法，与流转便利一体特异。又“渭水”在陕西，与杭州无涉，此或借用以比杭京。

拜星月慢

姜石帚以盆莲数十置中庭，宴客其中。

绛雪生凉，碧霞笼夜，小立中庭芜地。昨梦西湖，老扁舟身世。叹游荡，暂赏、吟花酌露尊俎，冷玉红香罍洗。眼眩魂迷，古陶洲十里。　　翠参差、淡月平芳砌。砖花滉小浪鱼鳞起。雾盎浅障青罗，洗湘娥春腻。荡兰烟、麝馥浓侵醉。吹不散、绣屋重门闭。又怕便、绿减西风，泣秋檠烛外。

〔说〕 起三句切题。“绛雪”八字写莲花莲叶。雪而曰绛，霞而曰碧，皆加工设色之笔。“昨梦”二句从中庭莲花联想到西湖莲花，而“昨梦”“扁舟”，以见旧游如梦，身世如一扁舟，故有“叹游荡”三句接下。陈洵谓：“‘昨梦’九字，脱开以取远神。以下即事感叹，‘身世’‘游荡’四字是骨。”是也。“暂赏”二句正写宴客于盆莲中。“罍洗”，古酒器。“眼眩”二句则形莲之多，使人迷惘如在十里古陶洲中也。“古陶洲”未详。换头二句切中庭盆莲。“芳砌”“砖花”即中庭。“小浪”用温庭筠“参差小浪动鱼鳞”诗句，此指砖上花纹滉漾如鳞鳞小浪也。“雾盎”二句渲染盆莲，增加词语之色泽也。“荡兰烟”二句写花香。“侵醉”，花气薰人也。“吹不散”句承上“麝馥”。“绣屋”，花秾如绣也。歇拍想到秋深花谢，故有“又怕”句。“泣秋檠”句《铁网珊瑚》作“泫秋檠烛泪”，不如“泣秋檠烛外”。“檠”，烛台也。言秋深绿减，花泣于烛外，非谓烛因绿减红衰而泫泪也。

惜红衣

余从姜石帚游苕、霅间三十五年矣。重来伤今感昔,聊以咏怀。

鹭老秋丝,蘋愁暮雪,鬓那不白。倒柳移栽,如今暗溪碧。乌衣细语,伤绊惹、茸红曾约。南陌。前度阮郎,寻流花踪迹。　朱楼水侧。雪面波光,汀莲沁颜色。当时醉近,绣箔夜吟寂。三十六矶重到,清梦冷云南北。买钓舟溪上,应有烟蓑相识。

(说) 苕、霅二水在吴兴乌程县。此词起八字,皆以衬托“鬓那不白”也。“倒柳”二句有桓温“树犹如此,人何以堪”之慨。柳倒植亦活,故曰“倒柳”。“乌衣”二句,“乌衣”指燕,刘斧《摭遗集》记王榭航海遇风,飘至一地。其王妻以女。榭问:“此国何名?”女答曰:“此乌衣国也。”后思归,王命取飞云车送之。至家,见梁上双燕呢喃,乃悟至燕子国也。“绊惹茸红”,亦燕事,《南史》载王整姊以丝缕系孤燕足,明岁燕归,犹带前缕。此用以形容重来也。过拍方点明重来之人,故有“前度阮郎”两句。“阮郎”原作“刘郎”,从朱校改。此句第三字,白石、玉田、李莱老词均用仄声。“阮郎”,阮肇也。此用刘、阮入天台故事,故曰“寻流花踪迹”。换头数句,即所谓“流花踪迹”。“朱楼”,昔来之地,

"雪面"二句形昔游之人,"当时醉近"写昔日之宴,"夜吟"为昔宴之事,皆"踪迹"也。"三十六矶"二句写重来之情味。"三十六矶"即姜夔咏吴兴荷花词之"三十六陂"。"清梦冷云"六字写重来感昔之情。此六字将"朱楼"以下所写之"踪迹",皆归之"清梦"。"冷云南北"则梦境也。歇拍见昔时之人,已无存识者,有之,其渔翁乎!三十五年之时间,不为不久,其间人事之变,定不为少。此词一起,便感喟甚深,中间写今情昔感,回环往复,萦绕笔端,使人读之,犹见此老当日怀抱。

齐天乐 会江湖诸友泛湖

麹尘犹沁伤心水,歌蝉暗惊春换。露藻清啼,烟萝淡碧,先结湖山秋怨。波帘翠卷。叹霞薄轻绡,汜人重见。傍柳追凉,暂疏怀袖负纨扇。　南花清斗素靥,画船应不载,坡静诗卷。泛酒芳筒,题名蠹壁,重集湘鸿江燕。平芜未翦。怕一夕西风,镜心红变。望极愁生,暮天菱唱远。

(说) 起句明点湖水。湖水而曰"伤心水",从人情言之也。下文"惊春换"等句即伤心之故。"麹尘"字出礼记"鞠衣",注:"如鞠尘色。"鞠、麹通用字,浅黄嫩绿色也。下句"惊春换","春换"而曰"惊"见光阴易逝也。"露藻""烟萝"八字,皆情中之景物，故有“先结湖山秋怨”之句，未秋而曰“秋怨”人情多感，见“露藻”“烟萝”，便生秋意也。“波帘”下各句写湖游。“波帘”，船上帘纹如波也。“叹霞薄”二句写湖荷也。“汜人”本之沈亚之《湘中怨》，述太学进士郑生度洛桥，见一女欲赴水死。郑劝与同归，号曰汜人。后数年辞去，自称湘中蛟宫之娣也。留之不可，竟去。此以仙女比荷花。“傍柳”写时，曰“负纨扇”，秋气渐凉也。换头三句记携妓同游也。“南花”，茉丽也。“素靥”，粉面也。茉丽花白色，故曰“清斗素靥”。载妓与清游不同，故曰“不载坡静诗卷”。“坡”，东坡；“静”和静也。和靖亦作和静。“泛酒”三句写会诸友。“芳筒”，《酉阳杂俎》载郑公慤摘荷叶连茎，簪穿蒂为孔，注酒吸之，名碧筒杯。此借以说酒杯。“题名”四字，题名于湖上诸寺壁也。“湘鸿江燕”即江湖诸友。“平芜”四字写时景。“怕一夕”二句虽未秋而先怕秋至，荷花便红衰也。“望极”二句从上句生出，亦以见人事难常，聚游不易，“暮天菱唱”句以景结情也。

还京乐

友人泛湖，命乐工以筝、笙、琵琶、方响迭奏。

宴兰溆，促奏、丝萦管裂飞繁响。似汉宫人去，夜深独语，胡沙凄哽。对雁斜玫柱，琼琼弄月临秋影。凤吹远，河汉去杳，天风飘冷。　泛清商竟。

转铜壶、敲漏瑶床，二八青娥，环佩再整。菱歌四碧无声，变须臾、翠翳红暝。叹梨园、今调绝音希，愁深未醒。桂楫轻如翼，归霞时点青镜。

（说） 起二句总说题意。“似汉宫”三句用王昭君入胡故事，点明琵琶。“对雁斜玫柱”二句，上写筝之形制，筝有十二弦，十二柱也；下用唐薛琼琼事，点明筝。《丽情集》：“薛琼琼理筝，开元宫中第一手也。”“凤吹”三句点明笙。笙有十六管，左右各八，形如凤翼，故曰“凤吹”。此数句连写题中各乐器，而以“胡沙凄哽”“弄月临秋影”“天风飘冷”等句描写其声调，故不嫌平板。换头既以“铜壶敲漏”，复以“青娥环珮”形容方响之音节铿锵。“方响”以铁片为之，与拍板相似。“铜壶”以铜为器，实以清水，下各开孔，以玉虬吐漏水入两壶，右为夜，左为昼。水滴入壶，声如瑟，故诗人以琼瑟形容之。温庭筠《织锦词》有“丁东细漏侵琼瑟”是也。“菱歌”二句切泛湖。“翠翳红暝”则指荷叶荷花。曰“变须臾”者，总赞众乐迭奏，使花亦为之变色也。“叹梨园”二句叹梨园今已“调绝音希”，而“愁深未醒”，不如此之众乐也。“桂楫”二句写泛湖归路所见，晚霞反映湖水中，景色绚丽也。

霜花腴 重阳前一日泛石湖

翠微路窄，醉晚风、凭谁为整欹冠。霜饱花腴，烛消人瘦，秋光做也都难。病怀强宽。恨雁声、偏落歌前。记年时、旧宿凄凉，暮烟秋雨野桥寒。　妆靥鬓英争艳，度清商一曲，暗坠金蝉。芳节多阴，兰情稀会，晴晖称拂吟笺。更移画船。引珮环、邀下婵娟。算明朝、未了重阳，紫萸应耐看。

〔说〕 石湖在苏州西南，与太湖近。词家起句，有以扫为生之法。如欧阳修《采桑子》“群芳过后西湖好”，周邦彦《齐天乐》“绿芜凋尽台城路，殊乡又逢秋晚”，谭献《词评》皆以为以扫为生法。盖先扫去一层意思，然后入本题也。如此词先设言登高则山路崎岖，“凭谁为整欹冠”邪？因重阳宜登高，今乃游湖，故先言不登高，然后入游湖本意。“欹冠”暗用龙山落帽事。“霜饱”四字，菊花盛开也。“烛消”四字，人瘦如菊也。李清照有“人比黄花瘦”句。菊待霜而腴，人因秋而瘦，故曰“秋光做也都难”。“病怀强宽”四字以下，转折极多，陈洵谓“‘病怀强宽’领起‘恨雁声、偏落歌前’，转身才宽又恨，才恨便记，以提为煞”是也。盖“病怀强宽”者，有及时行乐意，而“雁声”骤报秋期，使人生岁暮之感，则妨人行乐，故“恨”之。“记年时”三句则因惊秋而记起往日此时情景，而“暮烟秋雨”亦非登临之事。此数句于一顷刻间，情绪屡变，正词人善感善觉处。换头三句正写今时行乐之事，与上文相映成趣。“芳节”三句先言佳时难得，暗用“满城风雨近重阳”诗意。“兰情”句言人事无常，会少离多，虽有芳怀而不易常聚。因以见今日之会之可乐，故有“晴晖”六字。“更移”二句言游湖至月上也。“引佩环”句以歌女关合月里嫦娥。此等无情关合，词家往往有之，盖兴会所至，不觉其不合情理也。“算明朝”二句点明“重阳前一日”。“紫萸”句暗用杜甫“醉把茱萸仔细看”诗意。此词布局精密，情事丰富，而兴会轩举。梦窗以此调名其词集，足见此词乃其得意之作。

应天长 吴门元夕

丽花斗靥，清麝溅尘，春声遍满芳陌。竟路障空云幕，冰壶浸霞色。芙蓉镜，词赋客。竞绣笔、醉嫌天窄。素娥下，小驻轻镳，眼乱红碧。　前事顿非昔。故苑年光，浑与世相隔。向暮巷空人绝。残灯耿尘壁。凌波恨，帘户寂。听怨写、堕梅哀笛。伫立久，雨暗河桥，谯漏疏滴。

（说） 此词上、下两半阕作对比，以写昔盛今衰之感。其转捩点在换头处。梦窗老寿，当其少年时，南宋国事尚未全非，虽苟安江左，表面尚有承平气象。故周密《玉漏迟·题吴梦窗词集》有“闲自笑。与君共是，承平年少”之句，又《玲珑四犯·戏调梦窗》词亦有“年少忍负韶华，尽占断艳歌芳酒”之句，皆追述往日之词。及梦窗暮年，外患日深而朝廷阘茸，一味欺蒙粉饰，势已岌岌而不知惧。故梦窗每抚今追昔，感慨甚深。此等情况，词中多有，虽或但切己身言，而世事即在言外，亦词人忧衰悯乱之情之发于文字者。

此词从起句至过拍，全述昔日元夕景象，非常绚烂。真有万花为春之概。“丽花”三句写元夕游事，花则与人靥斗丽，尘土亦带春人衣麝香气，已极艳矣，而“春声”六字再总说一句，更见繁华。“竞路”二句，古代贵室妇女出游或在外饮宴，皆以幕障之。晋书谢道蕴施青绫步障自蔽。又王恺与石崇竞富，恺以紫丝步障四十里，崇以锦步障五十里敌之，即此句之意。“冰壶”形容月色。“芙蓉”句写文士春游歌酒之乐也。《酉阳杂俎》载李固遇一老姥言，郎君明年芙蓉镜下及第。李应试诗赋有“人镜芙蓉”之语，后人遂以此为状元及第故事。“醉嫌天窄”极言其豪情胜概也。“素娥下”总写游人驻赏作过拍。换头五字由前盛转入今衰，故下有“与世相隔”之语，言前事如隔世也。以下皆写今日之衰与昔日之盛成对比。“向暮巷空人绝”与“春声遍满芳陌”成对比，“残灯耿尘壁”与“冰壶浸霞色”迥然不同。“凌波恨”六字与“听怨写、堕梅哀笛”句又与“绣笔醉嫌天窄”有天壤之异。歇拍与过拍亦两两相形，以见今昔之不同。“谯漏”，古代设漏壶于城楼上以测时也。

六　丑　壬寅岁吴门元夕风雨

渐新鹅映柳，茂苑锁、东风初掣。馆娃旧游，罗襦香未灭。玉夜花节。记向留连处，看街临晚，放小帘低揭。星河潋滟春云热。笑靥欹梅，仙衣舞缬。澄澄素娥宫阙。醉西楼十二，铜漏催彻。　红消翠歇。叹霜簪练发。过眼年光，旧情尽别。泥深厌听啼鴂。恨愁霏润沁，陌头尘韈。青鸾杳、钿车音绝。却因甚、不把欢期，付与少年华月。残梅瘦、飞趁风雪。向夜来，更说长安梦，灯花正结。

（说） 此词题壬寅岁，据夏承焘《梦窗词系年》，梦窗四十三岁作。前词亦题《吴门元夕》，而无岁次，似在此词之后。夏承焘考梦窗于理宗绍定五年壬辰，在苏州为仓台幕僚，至淳祐四年甲辰秋始居杭，计居苏十三年。其后又尝至苏，或有所作，但不知究在何年。此词有“馆娃旧游”“过眼年光，旧情尽别”等句，皆重来之辞，岂居苏十余年中，尚因事一度他去邪？词人行迹不详，亦只可得其大略耳。

此词亦以今昔对写，以见节序风物之感。起句言春气渐回也。“新鹅”形容新柳色。“馆娃”二句记昔日元夕光景。“玉夜”四字加倍描写，措语甚奇。“记向”三句则昔日元夕之事。“向”，向日也。“看街临晚”“小帘低揭”皆琐事之留连不忘者，正以见念旧情深。梦窗另有《塞垣春·丙午岁旦》词，亦有：“渐街帘影转，还似新年，过邮亭、一相见。”丙午为淳祐六年，梦窗四十七岁居杭，在此词后，亦以新年提到街帘，似指此词所记之事。“星河”句，元夕天气澄明也，与后阕“愁霏”对衬。曰“潋滟”，曰“春云热”，皆加意烘染之笔。“笑靥”二句，元夕人事繁华也，与后阕“青鸾杳”对衬。曰“欹梅”，曰“舞缬”，亦极力渲染之辞。“缬”，说文：“结也。”胡三省《通鉴注》：“缬，撮彩以线结之而后染色，既染则解其结。凡结处皆原色，余则入染色矣。其色斑斓，谓之缬。庾信诗‘花鬓醉眼缬’，言眼醉生花，如缬之斑斓。”此词则言舞衣斑斓也。“澄澄”句，元夕月色也。过拍写通宵醉饮，皆以极形旧日元夕晴朗，人情欢娱，游事甚盛，以为下半阕之反衬。换头四字从今日芳菲消歇说起，已与起调之“茂苑”“东风”句相反。以下逐层钩勒。“叹霜簪”三句言今日人意，对此“过眼年光，旧情尽别”也。“泥深”句用屈赋“恐鹈鴂之先鸣兮，使夫百草为之不芳”，因见风雨萧萧，虽在元夕，即已使人怀芳草消歇之恐也。盖鹈鴂之鸣，当在春晚。“恨愁霏”二句言风雨愁人，不能出游也。“青鸾”句与前半阕“笑靥”“仙衣”对照。“却因甚”二句问得突兀。盖正好欢游之时，因何风雨，故怪而问之也。“残梅”，风雪交加以致梅花飘落也。“向夜来”二句宕开一笔，说到京城元夕灯事作结。“来”从朱校改，原作“永”。

思佳客 癸卯除夜

自唱新词送岁华。鬓丝添得老生涯。十年旧梦无寻处，几度新春不在家。　　衣懒换，酒难赊。可怜此夕看梅花。隔年昨夜青灯在，无限妆楼尽醉哗。

（说） 此词“十年旧梦”二句，足证梦窗居苏十余年中曾因事离去。“十年”举成数也。歇拍二句与姜夔《鹧鸪天·元夕不出》词歇拍句“卧听邻娃笑语归”，同是以他人之欢，形自己之戚。因“衣懒换，酒难赊”，故对梅花便觉可怜也。又姜夔《鹧鸪天·丁巳元日》词有“慵对客，缓开门。梅花闲伴老来身”之句，与吴氏“衣懒换”三句，语意俱同。

花　犯　谢黄复庵除夜寄古梅枝

剪横枝，清溪分影，翛然镜空晓。小窗春到。怜夜冷孀娥，相伴孤照。古苔泪锁霜千点，苍华人共老。料浅雪、黄昏驿路，飞香遗冻草。　行云梦中认琼娘，冰肌瘦、窈窕风前纤缟。残醉醒，屏山外、翠禽声小。寒泉贮、绀壶渐暖，年事对、青灯惊换了。但恐舞、一帘胡蝶，玉龙吹又杳。

（说） 起处从黄复庵剪梅枝说起。“分影”即剪枝也。“小窗”三句，夜寄梅枝也。“夜冷孀娥”，月也。“古苔”二句，一面写梅，一面即结合人。“料浅雪”二句正写寄梅枝，暗用陆凯寄梅枝与范晔事。陆诗有“折梅逢驿使，寄与陇头人”之句，故曰“驿路”。换头三句从得见梅枝，加以渲染。“琼娘”“冰肌”“纤缟”，皆形容梅花之辞，而以从“行云梦中”认识，何等空灵。“残醉”二句切除夜，又暗用赵师雄在罗浮山梦见缟衣女郎，醒后见梅枝上翠鸟事，以足成上“梦中认琼娘”之意。“寒泉”二句言以梅枝插瓶，作岁除清供也。歇拍又想到梅枝凋落。“玉龙”，笛也。笛有《落梅花》曲，词家咏梅多喜用之。“恐舞”二句以见爱惜之意，且以表郑重感谢之情。

解语花 梅花

门横皱碧，路入苍烟，春近江南岸。暮寒如翦。临溪影、一一半斜清浅。飞霙弄晚。荡千里、暗香平远。端正看，琼树三枝，总似兰昌见。　　酥莹云容夜暖。伴兰翘清瘦，箫凤柔婉。冷云荒翠，幽栖久、无语暗申春怨。东风半面。料准拟、何郎词卷。欢未阑，烟雨青黄，宜昼阴庭馆。

（说）　首三句写梅花之地与时。“皱碧”，水也。“暮寒”二句承上，“半斜清浅”四字暗含林逋“疏影横斜水清浅”句意。“飞霙”句又承“暮寒”来。《埤雅》：“雪寒甚为粒，浅则成华，华谓之霙。”“荡千里”句亦用林诗“暗香浮动月黄昏”句意。过拍二句及换头三句，皆暗用薛昭于兰昌宫见张云容、萧凤台、刘兰翘三美女事。事出唐裴铏《传奇》，见《太平广记》卷六十九及罗烨《醉翁谈录》。昭诗有“自疑飞到蓬山上，琼树三枝半夜春”之句，为吴词所本。但“箫”字乃吴氏所改，原系萧姓。揣吴氏意，既似以三美女为渲染梅花之用，复将云、兰、箫作为三种物态加以形容，而有“酥莹”“清瘦”“柔婉”之词。此种作法，虽若灵活，然灵活太甚，使人无从捉摸，转成晦涩矣。（予初亦不解所谓，曾以元稹《连昌宫词》写杨氏三姨从游，为琼树三枝之所本，遂以为兰昌乃连昌之误。今承研究生刘庆云示我《醉翁谈录》，始悟前说之非。于此可见解说古词之不易，且以知吴氏之词晦涩之故与此等作法之非。）自此以下，又写梅花残时，故有“冷云荒翠”句。“东风”二句中之“何郎”，何逊也。何逊有《早梅》诗。“半面”字出《南史·徐妃传》，此以比半残之梅。“欢未阑”三句又从残梅说到梅子作结。全首抵一篇梅花赋，写其由盛极而衰残。诵“无语暗申春怨”句，似托意于才人落拓，岂梦窗自写照邪？杨铁夫谓为妓女作，并谓“门”是“倡家之门”。“临溪影”之“临”字，有倚门卖笑意。于是以“三株”（三枝之误）为倡家“姊妹花”，如此论词，真孟子所讥“固哉！高叟”矣。如此论词，且固而近于陋矣。

花　犯　郭希道送水仙索赋

小娉婷，清铅素靥，蜂黄暗偷晕。翠翘欹鬓。昨夜冷中庭，月下相认。睡浓更苦凄风紧。惊回心未稳。送晓色、一壶葱茜，才知花梦准。　湘娥化作此幽芳，凌波路、古岸云沙遗恨。临砌影，寒香乱，冻梅藏韵。熏炉畔、旋移傍枕，还又见、玉人垂绀鬒。料唤赏、清华池畹，台杯须满引。

(说)　“池畹”原作“池馆”，从《铁网珊瑚》改。郑文焯《校议》曰：“左思赋《魏都》：‘疏圃曲池，下畹高堂。’‘池畹’正自有本。”陈洵说此词，“自起句至‘相认’，全是梦境。”又曰：“后片是梦非梦，纯是写神。”按梦窗最工写梦，是化实为虚法。此词一起，句句皆将水仙人格化。水仙花瓣为白色，故曰“清铅素靥”，花蕊为黄色，故曰“蜂黄暗偷晕”。“翠翘”，《群芳谱》：“水仙冬间于叶中抽一茎，茎头开花数朵，大如簪头。”故曰“翠翘攲鬓”。凡翘起之物皆曰翘，如鸟尾、花枝、冠饰及钗、簪皆然。“昨夜”二句本郭送来水仙，却说为水仙忽降于“中庭月下”，境界便空灵。骤读此数句，尚未知是写梦境。至“睡浓”二句，有“惊回”之词，乃知上文是梦。过拍更明说“花梦”。“一壶葱茜”即实写水仙。水仙花叶皆从一壶状体内抽出，故曰“一壶葱茜”。“花梦准”者，初梦水仙降于“中庭月下”，“惊回”果见郭送水仙，故曰“花梦准”。换头忽又幻想此花乃“湘娥”化身，因有“古岸云沙”句，此句暗用《湘君》篇。湘君，旧说为舜妃。舜南巡不返，湘君望之久，死为水神。故有“遗恨”之句。“临砌影”三句用梅作陪衬，因黄庭坚《水仙》诗，有“山矾是弟梅是兄”之句也。“熏炉”句则醒眼所见之水仙。曰“还又见”，回顾上半阕“月下相认”句，故曰“又见”。“玉人垂绀鬒”仍以人状花。歇拍之“清华池畹”，乃郭希道之园圃，此言花在郭园，供主人赏玩也。“台杯”句双关花之形状与赏花之酒盏。《山堂肆考》：“世以水仙为金盏银台，盖单叶者，其中似一酒盏，深黄而金色。”陈洵谓“后半阕写神，盖以湘君之幻化，乱冻梅之寒香，及见玉人之绀鬒，皆摄取水仙之神韵为词也。”至谓“是梦非梦”，不如说是想象之词，方与前半阕写梦不犯复。

花心动 柳

十里东风，袅垂杨、长似舞时腰瘦。翠馆朱楼，紫陌青门，处处燕莺晴昼。乍看摇曳金丝细，春浅漾、鹅黄如酒。嫩阴里、烟滋露染，翠娇红溜。　此际雕鞍去久。空追念邮亭，短枝盈首。海角天涯，寒食清明，泪点絮花沾袖。去年折赠行人远，今年恨、依然纤手。断肠也、羞眉画应未就。

（说） 南宋词家咏物之作最多，亦最工。美成咏柳，邦卿咏燕，已极精工。梦窗此类之作，亦多而佳。此外如王圣与、周密、张炎皆有咏物佳作。其时有词社组织，社中类以咏物为题，如《南浦》之咏春水，《齐天乐》之咏蝉，《绮罗香》之咏红叶，《疏影》之咏梅影，王、周、张集中皆有，即是社题。此等词，词家多以寄

花心动(十里东风)

托身世之感，或以抒羁旅离别之情，大抵不出比兴之义，其描绘物态，以不粘不脱为妙。

此词题系咏柳，意却寄情。古人折柳送别，故柳历来用为离愁别苦之标志。起句用“长似舞时腰瘦”，说柳即有人在。“翠馆”三句写柳之地与时。“乍看”二句，新柳也。“金丝”“鹅黄”，皆新柳之色。过拍说成阴之柳。“烟滋”二句与上“燕莺”对照，一写柳中禽鸟，一写柳时花卉。上半阕写柳至此已透。题中之义，应有尽有矣。换头即从折柳赠别起，以抒写离情。自“此际”六字点明，以下皆从别离之情着笔。“空追念”，别后之情也。“短枝盈首”与周邦彦《蝶恋花》咏柳词“拟插芳条须满首”同。“海角天涯”，别去之远也。“寒食清明”，别离之时也。“絮花沾袖”以柳絮比离人“泪点”。东坡《水龙吟》咏杨花词“细看来、不是杨花点点，是离人泪”，与此正同。夏承焘谓梦窗怀人诸作，其时春，则悼亡妾。此词虽有“泪点”语，尚非伤其人亡，当是与之初别时作，故有“去年”“今年”之语。梦窗在杭初遇一妓，适在西湖清明，《三犯渡江云》词可证。但此妓未及娶归即亡，其亡或在吴以他事别去之时，此词或即记其事。歇拍补写柳叶，亦绾合人情。曰“断肠”，则是与之作别之人，因离愁而“断肠”也。惟其“断肠”，故“羞眉画应未就”。温庭筠《菩萨蛮》词“懒起画蛾眉，弄妆梳洗迟”，正是离愁满腹人之情态。此词但写其人伤离，不写己之惜别，却已表明己对其人之情感深厚，故于其人伤离之情，念之如此也。

双双燕

小桃谢后，双双燕飞来，几家庭户。轻烟晓暝，湘水暮云遥度。帘外余寒未卷，共斜入、红楼深处。相将占得雕梁，似约韶光留住。　　堪举。翩翩翠羽。杨柳岸泥香，半和梅雨。落花风软，戏促乱红飞舞。多少呢喃意绪。尽日向、流莺分诉。还怜又过短墙，谁会万千言语。

（说）　此调本史邦卿自制，梦窗用之。燕子春社始来，“小桃谢后”写社后之时序。“轻烟”二句写其来处。“帘外”二句因社后犹有“余寒”，故“未卷”帘，因楼帘未卷，故双燕欲入红楼，只得“斜入”，用心甚细，足与史词并美。过拍二句写其稳住雕梁之意。换头三句写其营巢、衔泥之事。“落花”二句写其穿花。“多少”二句写其呢喃，“向流莺分诉”，以莺作陪衬也。歇拍二句朱本原作“还过短墙”，此从词谱。此处史词作“愁损翠黛双蛾”，系六字句。此二句声律与过拍二句同。歇拍与过拍有时可不同，但此调似不然，细按史词自明。且如词谱添二字，语气似较足，故从之。此词“乱红飞舞”以上，从各方面描写燕子，“多少”以下四句，则关合人情。诵“谁会万千言语”之句，似有知音难遇之感。“过短墙”者，依人之意。燕子巢于人家庭户，与人之人幕为宾，正相类似，此或梦窗咏燕之本意。考梦窗一生，皆以游幕为事，词中可考者，四十二岁以前，在苏州仓台幕中，其后又从吴潜、史宅之、尹焕诸人游，与吴交谊尤厚。六十岁后又客嗣荣王赵与芮邸。所与游者虽多贵盛，然未被荐引。其一生或尚曾在他人幕中，但词中无考。"短墙"之语，或指此类人物。此词作法，与史达祖所作，亦约略相似。今附史词于后，观其谋章措语，或可发人新悟。

【附】史达祖词

双双燕

过春社了，度帘幕中间，去年尘冷。差池欲住，试入旧巢相并。还相雕梁藻井。又软语、商量不定。飘然快拂花梢，翠尾分开红影。　芳径。芹泥雨润。爱贴地争飞，竞夸轻俊。红楼归晚，看足柳昏花暝。应自棲香正稳。便忘了、天涯芳讯。愁损翠黛双蛾，日日画阑独凭。

(说)　起三句从燕子来时说。"差池"二句写其飞入旧巢。"差池"用《诗·邶风》："燕燕于飞，差池其羽。"双飞貌也。"还相”二句写其相度营巢之处。“藻井”，古时宫殿或贵人家有藻井之制，以厌火灾。“藻井”乃于殿顶中央作倒垂深洞，内绘水藻之属。“飘然”二句写其衔泥。换头二句写其衔泥之地。“爱贴地”二句则状其双飞也。“红楼”二句则总写其终日为营巢忙碌也。“应自”下四句，则从闺人望燕之情作结。全词自此四句以前，皆细细描绘燕子之词，观其“看足柳昏花暝”句，言外盖有所指。考史为韩侂胄中书省堂吏。凡韩有所作为，史无不知者，其间不少“昏”“暝”之事，皆所“看足”者。史虽“看足”韩之“昏”“暝”，而不早引退，卒之韩败，史亦遭黥面之辱。证以史他作《满江红·书怀》词，有“一钱不值”之语，则亦非无悔悟之心者，但意志不坚耳。后人论此词者，特赏其“柳昏花暝”四字，非无故也。再从歇拍四句看，乃闺人盼望燕来之语，以燕子“栖香正稳”，托为游子远游为乐，忘了家人之意，然则以前所写之燕子，皆闺人想象中者，燕子实未来也。全词笔调极其灵活，可以“轻俊”二字评之。吴词亦不少逊，但托意不同，人品遂别。

过秦楼 芙蓉

藻国凄迷，麹澜澄映，怨入粉烟蓝雾。香笼麝水，腻涨红波，一镜万妆争妒。湘女归魂，佩环玉冷无声，凝情谁愬。又江空月堕，凌波尘起，彩鸳愁舞。　还暗忆、钿合兰桡，丝牵琼腕，见的更怜心

苦。玲珑翠屋，轻薄冰绡，稳称锦云留住。生怕哀蝉，暗惊秋被红衰，啼珠零露。能(原注去声)**西风老尽，羞趁东风嫁与。**

（说） 此词首三句为总括之词。“藻国”“麹澜”皆芙蓉所生之处，“凄迷”言香气细缊，“澄映”言水色清朗，而“粉烟蓝雾”则以形容芙蓉花叶之多，如烟如雾也。“香笼”三句，再加钩勒，水为荷香所笼，则成“麝水”，波为荷色所染，则如红波。“一镜万妆”又总赞其多，如彼此争妍角艳，故曰“争妒”。“湘女”三句，又换笔写芙蓉之神态，如“湘女归魂”“佩环玉冷无声”，虽满怀幽情，无可与“愬”者，此既以芙蓉人格化，又暗用杜甫“环佩空归月下魂”句而点化之。过拍三句又换一境，写芙蓉兼鸳鸯。“凌波”字出曹植《洛神赋》：“凌波微步，罗韈生尘。”亦写芙蓉态度，如洛妃凌波也。“彩鸳”句言芙蓉凌波而步，使彩鸳亦羞舞也。换头又换笔换意，写采芙蓉之人事。“钿合”“丝牵”，菱藻之形容词也。“兰桡”，采芙蓉之舟，“琼腕”，采芙蓉之人，“见的更怜心苦”则采芙蓉之人之情思也。“的”，《尔雅》作“菂”，同，莲子也。“玲珑”三句又换一意。“玲珑翠屋”写叶，“轻薄冰绡”写花瓣，言如此“玲珑”之叶，与如此“轻薄”之花，似应被“锦云”好好维护，故曰：“稳称锦云留住。”此句反激起下“生怕”三句。上言应“留住”，此言“生怕哀蝉”一鸣，便使花叶飘零。“秋被”，叶也，“红衰”，花也，“啼珠”，叶上露珠也。歇拍二句，作此词之托意。

"能",自注去声,乃宁可之意,此言芙蓉宁可老尽西风之中,而"羞趁东风嫁与"也。贺铸《芳心苦》咏荷有"当年不肯嫁春风"之语,"不肯"即"羞趁"也。盖芙蓉开于秋日,与桃、李之烂熳于春风者,品格自高也。诵此二句,梦窗盖自道己志,自占身份语,且可知梦窗虽多贵盛之交而不被荐引之故,非交友不思荐引,实梦窗"羞趁东风"也。再证以集中《赋姜石帚渔隐》词极写隐逸之人,不知繁华之可乐,《赠芸隐》词暗喻梅津留连长安尘土之非计,此词歇拍之托意愈明矣。

丁香结 小春海棠

香袅红霏,影高银烛,曾纵夜游浓醉。正锦温琼腻。被燕踏、暖雪惊翻庭砌。马嘶人散后,秋风换、故园梦里。吴霜融晓,陡顿暗动、偷春花意。　还似。海雾冷仙山,唤觉环儿半睡。浅薄朱唇,娇羞艳色,自伤时背。帘外寒挂淡月,向立秋千地。怀春情不断,犹带相思旧子。

(说)　毛本题《秋日海棠》,《铁网珊瑚》作《小春海棠》。郑文焯《校议》据之曰:"初学记:'十月为小春。'山堂肆考谓'南方冬温,草木常茂。今江南十月,春卉再华,俗呼为迎小春。'柳耆卿有《望梅》一解,题:'咏小春。'谛审词义云'秋风换、故园梦里’，又云‘暗动偷春花意’，皆原作‘小春’佳证。”按郑说是也，今从之。杨铁夫《笺释》不以郑说为然，释为秋海棠，反谓“如郑氏说，好好一篇灵活局势佳词，看成死局。”[illegible]可从。

此词起四字写海棠[illegible]。“影高”四字用苏轼“只恐夜[illegible]烧红妆”句意，因有“曾纵夜游浓醉”之[illegible]花古人之句作法也。此三句又皆从春日海棠着笔。“正锦温”以下三句则写春日海棠谢也。曰“燕蹋、暖雪”，即春日海棠为春燕蹴落也。“暖雪”者，海棠花也。“马嘶人散”二句从容转入小春海棠。“马嘶人散”，游观之人因花谢而去也。“秋风换”句落到小春海棠。看其由春日海棠转到小春海棠，何等灵活，杨氏何以反说为死局。“吴霜”二句，曰“陡顿”，曰“暗动”，皆不期然而然之辞。曰“偷春”，则非真是春时而是偷来之春也。换头二字换意另起，小春海棠无故实，故用杨贵妃“海棠春睡”故事渲染之。“海雾冷仙山”，暗用白居易《长恨歌》“忽闻海上有仙山，山在虚无缥缈间”及“云髻半偏新睡觉，花冠不整下堂来”等句，写小春海棠。“环儿”，贵妃名玉环也。白诗写临邛道士所觅得之玉环，非长生殿中之贵妃，故以比小春海棠，亦以见非春日之海棠也。其用心之细，运典之活如此。“浅薄”与“香袅红霏”不同，且亦白诗“玉容寂莫”之意。“自伤时背”亦是想象杨妃此时自伤之情。诵此句似暗露梦窗自伤生不逢时之意，故陈洵谓“‘自伤时背’，贤者退而穷处意”，似矣，但又云：“‘秋风换、故园梦里’，朝局变迁也。”则推阐太远。盖此“自伤时背”原是写小春海棠，非真春日海棠，但此等语，与作者平时心中所感，恰好契合，故言虽在此，而意可在彼，读者自可从此言而得彼意。且此等作法，只可认为作者无形流露，而非有意比附，是兴而非比。因此亦只一二语带自己感情，不可据此句句比附。如陈氏所谓“朝局变迁”，似非作者本意。“帘外”二句加重钩勒非春日。曰“淡月”，曰“寒挂”，秋月与春月不同也。曰“向立秋千地”，则春日妇女嬉春之秋千已拆除，但有秋千之地耳。歇拍二句，以虽非春时而人睹海棠再花，自引“春情不断”，一笔钩转，力量甚大。下句更进一步言，小春之海棠非可结子，但人情犹作此想，故曰“犹带相思旧子”。此词中“陡顿”原作“陡觉”，从《铁网珊瑚》改。“立”原作“日”，“子”原作“字”，从朱校改。

暗香疏影 赋墨梅

占春压一。卷峭寒万里，平沙飞雪。数点酥钿，凌晓东风□吹裂。独曳横梢瘦影，入广平、裁冰词笔。泛五湖、清夜推篷，临水一痕月。　何逊扬州旧事，五更梦半醒，胡调吹彻。若把南枝，图入凌烟，香满玉楼琼阙。相将初试红盐味，到烟雨、青黄时节。想雁空、北落冬深，淡墨晚天云阔。

（说） 墨梅，墨画梅也。首四字泛写春梅。“压一”，宋人常语。吴潜词有："看恰好园地，随宜亭榭，人道瀛洲压一。"秦观《品令》亦有："天然个标格，于中压一。"犹言第一也。质言之，则压倒一切也。廿四番花讯，梅居第一，故曰"压一"。"卷峭寒"二句写其时。"数点"二句正写初开之梅。"酥钿"，形容梅花之辞，"酥"，本乳酪，"钿"，妇女首饰，用翡翠、丹粉为之。合之以状梅花之香润与花瓣之形色。"东风"下空格，或补"为"字，疑或系"与"字。"独曳"二句写赋中之梅。宋璟有《梅花赋》，璟封广平郡公，故曰"入广平裁冰、词笔"。"傍玉湖"二句则水边梅也。"临水"五字得水边梅花之神，将林逋《梅》诗两句融成五字，益见精彩。换头又从何逊《咏早梅诗》与笛中《落梅》调二事，用一"梦"字联系之，便非呆用故实。"若把南枝"三句始入画梅，而"玉楼琼阙"句复结合雪景言。此句写画梅而有"图入凌烟，香满玉楼琼阙"之语，虽意在推尊画梅，但凌烟乃唐太宗图画功臣像之阁，今乃曰"若把南枝图入"，且"香满玉楼琼阙"，似拟于不伦，岂故为此狡狯以嘲笑时无人邪？下文写梅子复有"试红盐味"之语，而文家用盐梅，皆有调和鼎鼐之意，本出《书·说命篇》："若作和羹，尔惟盐梅。"乃高宗命傅说佐己之辞。然则梦窗用此等字面，岂见时无贤能如傅说之佐商，不如画梅于阁，反能"香满玉楼琼阙"也。"玉楼琼阙"与苏轼之"琼楼玉宇"亦正相同，皆以指朝廷也。此虽推测之言，然咏画梅而忽想及"图入凌烟"，岂不耐人寻味。歇拍联想及"冬深"而以"淡墨晚云"渲染墨梅作结。

探芳讯

为春瘦。更瘦如梅花，花应知否。任枕函云坠，离怀半中酒。雨声楼阁春寒里，寂寞收灯后。甚年年、斗草心期，探花时候。　　娇懒强拈绣。暗背里相思，闲供晴昼。玉合罗囊，兰膏渍红豆。舞衣叠损金泥凤，妒折阑干柳。几多愁、两点天涯远岫。

（说） 此闺情词也。闺情乃诗词家最喜描写之主题。自唐五代小令以来，此题之作，已极尽其能事。凡闺情之作，或有本事，或系泛写，或乃作者托之以抒一己之情，有时不易指实。即梦窗此作，用意何在，亦费寻讨。陈洵说此词："本是伤离，却说'为春'。"盖伤春即由伤离引起。李商隐咏杜牧诗，有"刻意伤春复伤别，人间惟有杜司勋"之句。"伤春""伤别"，乃曰"人间惟有杜司勋"，可见天下惟有真性情人方解伤春与伤别。梦窗多情，亦杜牧一流人物。

此词首句提出"为春瘦"，下文有"离怀半中酒"，是伤春即由于伤离，已明白言之矣。"中酒"，被酒也。"枕函云坠"，云发坠于枕上，无心起而梳洗，因"中酒"也。"雨声"二句记时，"收灯"，宋时汴京正月十九日收灯毕，都人争先出城探春，见《东京梦华录》。观下"甚年年"二句，"斗草""探花"，即探春事。曰"甚年年”，则收灯后之寂寞，不止一年也。换头以“娇懒”二字写伤春人之心情，此种心情，在过拍中已包含之，至换头方点明之。其心情如此者，下文“暗背里相思”，乃其原因。“闲供晴昼”者，晴昼本可出城探春，而终日为相思而“娇懒”，故曰“闲供”。“玉合”二句，皆闺人之化妆品。“舞衣”二句言不但不思“拈绣”，且歌舞亦无心也。歇拍言千种离情，万种春思，皆在“两点”眉山中也。

扫花游 春雪

水云共色，渐断岸飞花，雨声初峭。步帷素袅。想玉人误惜，章台春老。岫敛愁蛾，半洗铅华未晓。舣轻棹。似山阴夜晴，乘兴初到。　心事春缥缈。记遍地梨花，弄月斜照。旧时斗草。恨凌波路钥，小庭深窈。冻涩琼箫，渐入东风郢调。暖回早。醉西园、乱红休扫。

（说）朱校：“‘路锁’，原钞‘锁’作‘钥’，毛本同。郑文焯曰：‘宜从王校作锁。’”按王、郑校非也。此字周邦彦、吴文英皆用入声。前有《宴清都》词，亦有“瑶扉乍钥”句。皆以“钥”代“锁”。

起四字写雪天景象。“渐断岸”二句，“飞花”，雪花也。“峭”，本严峻、急切义，此言雨雪交下之声。“步帷”四字，雪飞入游人帷幕也。古时贵妇女外游，必施步障。《晋书》称谢道蕴施青绫步障自蔽。“步帷”，即步障。“想玉人”二句暗用谢安冬日集子女，命各拟句咏雪。谢道蕴曰：“未若柳絮因风起”事。“章台”多种柳。此言“误惜”者，谢女误以雪为柳絮也。此等处，虽系以古人雪事来点染春雪，必须融化，不然便成事类赋矣。“岫敛”二句又写山上之雪。“舣轻棹”三句则水中之雪。写山雪但言雪改换了山色，写水雪，用王子猷在山阴，大雪中乘兴访戴安道事。一虚写，一实事，以见用笔变化。换头五字，入作词本意。陈洵谓“换头五字，贯彻上下，通体浑融”，是也。此以春雪之缥缈形容“心事”亦如之也。“记遍地”以下，即缥缈之“心事”。“梨花”和“月”，用以点染雪之白。但以一“记”字领起，则“心事”也。“旧时”四字承上皆昔日之事。“恨凌波”二句言昔时“斗草”游春，常恨冻结不能行舟，故曰“路钥”。“冻涩”二句写雪之寒，因箫声“冻涩”，遂联想及曲调郢人有《阳春白雪》之歌，故曰“东风郢调”。歇拍以“暖回”作结，亦从题之后路着笔也。

澡兰香　淮安重午

盘丝系腕，巧篆垂簪，玉隐绀纱睡觉。银瓶露井，彩箑云窗，往事少年依约。为当时、曾写榴裙，伤心红绡褪萼。黍梦光阴，渐老汀洲烟蒻。　莫唱江南古调，怨抑难招，楚江沉魄。薰风燕乳，暗雨梅黄，午镜澡兰帘幕。念秦楼、也拟人归，应翦菖蒲自酌。但怅望、一缕新蟾，随人天角。

（说） 陈洵说："此怀归之赋也。"但怀吴寓或怀越寓，不可知。首三句以重午风俗引起往事。"盘丝"，《荆楚岁时记》："五月五日以五彩丝系臂名辟兵，一名长命缕。""巧篆"，《抱朴子》："午日朱书赤灵符著心前以辟兵疫百病。"今曰"垂簪"，则是戴之头上也。"玉隐"句言玉肌之人睡于绀色纱帐中也。此三句皆指当年旧事。"银瓶"二句言唐、宋时风俗。李贺《五月乐词》有"井汲铅华水，扇织鸳鸯纹"，即其事。"为当时"二句今昔之感，上句昔日之事，下句今日之情。"榴裙"，切午日，苏轼有"石榴半吐红巾蹙"句，以榴花比红巾，此则以比红裙。"写榴裙"暗用王献之书羊欣裙事，是古人有书裙之习。"红绡褪萼"即就榴花说。曰"伤心"者，伤其"褪萼"也。过拍又从己亦老去，觉往事如一梦也。《枕中记》谓吕翁予卢生枕，梦中历尽一生荣辱而醒，翁方炊黄粱未熟也。"黍梦"用此。换头用招屈故事切重午。"江南古调"，《楚辞·招魂》有"魂兮归来哀江南"句也。"薰风"二句为今日重午景物。"澡兰"用《大戴礼》"五月五日，蓄兰沐浴"事。"念秦楼"二句不言己之怀归，而以家人望己归说，己怀归之情自见。"翦菖蒲"酌酒，亦重午故事。《荆楚岁时记》谓端午以菖蒲一寸九节者泛酒饮之，辟瘟气。歇拍三句，己未能归，"但怅望、一缕新蟾，随人天角"而已。此以景结而情在其中也。

满江红 甲辰岁盘门外寓居过重午

结束萧仙，啸梁鬼、依还未灭。荒城外、无聊闲看，野烟一抹。梅子未黄愁夜雨，榴花不见簪秋雪。又重罗、红字写香词，年时节。　帘底事，凭燕说。合欢缕，双条脱。自香消红臂，旧情都别。湘水离魂菰叶怨，扬州无梦铜华阙。倩卧箫、吹裂晚天雪，看新月。

（说）此词记为甲辰岁作，是年夏秋即遣妾去之时。此时犹未赴杭，盖已去与妾同居之西园而暂寓盘门外也。起二句以重午起。“萧仙”，荆楚风俗，端午日结艾为人悬门以辟邪恶。“萧仙”，即艾人也。“啸梁鬼”用韩愈《原鬼》“有啸于梁，从而烛之，无见也”语。“荒城”二句，盘门外景色。“梅子”二句，上点明时物，五月梅黄时，有雨曰黄梅雨。下句结合己年说。言不见榴花簪发也。“秋雪”指白发。“又重罗”二句，从今日记起往日此际之情味也。“帘底”二句，即“年时事”而申说之，言但有燕知耳。下文“合欢缕，双条脱”亦即“年时事”。“合欢缕”，即《荆楚岁时记》之长命缕。“条脱”，钏也。“自香消”二句即承上说。“合欢缕”“双条脱”，皆臂饰。今日一切都非，故有“香消”“情别”之句。“湘水”二句，上用招屈事点题，“菰叶”，《风土记》谓以菰叶裹黍投江中，不致为蛟龙所食。今日端午食粽，即其遗俗。下句以扬州旧铸江心镜结合已与妾分离说。“铜华”，镜也。“阙”者，暗用乐昌公主与徐德言分镜事，言镜破不能重合也。歇拍以景作结。

六么令 七夕

露蛩初响，机杼还催织。婺星为情慵懒，伫立明河侧。不见津头艇子，望绝南飞翼。云梁千尺。尘缘一点，回首西风又陈迹。　　那知天上计拙。乞巧楼南北。瓜果几度凄凉，寂寞罗池客。人事回廊缥缈，谁见金钗擘。今夕何夕。杯残月堕，但耿银河漫天碧。

（说） 陈洵说：“此事偏要实叙，却全是世间痴儿女幻境极力逼出。”按据陈说是此词乃虚事实写，与化实为虚之法又自不同。《尔雅翼》：“七日河鼓与织女会于汉东，役乌鹊为梁以渡。”杨铁夫据《星经》：须女四星，一名婺女，主布帛为珍宝藏。又织女三星，主瓜果丝帛。《笺》云：“按婺与织女星数不同，所主不同，显为两星。今以婺为织女，混为一矣。”按婺女非织女，梦窗非不知。此词但曰“婺星”，是梦窗未尝以婺女为织女。疑“婺”乃“嫠”误。嫠，无夫之称。梦窗《宴清都·连理海棠》词有“嫠蟾冷落羞度”句。“婺蟾”，指月，与此“婺星”指织女星同，其误无疑。

此词作于何年，不可考，但就词意观之，似在妾去以后，盖有感于牛、女会合而作。首句从秋来景物引起。“露蛩”，促织也，故曰“催织”。“婺星”二句与下“不见”二句同指织女，意在去妾，岂犹望其归来邪？“云梁”，乌鹊桥也。“尘缘”二句言虽有鹊桥，奈“尘缘”太短。盖古传牛、女一年一度相会，且“回首西风”，又成“陈迹”矣。换头别出一意，言牛、女“尘缘”如此短，亦拙于计矣，而人犹于此时“乞巧”，故曰“那知”。“瓜果”二句，乞巧故事。“罗池客”，柳宗元也。宗元贬柳州居罗池，曾撰乞巧文。曰“凄凉”，曰“寂寞”，实以己之情加之古人，即以古人代己也。“人事”二句，暗用明皇与杨妃七夕私语事。“回廊缥缈”，悬想长生殿二人私语之处也。“金钗擘”用白居易《长恨歌》“钗留一股合一扇”句意，皆暗切己之心情之语，非泛泛引用七夕故事也。歇拍言己今夕酒余月堕之时，不见牛女渡河，但见银河耿耿于碧天之上耳。

塞垣春 丙午岁旦

漏瑟侵琼管。润鼓借、烘炉暖。藏钩怯冷，画鸡临晓，邻语莺啭。殢绿窗、细咒浮梅盏。换蜜炬、花心短。梦惊回、林鸦起，曲屏春事天远。　迎路柳丝裙，看争拜东风，盈灞桥岸。髻落宝钗寒，恨花胜迟燕。渐街帘影转。还似新年，过邮亭、一相见。南陌又灯火，绣囊尘香浅。

(说) 丙午为理宗赵昀淳祐六年，梦窗四十七岁，居杭州时。从起句至“花心短”皆说除夕事。“漏瑟”用温庭筠《织锦词》“丁东细漏侵琼瑟”句，言夜漏也。“润鼓”句，除夕人家击鼓，谓之年鼓。鼓润则声哑，必借炉火烘之也。“藏钩”，妇女之戏。除夕寒甚，不便此戏，故曰“怯冷”。“画鸡”，古时元旦，贴画鸡于户上，故曰“临晓”。“邻语”四字用杜甫“莺入新年语”句，此以形容邻女除夕守岁之笑声如莺啭也。集中《祝英台近·除夜立春》词，亦有“笑声转、新年莺语”之句可证。“殢绿窗”二句，“殢”，困顿也。言除夕为酒所困也。“细咒”，李商隐诗有“终当咒酒卮”语，此言以吉语咒除夕之酒也。“浮梅盏”，古时以梅花泛酒饮之，取其香也。《四民月令》：“梅花酒元日服之却老”，亦其习也。“梦惊回”三句入题，切元旦，故曰“春事”。陈洵说此词：“下阕写春事如许，回忆曲屏，向所谓远者，今乃历历在目矣。”换头以下，皆“春事”。“迎路”句言柳丝如裙也。集中《诉衷情》词亦有“柳腰空舞翠裙烟”句可证。“争拜”句以清真词校之，多二字。清真词作“天然自、风韵娴雅”。拟改此句为“看争拜、东风灞岸”，则与清真词句法一致矣。“髻落”二句言元旦妇女翦彩为花胜事。唐、宋时，立春日妇女翦彩戴之以迎春，曰花胜。花胜有翦作燕子者。“迟燕”之迟，非延迟意，乃待候也。言燕虽未来，翦燕戴之，候其来也。以上皆从妇女元日春事着笔。“渐街帘”三句疑有本事，今不可考。集中《六丑·壬寅岁吴门元夕风雨》词亦有“记向留连处，看街临晚，放小帘低揭”句，或即其事。“南陌”句言元宵灯火也。“绣囊”，香囊也。此或当时习俗有佩香囊事也。

解连环

暮檐凉薄。疑清风动竹，故人来邈。渐夜久、闲引流萤，弄微照素怀，暗呈纤白。梦远双成，凤笙杳、玉绳西落。掩练帷倦入，又惹旧愁，汗香阑角。　银瓶恨沉断索。叹梧桐未秋，露井先觉。抱素影、明月空闲，早尘损丹青，楚山依约。翠冷红衰，怕惊起、西池鱼跃。让湘娥、绛绡暗解，褪花坠萼。

（说）　起三句以时序景物引动人情。“故人”，似指去妾。言闻“清风动竹”，疑其远来也。“渐夜久”三句为待其来时之情事。夜久所见只“流萤”于暗中呈现点点白光而已。盖待久之人终杳然也。“梦远”二句又由夜写至晨。“双成”“凤笙”用《汉武内传》：“西王母命侍女董双成吹云和之笙”事。“梦远”者，言故人远去，如吹笙仙女之杳然难遇也。“掩练帷”三句则晨起后事。“惹旧愁”句言忽似汗香犹在阑角，思之心切也。以上从暮至夜，从夜至晨，辗转不寐之事，而“掩练帷倦入”则既出又入，其情事与李清照《声声慢》词起句“寻寻觅觅”四字相同。古诗有“出户独彷徨，愁思当告谁。引领还入房，泪下沾裳衣”，又即此四字之注释。盖人当愁极，心中如有所失，其情事正如此也。换头六字，直捷提出事已无可为也。“瓶沉”句言故人断绝，如索断瓶沉，空有恨而已。白居易《井底引银瓶》诗曰：“井底引银瓶，银瓶欲上丝绳绝。……瓶沉簪折知奈何，似妾今朝与君别。”此句用此。“叹梧桐”二句言梧叶未落而露井已先有秋意，以喻己怨怀易感，有如此也。“抱素影”三句睹物思人也。“明月”指扇，“楚山”，扇上所画。此言故人遗物，虽已尘损，尚抱持之，不忍抛弃也。“翠冷红衰”，复及时序景物，以见物色全非，不但人愁，即西池之鱼，亦当“惊起”。歇拍双关今昔，以“绛绡暗解”记旧情，“褪花坠萼”比今事。

齐天乐

烟波桃叶西陵路，十年魂断潮尾。古柳重攀，轻鸥骤别，陈迹危亭独倚。凉飔乍起。渺烟碛飞帆，暮山横翠。但有江花，共临秋镜照憔悴。　　华堂烛暗送客，眼波回盼处，芳艳流水。素骨凝冰，柔葱蘸雪，犹忆分瓜深意。清尊未洗，梦不湿行云，漫沾残泪。可惜秋宵，乱蛩疏雨里。

〔说〕 此词亦追念旧欢而作。首句“桃叶”“西陵”，皆指旧欢之人之地。“桃叶”本王献之妾，王为作《桃叶歌》：“桃叶复桃叶，渡江不用檝。”“西陵”则用《苏小小歌》：“妾乘油壁车，郎跃青骢马。何处结同心，西陵松柏下。”“十年”句总提十年前事。梦窗追念旧游之词，多提到十年前事。《夜合花》既有“十年一梦凄凉”之句，《思佳客·癸卯除夜》词又有“十年旧梦”之语。据夏承焘考《吴梦窗系年》，梦窗于绍定五年壬辰为苏州仓台幕僚，至淳祐四年甲辰冬始去吴寓越，在吴共十年左右。梦窗在苏州与其妾同居即在此十年内，此其词中所以屡提十年之故。“魂断潮尾”指遣妾后情事。“古柳”三句言再逢又别。“骤”原作“聚”，《阳春白雪》作“叙”，予疑乃“骤”之残文，今改作“骤”。观下文知此言乍逢又别也。“凉飔乍起”正写倚亭。“渺烟碛”二句乃倚亭所见。“但有江花”，言无人与共也。换头补出旧游情事另起。“烛暗送客”，用《史记·淳于髡传》：“堂上烛灭，主人留髡而送客。”梦窗以淳于髡自比，客则同游宴之友也。送客而留髡者，美人于髡情独厚也。此或记初遇去妾时事。陈洵说此词，“送客”为送去妾，非也。“眼波”二句正写留髡之人之美。“素骨”三句，又即此人剖瓜同吃之事。与周邦彦《少年游》词：“纤手破新橙”同是写小小情节以点染一时情趣之语。陈洵谓“分瓜”乃“别后始觉不祥”，亦设想太过。“清尊未洗”“梦不湿行云”，言别之速，梦不成也。“可惜”二字则惜别之词，此亦以景结情而融情入景之结尾法。

乌夜啼 桂花

西风先到岩扃。月笼明。金露啼珠滴翠，小银屏。　　一颗颗，一星星。是秋情。香裂碧窗烟破，醉魂醒。

（说） 起句点明时地。“金露”六字描绘桂花极工丽。曰“小银屏”，则此所咏者瓶桂也。换头之“颗颗”“星星”，本写桂花，而以“是秋情”三字连缀之，以关合人情，便见景中有情。歇拍以桂花香气酷烈、破人醉眠作结。

唐多令

何处合成愁。离人心上秋。纵芭蕉、不雨也飕飕。都道晚凉天气好，有明月、怕登楼。　　年事梦中休。花空烟水流。燕辞归、客尚淹留。垂柳不萦裙带住，漫长是、系行舟。

（说） 此词为张炎所称，以其“疏快不质实”。然非梦窗高处。张炎尝评吴“檀栾金碧”词如“七宝楼台，炫人眼目，碎拆下来，不成片段”。盖因梦窗工于修辞，有时太密，与其作风不同，

唐多令(何处合成愁)

此词略异他作，故特拈出之。

此词首句，只是小巧，无甚深意，与山谷“门里安心”为“闷”字、“女边著子”为“好”字，少游“一钩残月带三星”为“心”字，同一游戏之笔。“纵芭蕉”句以下半阕声律观之，此句多一字，盖“也”字为衬字，词家偶亦用之。蕉雨最使愁人听之生愁，今曰“不雨也飕飕”，是进一层说法。换头言当年之事皆从梦中消失，正如“花空烟水流”。“燕辞”句之燕系双关，观下句“不萦裙带住”可知。下句言“垂柳”不为人萦住裙带，空系淹留之人之舟也。“漫”有“徒然”之义，“徒然”长系行舟，即空系行人之舟也。

点绛唇

推枕南窗，楝花寒入单纱浅。雨帘不卷。空碍调雏燕。　　一握柔葱，香染榴巾汗。音尘断。画罗闲扇。山色天涯远。

（说）　朱刻谓原钞：“题‘初夏感情’，毛本无题，据删。”按此雨中怀人之词也。“推枕”，不能寐也。“楝花”句首先出一“寒”字，因雨而寒也，故下即写“雨帘”。楝，三四月开花，二十四番花讯风，楝花风最后。“寒入单纱”，衾寒也。风雨凄然，不能入寐，故尔生感，为作词之因。“雨帘”二句乃言燕为雨帘所碍，不能调其雏燕。意则念去妾因故不能抚其子。杨铁夫谓梦窗去妾已生子，似可信。换头遂及所怀之人。“柔葱”，手指也。“榴巾”，妾之遗物，当时手汗尚染在巾，睹物思人也。故即接“音尘断”三字。歇拍更从扇上“山色”，念及人去便成天涯之远也。曰“闲扇”，则搁置已久可知。巾也，扇也，皆去妾之遗物，睹之皆有“物是人非”之感。“山色”五字与温庭筠《菩萨蛮》词见枕屏上“小山重叠”而思及人去之远同意，正可互证。

浣溪沙　琴川慧日寺蜡梅

蝶粉蜂黄大小乔。中庭寒尽雪微消。一般清瘦各无聊。　　窗下和香封远讯，墙头飞玉怨邻箫。夜来风雨洗春娇。

（说）“琴川”在常熟，寺梁时所建。“蜡梅”，本名黄梅，范成大《梅谱》云：“本非梅种，以其与梅同时而香又近之也。”张翊《花经》曰：“人言腊时开，故以腊名，非也，为色似黄蜡耳。”起句以白梅陪衬蜡梅，故曰“蝶粉蜂黄”。“大小乔”本三国时乔公二女，今以比黄白梅花。“中庭”句点时。“一般”句言黄白梅花当此“寒尽雪微消”时“一般清瘦”，故曰“无聊”，盖梅已渐落也。换头上句，古用蜡封信，因蜡梅之名而思及“远信”。下句见落梅而思及玉箫，皆有人在。如此，则非泛咏物而为触物思人。但此意深微，不着痕迹耳。末言残梅亦为风雨洗尽矣，语带感慨。

浣溪沙

门隔花深梦旧游。夕阳无语燕归愁。玉纤香动小帘钩。　　落絮无声春堕泪，行云有影月含羞。东风临夜冷于秋。

（说） 此忆旧之词。所忆不愿实说而托之梦。“门隔花深”,不得亲近,故但有梦也。“夕阳”句为门外所见之景。“玉纤”句乃花中所闻之声。换头上句所忆之情,“落絮无声”乃“春堕泪”,以比人之情;下句所忆之人,“行云有影”使月含羞,以比所忆之人。“东风”句言忆旧之情怀如此,觉春夜东风亦如秋气之凄凉矣。观此词,知词家所说之梦,不必是真梦,而写来似真,亦写虚为实之法也。

鹧鸪天 化度寺作

池上红衣伴倚阑。栖鸦常带夕阳还。殷云度雨疏桐落，明月生凉宝扇闲。　　乡梦窄，水天宽。小窗愁黛淡秋山。吴鸿好为传归信，杨柳阊门屋数间。

（说） 化度寺在杭州仁和县北江涨桥。此词梦窗寓杭时忆去妾作。“杨柳阊门屋”，去妾吴中所居也。上半阕化度寺即目之景。曰“红衣伴倚阑”者，“红衣”，莲花也，莲花作伴，则无人可知。既曰“雨”，又曰“月”，知非一日。下半阕设想去妾之心情，而“吴鸿传信”，歇拍告“吴鸿”以去妾所居之地也。梦窗与去妾之事，其详虽不可知，但从其词中所表现之情观之，似妾求去，非吴遣去妾也。

周邦彦清真词

周邦彦字美成，钱塘人。史称其疏隽少检，不为州里推重而博涉百家之书。元丰初游京师，献《汴都赋》万余言，神宗异之。自太学诸生一命为正，出教授庐州，知溧水县，还为国子主簿。哲宗朝官至卫尉宗正少卿，以直龙图阁、知河中府。徽宗朝提举大晟府，未几，知顺昌府，徙处州卒，年六十六。邦彦好音乐，能自度曲，制乐府长短句，词韵清蔚。集名《清真》。陈廷焯《白雨斋词话》曰："词至美成乃有大宗，前收苏、秦之终，复开姜、史之始，自有词人以来，不得不推为巨擘。后之为词者，亦难出其范围。然其妙处，亦不外沉郁顿挫。顿挫则有姿态，沉郁则极深厚。既有姿态，又极深厚，词中三昧，亦尽于此矣。"按自来论清真词者，张炎则曰："美成词浑厚和雅，善于融化诗句。"沈伯时则曰："美成最知音，下字用韵，皆有法度。"陈氏所谓"顿挫"，指其造语；"沉郁"指其用意。张氏"浑厚和雅"之评，"浑厚"亦就用意言；"和雅"则指措词。沈氏则指出其"知音"。三家之评，已足尽美成之长矣。盖当美成之时，词体变而与诗近。美成知音又能文，故所作独得其体之正，虽多赋丽情，而出之以和雅之笔，故不伤格，所以享盛名于时。每制一词，名流辄和，方千里、杨泽民至和其全集，非无故也。后人以周与柳耆卿并称，盖二人皆长于抒写别离之情，羁旅之感。而周之深静和雅，与柳之奇爽疏快则异趣。读周词须看其疏密相间，虚实互发处，而笔姿宛转流美，意趣不穷，复有无垂不缩之妙。至其铸词协律，则沈伯时所谓“法度”也。不善学者，务讲法度，则为所束缚，易流为软媚。救弊之法，唯有一“真”字。有真情，写真景，乃有真词。故知学古之难，不在文字之末，而在性情之真。

风流子

枫林凋晚叶，关河迥、楚客惨将归。望一川暝霭，雁声哀怨，半规凉月，人影参差。酒醒后，泪花销凤蜡，风幕卷金泥。砧杵韵高，唤回残梦，绮罗香减，牵起余悲。　　亭皋分襟地，难堪处、偏是掩面牵衣。何况怨怀长结，重见无期。想寄恨书中，银钩空满，断肠声里，玉箸还垂。多少暗愁密意，惟有天知。

（说）　起处光点明秋时景色，引起离情。“将归”而曰“惨”，著语甚奇。至何以“惨”，则待下文细说。“望一川”下四句，写临别时之物色人情。“酒醒”二句为别后居者所在。“砧杵”四句则为别后居者之情。换头四句乃行者追忆别时与别后。“想寄恨”四句又行者遥想居者之情。歇拍总结离情。

此词大开大合，美成特色。因此调中四字句多，他人作来，易成平板，而美成此词，仍流转自如，一也；又美成此词，四句一转，此非笔力极健者，不易圆美，二也；再则此词四字句层次分明，不复不杂，三也。全词除起结总写外，将居者、行者之情，曲曲描出而不嫌琐屑，亦由力量大，情意深所致。

氐州第一

波落寒汀，村渡向晚，遥看数点帆小。乱叶翻鸦，惊风破雁，天角孤云缥缈。官柳萧疏，甚尚挂、微微残照。景物关情，川途换目，顿来催老。　渐解狂朋欢意少。奈犹被、思牵情绕。坐上琴心，机中锦字，觉最萦怀抱。也知人、悬望久，蔷薇谢、归来一笑。欲梦高唐，未成眠、霜空又晓。

（说） 此词前半阕皆“景物关情，川途换目”，而以“顿来催老”作小结。起处三句将时、地、人事俱写到。“乱叶”三句则晚景从远处写，“官柳”二句又晚景从近处写，皆川途景物关情换目者也。换头以下写情，转折极多，随生随扫。换头七字由过拍“催老”来。“狂朋”言人见己老来“欢意少”也。下句七字言彼此犹不免牵萦也。“坐上”句属己边言，“机中”句则属人言。“琴心”用《汉书·司马相如传》相如以琴心挑文君事。“机中”用《晋

氐州第一(波落寒汀)

书》窦滔妻苏蕙以回文锦寄窦滔事。盖“欢意”虽少，犹有情也。“也知”句又遥想人“悬望”而以“蔷薇谢归来”慰之。“蔷薇”句用杜牧《留赠》诗“不用镜前空有泪，蔷薇花谢即归来”句意。“欲梦”二句又入己边说来作结。后半阕中“渐解”二句两层，“坐上”三句一层，“也知”二句两层，“欲梦”二句三层，共得八层，亦一特色也。

庆宫春

云接平冈，山围寒野，路回渐转孤城。衰柳啼鸦，惊风破雁，动人一片秋声。倦途休驾，淡烟里、微茫见星。尘埃憔悴，生怕黄昏，离思牵萦。　华堂旧日逢迎。花艳参差，香雾飘零。弦管当头，偏怜娇凤，夜深簧暖笙清。眼波传意，恨密约、匆匆未成。许多烦恼，只为当时，一晌留情。

（说）　此词前后两半，用对比法描写，以见今昔情事，如此不同，而人情可知。过拍“离思”四字为全首主旨。“云接”三句为秋时远景，“衰柳”三句则秋时近景。此六句写景颇工，写远景则写目所见，写近景则写耳所闻，六句中上八字皆密，下六字句皆疏，此疏密相间之法也。“倦途”二句写休歇时，而“尘埃”四字又将上面所写概括净尽，于是提出旅情离思，以结上起下。换头以下即专从离思着笔。“华堂”三句形容旧日之乐，如此香艳。“弦管”三句又写旧日音乐之盛。皆以形今日旅途之愁情也。“眼波”则写旧日欢乐中人事。歇拍三句以今日之愁，由昔日之乐来作结，故极深厚。歇拍所言“一晌留情”，尚非极欢，盖上言“密约匆匆未成”也。然即此“一晌”之情，已足使人生出许多“烦恼”矣。此所以深厚也。

解连环

怨怀无托。嗟情人断绝，音信辽邈。纵妙手、能解连环，似风散雨收，雾轻云薄。燕子楼空，暗尘锁、一床弦索。想移根换叶，尽是旧时，手种红药。　汀洲渐生杜若。料舟依岸曲，人在天角。记得当日音书，把闲语闲言，待总烧却。水驿春回，望寄我、江南梅萼。拼今生、对花对酒，为伊泪落。

（说）　此词作法又换，一起即作决绝语。“怨怀”之所以“无托”者，盖因“情人断绝，音信辽邈”也。“纵妙手”三句再纵写一笔，更见“无托”之怀。“解连环”用《国策》秦遣使以连环致齐求解。齐后椎破之，报秦曰“连环解矣”事。“燕子”二句盖室迩人远，物是人非也。此用张建封妾于张亡后，独居燕子楼事。“想移根”二句则时过事非也。换头点明“情人”所往。“漫记”三句言旧日书信，阅之生怨，不如“烧却”。“水驿”二句又于“音信辽邈”之后，仍望其“寄我江南梅萼”。“寄梅”用陆凯寄范晔梅枝事。“拼今生”二句更进一层说，不但望其寄信，且愿“拼今生”“为伊泪落”，可谓一往情深。而此种痴情，乃从“情人断绝，音信辽邈”，从“燕子楼空”“人在天角”种种绝望之后生出。且方言“待总烧却”当日音书，又“望寄我江南梅萼”，将种种矛盾心情，一一写出，亦奇笔也。

意难忘

衣染莺黄。爱停歌驻拍，劝酒持觞。低鬟蝉影动，私语口脂香。莲露滴，竹风凉。拼剧饮淋浪。夜渐深，笼灯就月，子细端相。　　知音见说无双。解移宫换羽，未怕周郎。长颦知有恨，贪耍不成妆。些个事，恼人肠。试说与何妨。又恐伊，寻消问息，瘦减容光。

〔说〕 此词描写一稚龄歌舞妓，极其工细，既以见此妓之美，亦可知作者爱惜之深。而且语不流于亵，此较柳七为胜，即前人所谓周词和雅处也。起四字写衣着，次句写其酬错，“低鬟”句写其丰姿，“私语”句写其言语。“莲露”三句写饮宴之时，“夜渐深”三句更添写一笔，以见“轻怜细阅”之情。（“轻怜”四字周氏《华胥引》词句。“莲露”原作“檐露”，从郑文焯校改。）换头写其歌舞之妙。“未怕周郎”言其唱曲之佳，暗用周瑜知音，闻曲有误必顾。时人谣曰：“曲有误，周郎顾。”今言“不怕”，则无误也。“长颦”句写其情态，“贪耍”句写其娇痴。结尾数句，言不忍以“恼人肠”之“些个事”告之，怕他“寻消问息，瘦减容光。”“恼人肠”之事，乃将与之离别之事也。从此数句看，作者对于此女子爱惜甚深。宋代词人，从柳永以来，多有同情妓女的作品，其原因盖即白居易《琵琶行》所言“同是天涯沦落人”也。宋初晏几道有《浣溪纱》一首曰：“日日双眉斗画长。行云飞絮共轻狂。不将心嫁冶游郎。　溅酒滴残歌扇字，弄花熏得舞衣香。一春弹泪说凄凉。”此词尤托意分明。盖写此女之遭遇与其内心之矛盾，即作者本人之遭遇与内心矛盾也。

蝶恋花

月皎惊乌栖不定。更漏将阑，轣辘牵金井。唤起两眸清炯炯。泪花落枕红绵冷。　执手霜风吹鬓影。去意徘徊，别语愁难听。楼上阑干横斗柄。露寒人远鸡相应。

（说）　此词上半阕写别之前一刹那的时间，下半阕写临别及别后一刹那的时间，而上半过拍二句，为全首最佳者。盖行者闻人汲水声而惊起，即须早行，乃唤起与之作别之人。而此人睡意方酣，骤然唤醒，尚未意识到即须离别，故有“两眸清炯炯”之句。然立即省悟别离在即，故有“泪花落枕红绵冷”之句，可谓传神之笔。否则亦平平别情词也。

姜夔白石道人歌曲

姜夔字尧章，晚自号白石道人，鄱阳人。幼随父噩官汉阳，后常往来沔、鄂几二十年。淳熙间客湖南，识萧德藻。萧工诗，与杨万里、范成大、陆游、尤袤齐名。既遇夔，自称四十年作诗，始得此友，以其兄之子妻之，携之同寓湖州。尝以杨万里介，谒范成大于苏州。并时名流，若楼钥、叶适、京镗、谢深甫皆折节与交。朱熹爱其深于礼乐，辛弃疾深服其长短句。夔于宁宗庆元三年进《大乐议》及《琴瑟考古图》于朝，诏付太常寺与议，不合，且嫉其能，不获尽其所议。五年，又上《圣宋铙歌》十二章。诏免解与试礼部，不第归。夔除工诗词著有《白石诗集》《诗说》《歌曲》外，又有《续书谱》《绛帖平》等书。京镗尝称其骈俪文，今均佚，无一篇传者。中岁以后，曾依张俊之孙名鉴字平甫者于杭十年。鉴卒，旅食浙东、嘉兴、金陵间，卒于西湖，年约六十余。贫不能殡，吴潜诸人助之葬于钱塘门外西马塍。子二：琼，太庙斋郎；瑛，嘉禾郡签判。

扬州慢

淳熙丙申至日，予过维扬。夜雪初霁，荠麦弥望。入其城则四顾萧条，寒水自碧。暮色渐起，戍角悲吟。予怀怆然，感慨今昔，因自度此曲。千岩老人以为有《黍离》之悲也。

淮左名都，竹西佳处，解鞍少驻初程。过春风十里，尽荠麦青青。自胡马、窥江去后，废池乔木，犹厌言兵。渐黄昏清角，吹寒都在空城。　杜郎俊赏，算而今、重到须惊。纵豆蔻词工，青楼梦好，难赋深情。二十四桥仍在，波心荡、冷月无声。念桥边红药，年年知为谁生。

（说）　千岩老人即萧德藻。郑文焯曰："绍兴三十年，完颜亮南寇，江淮军败，中外震骇。亮寻为其臣下弑于瓜州。此词作于淳熙三年，寇平已十有六年，而景物萧条，依然'废池乔木'之感。此与《凄凉犯》当同属江淮乱后之作。"起三句，"过维扬"也。"淮左"，宋置淮东路，亦称淮左。"竹西"，杜牧诗："谁知竹西路，歌吹是扬州。"扬州府城东北有竹西亭也。"过春风"二句，"荠麦弥望"也。"自胡马"三句，"感慨今昔"也。"渐黄昏"二句，"暮色渐起，戍角悲吟"也。换头托之杜牧以写己情。即“予怀怆然”也。看“算而今、重到须惊”句自明。“纵豆蔻”三句即从上“俊赏”出。杜牧《赠别》诗曰:“娉娉袅袅十三余。豆蔻梢头二月初。”“豆蔻词工”,指此。杜又有“十年一觉扬州梦,赢得青楼薄幸名”诗句,“青楼梦好”指此。“难赋深情”者,杜乃个人之事,今则为家国之感,即令杜牧重来,已难赋也。“二十四桥”二句仍从杜牧诗来。杜《寄扬州韩绰判官》诗有“二十四桥明月夜,玉人何处教吹箫”句。“二十四桥”,沈括《梦溪补笔谈》:“扬州在唐时最为富盛,旧城南北十五里,一百一十步;东西七里,三十步,可记者有二十四桥。”“波心”七字写得苍凉,足见感怆。歇拍有花木无情,依然繁茂而“俊赏”无人矣。故曰“为谁生”。“红药”,芍药也。红药桥见李斗《扬州画舫录》。“渐黄昏”句,郑文焯《校》谓“渐黄昏清角”句对下片“念桥边红药”,应断于“角”字。又谓“角”“药”二字旁谱“𠃊”皆是“打”字,宜用入声。按郑说是也。夏承焘《姜白石词编年笺校》不以为然,举宋、元人填此调者,皆作上七下四句法。又曰:“或谓下片结当依此句,以‘边’‘年’为断。然白石自谓自度曲前后阕不同,似不必上下一致。”夏君所举白石语,见其《长亭怨慢·序》。“前后阕”句乃“前后阕多不同”。夏君删去“多”字,则皆不同矣。又郑君谓“旁谱”字同,亦确不可易。且词家于长句中逗句每每不能一致,故夏君虽举宋、元作者与姜词句、逗有同异,均不足为凭,而郑说从旁谱证其前后阕应同,则甚合宋词声律也。

暗香

辛亥之冬，予载雪诣石湖，止既月，授简索句，且征新声，作此两曲。石湖把玩不已，使工妓隶习之，音节谐婉，乃名之曰《暗香》《疏影》。

旧时月色。算几番照我，梅边吹笛。唤起玉人，不管清寒与攀摘。何逊而今渐老，都忘却、春风词笔。但怪得、竹外疏花，香冷入瑶席。　江国。正寂寂。叹寄与路遥，夜雪初积。翠尊易泣。红萼无言耿相忆。长记曾携手处，千树压、西湖寒碧。又片片、吹尽也，几时见得。

（说） 此与后首《疏影》说者颇不一。张惠言《词选》谓“石湖盖有隐遁之志，白石赋此二词以阻之。首章言己尝有用世之志，今老无能，望之石湖耳。”宋翔凤《乐府余论》谓：“《暗香》《疏影》，恨偏安也。”二家皆以南宋国事立说。近人夏承焘一反旧说，谓“白石此词亦与合肥别情有关”：如“叹寄与路遥”“红萼无言耿相忆”“早与安排金屋”等句，皆可作怀人体会。又二词作于辛亥之冬，正其最后别合肥之年（时所眷者已离合肥他去，参前《秋宵吟》笺）；范成大赠以小红，似亦为慰其合肥别情。以此互参，寓意可见。按夏君此说，盖由《疏影》词中有“昭君不惯胡沙远”句，诸家之说难明，故改为怀合肥所眷者。然细按此二词，似不可作怀所眷者说。如此首“江国。正寂寂”“路遥”“夜雪”，后首“胡沙”“暗忆江南江北”“深宫旧事”等词，何可以之指合肥所眷勾阑中妓女。夏说殆不然也。

此词起四字便有情，下二句即旧时月下梅边之韵事。“唤起”二句亦旧时乏风趣。“何逊”二句言今日之情怀，借用何逊以自拟。何逊有《咏早梅诗》，故曰“春风词笔”。“但怪得”二句以今日逢花遇酒，尚不免有情作过拍。换头以下正逢花遇酒之情。“江国寂寂”四字包含偏安朝廷苟且局势。“叹寄与”二句用陆凯寄范晔梅枝事，意却指徽、钦二宗被幽之地，故用“夜雪初积”点明北地。“翠尊”二句曰“泣”，曰“忆”，用意甚明，如以为怀合肥旧妓，则未免使白石难堪。歇拍数句，仍切梅作结，而言外有岁晚芳残之慨。大抵咏物之词，要不粘不脱，乍合乍离。细玩此词，不难领会。

疏　影

苔枝缀玉。有翠禽小小，枝上同宿。客里相逢，篱角黄昏，无言自倚修竹。昭君不惯胡沙远，但暗忆、江南江北。想佩环、月夜归来，化作此花幽独。　犹记深宫旧事，那人正睡里，飞近蛾绿。莫似春风，不管盈盈，早与安排金屋。还教一片随波去，又却怨、玉

龙哀曲。等恁时、重觅幽香，已入小窗横幅。

〔说〕 张惠言谓“此章更以二帝之愤发之，故有‘昭君’句。”郑文焯谓“此盖伤心二帝蒙尘，诸后妃相从北辕，沦落胡地，故以‘昭君’托谕。考唐王建《塞上咏梅》诗曰：‘天山路边一株梅，年年花发黄云下。昭君已殁汉使回，前后征人谁系马。’白石词意当本此。”按此词“昭君”究何所指，如不能明，则白石之意终无从知。我曾以徽宗在北所作《眼儿媚》词说之，觉最确切。《眼儿媚》词曰：“玉京曾忆旧繁华。万里帝王家。琼楼玉殿，朝喧弦管，暮列笙琶。　　花城人去今萧索，春梦绕胡沙。家山何在，忍听羌管，吹彻梅花。”《疏影》词中“昭君”二句显系即用《眼儿媚》词意。“暗忆”句即“春梦绕胡沙。家山何在”也。也即“玉京曾忆旧繁华”也。“又却怨、玉龙哀曲”亦即“忍听羌管，吹彻梅花”也。“彻”，乐曲最末一遍之名。“梅花”，笛曲有《梅花落》调也。夏君《白石词笺校》引我之说曰：“近刘永济氏以《南烬记闻》载徽宗北行道中闻笳笛，作《眼儿媚》词，有‘春梦绕胡沙，向晚不堪回首，坡头吹彻梅花’之句，谓即白石昭君云云之由来；此又前人所未及者。”夏君又谓“然靖康之乱，距白石为此词时已六七十年，谓专为此作，殆不可信。此犹今人咏物，忽无故阑入六十年前光绪庚子八国联军之事，岂非可诧。若谓石湖曾使金国，故词涉徽、钦，亦不甚切事理。予谓白石此词亦与合肥别情有关。”按夏君所引我说，乃我所编《唐五代两宋词选注释》。我所引《眼儿媚》词乃据朱氏《彊村丛书》录出，与《南烬记闻》所载不同。至夏君谓白石不应于靖康乱后六七十年作咏物词尚涉及之，谓我说不可信，则殊可怪。靖、康之乱，二帝及诸后妃、王公被掳北去，为国家奇耻大辱，岂有爱国之士，六七十年后便可淡然忘之。且白石此词咏梅，《眼儿媚》词明有“胡沙”“梅花”等句，何不可涉及？假使今人咏颐和园中花木楼台，涉及清咸丰十年（一八六〇）英法联军焚毁圆明园事，亦何可诧？又石湖把玩此词不已，如系白石仅为怀念合肥旧眷，则无甚意义，更何得用“昭君”“胡沙”“深宫”等词，岂非更可诧。至夏君提出“寄与路遥”“红萼无言”“安排金屋”等句为怀人之证，亦难取信，见后说中。

此词一起点题。“有翠禽”二句暗用赵师雄于罗浮山梅花树下梦美人歌，醒见翠禽事，见《龙城录》，梅花故事也。“客里”三句又以梅衬出人情岑寂。“倚修竹”句暗用杜甫“天寒翠袖薄，日暮倚修竹”诗。“黄昏”字则林逋《梅》诗“暗香浮动月黄昏”也。此三句乃作者从梅花体现出作者自身感慨，故后有无言倚竹之句。“无言”者，感慨极深时之词，与梦窗登禹陵词“无言倦凭秋树”之情怀正同，故下即接写“昭君”二句，提明念君。此时徽宗已殁，故有“想佩环”二句。此等处正是咏物词不粘不脱、乍合乍离处，非故作迷离之词也。换头三句又从往昔之事设想，词语虽用宋寿阳公主醉卧含章殿，梅花落于额上事，词意却指昔日宫中耽乐废政之事。“那人正睡”，语意可想。“莫似”三句言莫同“春风”之“不管盈盈”，宜“早与安排金屋”，免使零落也。此三句不难使人感到善谋国者宜先事预防，方可免危殆。“还教”二句言今花已零落而却“怨玉龙哀笛”复有何益。仍切徽宗“忍听羌管，吹彻梅花”词意也。但从词面看，则写落梅也。歇拍又以画中梅花，另出一意作结。言外有及到国事已坏，尚念玉京旧日繁华，已如画里看花，徒存空影而已。统观全首，张、郑二家之论，大旨无误，惟于“昭君”“胡沙”等辞，未能从徽宗之词着眼，乃搜索唐人诗，得王建《塞上咏梅》诗，遂以为“白石词意当本此”，则尚未达一间，不可不辨。

鹧鸪天 丁巳元日

柏绿、椒红事事新。鬲篱灯影贺年人。三茅钟动西窗晓，诗鬓无端又一春。　　慵对客，缓开门。梅花闲伴老来身。娇儿学作人间字，郁垒、神荼写未真。

（说） “三茅钟”，《咸淳临安志·行在所录》：“宁寿观在七宝山，本三茅堂。绍兴中赐古器玩三种，……其二唐钟，……禁中每听钟声以为寝兴食息之节。”“柏绿椒红”皆元日故事。《玉烛宝典》：“正月为端月，其一日为元日。……庭前爆竹，进椒柏酒。”“诗鬓无端”句，“无端”言其容易又一年春到也。以上皆叙元日事。换头乃写元日人情。曰“慵”，曰“缓”，曰“闲”，写出老人逢令节情态如此。歇拍二句换写儿童过元日之事，皆老人眼中所见者，闲闲说来，自有风味。“郁垒神荼”，二神名，相传能缚鬼，见《风俗通》。后人元日书二神名于门，以御凶物。“郁垒”二字笔画甚繁，故儿童写不真也。

鹧鸪天 正月十一日观灯

巷陌风光纵赏时。笼纱未出马先嘶。白头居士无呵殿，只有乘肩小女随。　　花满市，月侵衣。少年情事老来悲。沙河塘上春寒浅，看了游人缓缓归。

（说）“笼纱”，纱灯也。“乘肩小女”，小女乘肩随之出游也。“沙河塘”乃杭州街名，在余杭门内，其地灯事最盛。苏轼《湖上夜归》诗有“繁灯闹河塘”，即沙河塘也。

鹧鸪天 元夕不出

忆昨天街预赏时。柳悭梅小未教知。而今正是欢游夕，却怕春寒自掩扉。　　帘寂寂，月低低。旧情惟有绛都词。芙蓉影暗三更后，卧听邻娃笑语归。

（说）“预赏”，陈思《白石词疏》引《武林旧事》：“元夕禁中自去岁九月赏菊灯之后，迤逦试灯，谓之预赏。”“绛都词”，夏承焘《笺校》引《草堂诗余》丁仙现《绛都春》词："融和又报"一首咏汴都灯夕为证。按白石此语，或系记昔日曾作此调，写元夕观灯事，未必定指丁作。"芙蓉"，花灯也。以上三词，反复吟咏，如见此老当日情态，盖由其情真景实，不假雕琢，自能动人。

史达祖梅溪词

史达祖字邦卿，号梅溪，汴人。韩侂胄为平章，史为其堂吏，一切奉行文字、拟帖、撰旨出其手。工词，有《梅溪词》。姜夔称其词："奇秀清逸，盖能融情景于一家，会句意于两得。"张镃序其词曰："史生词织绡泉底，去尘眼中，妥帖轻圆，辞情俱到，有瓌奇警迈、清新闲婉之长，而无訑荡污淫之失，端可分镳清真，平睨方回。"按邦卿不得进士，屈为权相堂吏，韩败，至被黥面之辱，人每以此少之。周济《四家词选·序论》谓其："好用偷字，品格便不高。"然读其《双双燕》词"看足柳昏花暝"句及《满江红·书怀》词"好领青衫，全不向、诗书中得。……三径就荒秋自好，一钱不值贫相逼"，则亦有不得已者在。但惜其知"柳昏花暝"而不早抽身（红楼归晚），致与之同败。或者以为被黥之吏，乃别一人，则亦爱其才者欲为之开脱之言，不足为据。邦卿在宋词中，要是能手，故姜、张二家称之如此，亦可见南宋词风，趋重婉约柔丽一派，而苏、辛刚健豪放之气衰矣。

绮罗香 咏春雨

做冷欺花，将烟困柳，千里偷催春暮。尽日冥迷，愁里欲飞还住。惊粉重、蝶宿西园，喜泥润、燕归南浦。最妨他、佳约风流，钿车不到杜陵路。　沉沉江上望极，还被春潮晚急，难寻官渡。隐约遥峰，和泪谢娘眉妩。临断岸、新绿生时，是落红、带愁流处。记当日、门掩梨花，翦灯深夜语。

〔说〕 此词亦咏物词最精工之作。起八字虚写春雨之神，"千里"七字点明时序。"尽日"二句渐入人情，"冥迷"，人情所感之雨色也，故曰"愁里"。"惊粉重"二句写春雨中景物。"最妨他"二句为春雨中人事。"杜陵"，在长安，此借用，言雨阻游人也。换头三句乃春潮带雨也。暗用韦应物《滁州西涧》诗"春潮带雨晚来急，野渡无人舟自横"句意。"隐约"二句写春雨中山色。"临断岸"二句则春涨兼春暮两层俱到。写春雨至此，无余义矣。歇拍又结合雨中往事说。"门掩"句用秦观"雨打梨花深闭门"词意。用"记当日"点清时间，即见念往之情。

东风第一枝 咏春雪

巧沁兰心，偷粘草甲，东风欲障新暖。漫凝碧瓦难留，信知暮寒较浅。行天入镜，做弄出、轻松纤软。料故园、不卷重帘，误了乍来双燕。　青未了、柳回白眼。红欲断、杏开素面。旧游忆着山阴，后盟遂妨上苑。寒炉重暖，便放慢、春衫针线。怕凤靴、挑菜归来，万一灞桥相见。

（说） 起处八字，刻画春雪。兰已抽心，草亦拆甲，春雪乃沁之、粘之，故下句有“东风欲障新暖”之说。“障”者，使之缓来也。史用“偷”字，皆有暗中使人不觉之意。周济以此论其品格，不免太苛。“漫凝”二句，上言雪，下言春。“行天”二句刻画雪之神，暗用韩愈《春雪》诗“入镜鸾窥沼，行天马渡桥”诗句。“故园”二句渲染春来物候。换头两句，上以春柳衬春雪，下以春杏衬春雪。柳本青，因被雪故“回白眼”，杏本红，因被雪故“开素面”。“旧游”二句，上以雪之故事言，“山阴”用王徽之雪夜泛舟山阴剡溪访戴逵事；下以春游旧俗言，“上苑”用唐人立春游苑风俗。“寒炉”二句形雪中闺情。言春犹有雪，春衫可暂缓缝纫。“怕凤靴”二句又言闺人挑菜归来，或犹见雪也。“挑菜”本宫中嬉春故事，见周密《武林旧事》。当时贵邸亦有仿行者，其风后或遍及民间。“灞桥”又暗用唐郑綮“诗思在灞桥风雪中驴背上”语，以点染春雪。此词从各方面着笔写春雪，或分或合，而以闺情、旧俗穿插其中，亦咏物词之一格也。

王沂孙花外集

王沂孙字圣与，号碧山，会稽人。《延祐四明志》谓沂孙当元至元年中为庆元路学正。沂孙之词长于咏物，后世词家多称其词有君国之忧，兴亡之感。大抵沂孙生当南宋之末，亲睹亡国，不能无感，然终不能固其节操，故有为新朝学正之事。学正虽与行政官不同，其投身异族政权之下讨生活，则无不同，盖亦易飘摇于风雨者也。

齐天乐 咏蝉

一襟余恨宫魂断，年年翠阴庭树。乍咽凉柯，还移暗叶，重把离愁深诉。西窗过雨。怪瑶佩流空，玉筝调柱。镜暗妆残，为谁娇鬓尚如许。　铜仙铅泪似洗，叹移盘去远，难贮零露。病翼惊秋，枯形阅世，消得斜阳几度。余音更苦。甚独抱清商，顿成凄楚。谩想薰风，柳丝千万缕。

（说）此词清人端木埰有详释。其言曰："详味词意，殆亦碧山《黍离》之悲也。首句'宫魂'字点出命意。'乍咽''还移',慨播迁也。'西窗'三句伤敌骑暂退,燕安如故也。'镜暗妆残',残破满眼。'为谁'句指当日修容饰貌,侧媚依然,衰世臣主,全无心肝,真千古一辙也。'铜仙'三句伤宗器重宝均被迁夺北去也。'病翼'三句更是痛哭流涕,大声疾呼,言海徼栖流,断不能久也。'余音'三句,遗臣孤愤,哀怨难论也。'谩想'二句,责诸臣当此,尚安危利灾,视若全盛也。"陈廷焯曰:"指王昭仪改装女冠。"又曰:"'余音'数语,或有感于'太液芙蓉'一阕乎。"按二家所说虽不同,此词之作,决非寻常咏物之语,实作者抒写其家国沦亡之感。"宫魂"句用齐王妃怨王而死,化为蝉事,此陈氏据以为指王昭仪之故。王昭仪乃王清惠,宋亡入元为女道士,号冲华。"太液芙蓉"乃其被掳北去题驿壁《满江红》词首句也。端木不从王昭仪一人立说,似胜陈氏。然句句比附,亦太拘牵。盖词家以比兴咏物,固有有意寄托之句,亦有仅咏本题,与托意无关者,故此词家论咏物词,当不粘不脱,乍合乍离,方为佳作。即如此词前半,句句从蝉说。从起句以齐王妃写蝉至"重把离愁深诉"止皆是。其中"乍咽""还移"皆渲染蝉之语。"西窗"以下则听蝉者之词。"瑶佩""玉筝"皆形容蝉声也。过拍用"娇鬓",乃以古妇人之鬓比蝉翼。蝉鬓虽出于魏文帝宫人莫琼树所制,作者用之,未必以指王清惠。换头三句用李贺《金铜仙人辞汉歌·序》。端木谓指"宗器重宝",盖因李贺序有"魏明帝青龙元年八月,诏宫官牵车西取汉孝武捧露盘仙人,欲置前殿。宫官既拆盘,仙人临载,乃潸然泪下"之语也。如谓元人破宋后,取重器北去，亦无不可。因此事与蝉关系不切，知作者用之，除“零露”二字略切蝉饮露一点外，别无可说。“病翼”三句虽亦从蝉立言，实作者自指身世。观“惊秋”“阅世”等辞可知。“余音”则写秋后之蝉，曰“独抱清商”，曰“顿成凄楚”，皆遗民之痛也。“谩想”二句，从词法言，乃宕开作结法；从词意言，则回忆盛时也。按端木于“病翼”以下，必切宋事，恐非作者本意。于此有一问题当注意者，即读者与作者之关系，读者体会作者之志，不可横生枝节，搀入主观，方合于孟子“以意逆志”之论。盖逆志所重，在“不害辞”“不害志”，而害辞、害志之失，皆读者体会作品之时，从主观偏见立说所致。考端木说此词中各语，如以“过雨”为“敌骑暂退”，以“镜暗”为“残破满眼”，以“娇鬓”为“修容饰貌”，以“余音”为“遗臣孤愤”，以“谩想”二句为“责诸臣当此，尚安危利灾，视若全盛”，虽似可比附，实非可尽信。盖端木生当清末，目睹清廷于庚子八国联军入京之后，仍然歌舞升平，心有感触，故于读此词时一发泄之，遂不免搀入个人主观感觉也。

齐天乐 咏萤

碧痕初化池塘草，荧荧野光相趁。扇薄星流，盘明露滴，零落秋原飞燐。练裳暗近。记穿柳生凉，度荷分暝。误我残编，翠囊空叹梦无准。　楼阴时过数点，倚阑人未睡，曾赋幽恨。汉苑飘苔，秦陵坠叶，千古凄凉不尽。何人为省。但隔水余晖，傍林残影。已觉萧疏，更堪秋夜永。

（说） 起二句，从腐草化萤起。“立秋腐草化为萤”，见《易通卦验》。“扇薄”三句，一用杜牧诗“轻罗小扇扑流萤”，二用张耒“影落金盘月中露”，三用秋燐比衬萤火。“练裳”三句用杜甫“巫山秋夜萤火飞。帘疏巧入坐人衣”。“穿柳”“度荷”，写萤飞处也。“误我”二句用车胤囊萤夜读事，见《续晋阳秋》。曰“误我”，曰“空叹”，有不得诗书力之意。“练裳”三句虚写，此二句则切己身言。换头三句从咏萤之意另起。“汉苑”三句即咏萤之本意，盖有“千古凄凉”之感也。“汉苑”“秦陵”，用刘禹锡《秋萤引》“汉陵秦苑遥苍苍。陈根腐叶秋萤光”诗意。“何人”句言我之“幽恨”，“何人省”知，知者，其萤耳，故有下二句。词本咏萤，今乃以萤作我之陪衬，化主为客，亦一作法也。歇拍再追进一层作结。

眉　妩　新月

渐新痕悬柳，淡彩穿花，依约破初暝。便有团圆意，深深拜，相逢谁在香迳。画眉未稳。料素娥、犹带离恨。最堪爱、一曲银钩小，宝帘挂秋冷。　千古盈亏休问。叹谩磨玉斧，难补金镜。太液池犹在，凄凉处、何人重赋清景。故山夜永。试待他、窥户端正。看云外山河，还老桂花旧影。

（说） 张惠言谓："碧山咏物诸篇，并有君国之忧。此喜君有恢复之志而惜无贤臣也。"按张氏论词主言之有物，所以救浙派专讲清空之失，故于王沂孙词每推求词外之意立说。此词起处数句，词写新月，意似指新君，合以换头数句，张氏之言，似非附会。考沂孙约生于南宋理宗赵昀淳祐朝，新君当是度宗赵堪，若德祐赵㬎则似太晚。度宗之初，贾似道已位至太师，其人实无能，张氏谓"君有恢复之志而惜无贤臣"，亦于时事相合。"新痕""淡彩"，皆新月之形容辞。"破初暝"者，晦尽朔初也。"便有"句之"团圆意"即张氏所称"恢复之志"也。"深深拜"暗用唐李端《拜新月》诗意。"画眉未稳"，新月初生也。"素娥"句而用"离恨"二字，所恨为何，可以想见。过拍换月光照临之处，因上文句句从月说，恐其太粘，故换笔写光所照处。换头忽发"千古盈亏"之叹，而"磨玉斧""补金镜"，词虽说月，意实有山河破碎、恢复无期之感。"玉斧"用《酉阳杂俎》载修月人以玉斧装七宝修月事。"太液池"二句亦风景全非之意。"故山"二句之寄意甚明，盖以"团圆"望之未来也。歇拍即从此意推到未破之家国，意更郑重矣。

水龙吟 落叶

晓霜初着青林，望中故国凄凉早。萧萧渐积，纷纷犹坠，门荒径悄。渭水风生，洞庭波起，几番秋杪。想重崖半没，千峰尽出，山中路，无人到。　　前度题红杳杳。溯宫沟、暗流空绕。啼螀未歇，飞鸿欲过，此时怀抱。乱影翻窗，碎声敲砌，愁人多少。望吾庐甚处，只应今夜，满庭谁扫。

（说）　起从未落叶说，是题前着笔。"望中故国"谓汴京也。"萧萧"三句指渐落之叶。"萧萧"写声，"纷纷"写影。"渭水"三句，"渭水"用贾岛诗"西风吹渭水，落叶满长安"诗句，北地秋时也。"洞庭"用湘夫人"洞庭波兮木叶下"辞句，南方秋时也。过拍总说。换头用御沟流红，逗引出秋情另起。"题红"用僖宗宫人韩氏于红叶上题诗流出御沟，为于祐所得事。"啼螀"三句以"啼螀""飞鸿"点明秋时。"螀"，蝉也。以陪衬叶声，下句以"鸿"陪衬叶影。"乱影"三句正写叶声、叶影。"望吾庐"三句以思家作结。

埽花游　秋声

商飙乍发，渐淅淅初闻，萧萧还住。顿惊倦旅。背青灯吊影，起吟愁赋。断续无凭，试立荒庭听取。在何许。但落叶满阶，惟有高树。　　迢递归梦阻。

正老耳难禁，病怀凄楚。故山院宇。想边鸿孤唳，砌蛩私语。数点相和，更着芭蕉细雨。避无处。这闲愁、夜深尤苦。

（说） 此因闻秋声引起旅居凄凉之情而作。起三句写秋风之声。“顿惊”三句写听秋声之旅人。“愁赋”以下皆取材于欧阳修之《秋声赋》。《秋声赋》曰：“欧阳子方夜读书，闻有声自西南来者，悚然而听之曰：‘异哉！初淅沥以萧飒，忽奔腾而澎湃’。……余谓童子：‘此何声也？汝出视之。’童子曰：‘星月皎洁，明河在天。四无人声，声在树间。’”此词“断续”下五句皆是。换头旅人之情。曰“老”，曰“病”，皆无聊之旅况。“故山”下六句又以“鸿唳”“蛩语”“芭蕉细雨”以衬托秋风之声。歇拍以旅愁总结。清末王鹏运论学词当从王沂孙入。盖王词脉络分明，辞情交错而不晦不露，色泽浓淡之间，丰润停匀，声律谐婉，初学得之，易于领会也。

周密草窗词

周密字公谨，号草窗，先世济南人。流寓吴兴弁山，又号弁阳啸翁。淳祐中官义乌令。宋亡不仕。词集名《蘋洲渔笛谱》。周济谓“草窗镂冰刻楮，精妙绝伦，但立意不高，取韵不远，当与玉田抗行，未可方驾王、吴也。”按草窗交游甚广，词友甚多，其词亦杂众长，有吴之丽而无其深，有王之工而无其郁，此周氏之所以谓其“未可方驾王、吴也”。

法曲献仙音 吊雪香亭梅

松雪飘寒，岭云吹冻，红破数椒春浅。衬舞台荒，浣妆池冷，凄凉市朝轻换。叹花与人凋谢，依依岁华晚。　　共凄黯。问东风、几番吹梦，应惯识、当年翠屏金辇。一片古今愁，但废绿、平烟空远。无语消魂，对斜阳、衰草泪满。又西泠残笛，低送数声春怨。

（说）　江昱《蘋洲渔笛考证》引《西湖游览志》：“清波门外旧

有聚景园。先是高宗居大内，时时属意湖山。孝宗乃建园奉上皇游幸。其后累朝临幸。理宗以后，日渐荒落。”又：“按《武林旧事》，葛岭集芳园内有雪香扁。说者因谓周词乃即指此。不知集芳初虽张婉仪别墅，理宗朝即赐贾似道，改名后乐园，终属贾氏，并未复还官家。今观倡和诸作，（江昱考证引李彭老和词有‘念当时、看花游冶，曾锦缆移舟，宝筝随辇。池苑锁荒凉，嗟事逐、飞鸿天远’之句。王沂孙和词有‘已销黯。况凄凉、近来离思，应忘却、明月夜深归辇。荏苒一枝春，恨东风、人似天远’之句。）皆苑籞兴亡之感，无一语涉贾。”江氏主此词乃吊聚景园梅，不可以为贾氏后乐园，是也。此词盖宋亡后，周氏游观故苑，有感而作。词题曰吊梅，乃借吊梅寓兴亡之感也。首八字写梅开之候。“红破”句言梅初放也。“椒”，梅含苞未放时，其状如椒也。“衬舞台”“浣妆池”，或是园中池台名。过拍二句谓梅花与当时游幸之人也。换头之“共凄黯”则作者与梅花“共凄黯”也。“问东风”二句，包涵许多时事，而“应惯识”则言今日之梅，“应惯识”当日之“翠屏金辇”也。“一片”二句点明今见荒园而生盛衰之感，故有下“无语销魂”二句。歇拍又从落梅作结。“残笛”因笛调有《梅花落》，故曰“低送数声春怨”。

张炎山中白云词

张炎字叔夏，号玉田，又号乐笑翁，循王诸孙，本西秦人，家临安，生于淳祐间。宋亡，落魄纵游，沧桑之感，一寄于词，有《山中白云词》《乐府指迷》。元仇远谓："《山中白云词》意度超玄，律吕协洽，……当与白石老仙相鼓吹。"按张炎深通乐律，其词尚疏爽，不为丽密，与吴文英异趣而微近姜夔，故清初浙派词人，以姜、张并称。仇远之论，已发其端。然不善学者，易入空疏，此常州派所以以"言之有物"救其失也。

高阳台 西湖春感

接叶巢莺，平波卷絮，断桥斜日归船。能几番游，看花又是明年。东风且伴蔷薇住，到蔷薇、春已堪怜。更凄然。万绿西泠，一抹荒烟。　　当年燕子知何处，但苔深韦曲，草暗斜川。见说新愁，如今也到鸥边。无心更续笙歌梦，掩重门、浅醉闲眠。莫开帘。怕见飞花，怕听啼鹃。

（说） 此宋亡后，作者重到西湖，感于春景阑珊，而生亡国哀思，故有此作。盖自南宋建都杭州，西湖乃都人士游乐宴会之地，周密《武林旧事》记载甚详，可供参考。起首三句即从游归着笔。“接叶”二句乃春晚之景。“接叶”用杜甫“接叶暗巢莺”诗句。“能几番游”二句，诵之使人有朝不保夕之感。“东风”二句尤令人怀好景无多之惧。“蔷薇”开花于春末夏初，故有“到蔷薇春已堪怜”之句。过拍“万绿”八字则将乱后西湖残破景象全面写出。换头以下，更将家国兴亡之感咏叹一番。“当年燕子”用刘禹锡“旧时王谢堂前燕”诗意，见今昔盛衰。“韦曲”本在陕西长安皇子陂西，唐时诸韦聚居之地。“斜川”在江西，陶潜有正月五日《游斜川诗》，此以古地寓南北沦丧，故有“苔深”“草暗”之语。“新愁也到鸥边”仍归到游湖有感。“无心”二句正感伤之情绪。“飞花”“啼鹃”，虽亦春晚之物候，实指故宫人及遗民之流落者，曰“怕见”，曰“怕听”，作者之哀思深矣。

解连环 孤雁

楚江空晚。怅离群万里，恍然惊散。自顾影、欲下寒塘，正沙净草枯，水平天远。写不成书，只寄得、相思一点。叹因循误了，残毡拥雪，故人心眼。　谁怜旅愁荏苒。漫长门夜悄，锦筝弹怨。想伴侣、犹宿芦花，也曾念春前，去程应转。暮雨相呼，怕蓦地、玉关

重见。未羞他、双燕归来，画帘半卷。

（说） 周密谓："此词'自顾影'以下五句，虽丹青难画矣。"盖此词乃托辞孤雁以寓身世之感。从托辞言，写孤雁之处，有非画笔所能传者；从寓身世言，则又有非言语所能尽者。孤雁与身世两方面写来俱极工，能尽离合之致，故当时即有张孤雁之称。词一起即有离群索居之慨。"自顾影"句用唐崔涂《孤雁》"暮雨相呼急，寒塘欲下迟"诗意，原诗本佳，而"沙净"八字，更以秋景为孤雁渲染，色彩更鲜，故周密特标举之。"写不成书"二句，更着重摹绘"孤"字，而以"相思"二字关合人情。过拍三句从雁书想到苏武使匈奴被留，用雁传书至汉故事，又由苏武使北，想到投身北庭之故人。此数句中，"相思""叹因循误了"等词，最宜体会。"相思"乃己怀念投北之人之情，"叹因循误了"又是"叹"雁传信太迟，误了"故人"相望之"心眼"。用意非常委婉。盖当时或有投身北庭之人，被迫如苏武者，己未能及早劝止，故有"因循误了"之叹。此等处，既可见作者对于朋友惋惜之情，又可见作者运用故实技术之巧。换头之"旅愁"从孤雁言与从己身言皆可。"漫长门"二句从词言则是写雁声哀怨也。从意言则此"弹怨"者即上"旅愁"之人也。"想伴侣"二句从词言乃是以群雁反衬孤雁，从意言则系指与己同行止者，或正怀念己离群索居也。曰"春前"，曰"去程"，盖雁乃候鸟，常以春北去，秋南归也。"暮雨"二句，词说边雁，意指己所在地。"未羞他"二句复以双燕作陪衬，而用"未羞他"三字，却有不屑之意。细按全词，用笔空灵，用意微婉，极尽托物抒情之能事，故时人至以孤雁品题其人，非虚美也。